周作人

怀人散文

张伯存　王寒◎编

广西师范大学出版社
GUANGXI NORMAL UNIVERSITY PRESS
·桂林·

图书在版编目（CIP）数据

周作人怀人散文／张伯存，王寒编．—桂林：广西师范大学出版社，2018.10
ISBN 978-7-5598-1179-0

Ⅰ．①周… Ⅱ．①张… ②王… Ⅲ．①散文集—中国—现代 Ⅳ．①I266

中国版本图书馆 CIP 数据核字（2018）第 208628 号

广西师范大学出版社出版发行
（广西桂林市五里店路 9 号 邮政编码：541004
网址：http://www.bbtpress.com）
出版人：张艺兵
全国新华书店经销
衡阳顺地印务有限公司印刷
（湖南省衡阳市雁峰区园艺村 9 号 邮政编码：421008）
开本：889 mm × 1 194 mm 1/32
印张：11.375 字数：250 千字
2018 年 10 月第 1 版 2018 年 10 月第 1 次印刷
定价：65.00 元

目录

313　第四编

第一编

曾祖母*

苓年公行九，曾祖母通称九太太，以严正称，但那时已经很老，也看不出怎么。她于壬辰除夕去世，只差一天就是八十岁了。现今所记得的只是一二琐事，特别是有关于我们自己的。平常她总是端正的坐在房门口那把石硬的太史椅上，那或者是花梨紫檀做的也说不定，但石硬总不成问题，加上一个棉垫子也毫无用处，可是她一直坐着，通年如此。有时鲁迅便去和她开玩笑，假装跌跟斗倒在地上，老太太看见了便说："阿呀，阿宝，衣裳弄脏了呀。"赶紧爬了起来，过了一会又假装跌了，要等她再说那两句话，从这个记忆说来，觉得她是一点都没有什么可怕的。

老太太年纪大了，独自睡在一间房里，觉得不大放心，就叫宝姑去陪她睡。宝姑那时大概有十七八岁，在上海说就是大姐，但是乡下的名称很奇怪，叫作"白吃饭"，有地方

---

* 1951 年 7 月 22 日刊《亦报》，署名十山，收入《鲁迅的故家》。

叫"白摸吃饭"，如《越谚》所记，大约从前是没有工钱的吧。但后来也有了，虽然比大人要少些。老太太床朝南，宝姑睡在朝西的床上，总是早睡了，等到老太太上床睡好了，才叫宝姑吹灯。因为老太太耳朵重听，宝姑随即答应，探头帐子外边，举起缚在帐竿上的芭蕉扇来，像火焰山的铁扇公主似的，对着香油灯尽扇，老太太还是在叫："宝姑，宝姑，吹灯。"直到扇灭为止。老太太晚年的故事，家里人一般都记得的，大概就只是这一件吧。

介孚公在京里做京官，虽然还不要用家里的钱，但也没有一个钱寄回来，这也使得老太太很不高兴。有时候有什么同乡回来，托他们带回东西，总算是孝敬老太太的，其实老太太慢说不要吃，其实也吃不动。有一回带来的东西不知道为什么装在一只袋皮就是麻袋内，打开看时是两只火腿，好些包蘑菇蜜饯之类，杏脯蜜枣等不晓得是不是信远斋的，但在小孩总是意外的欢喜，恨不得立刻就分，老太太却正眼也不看一眼，只说道："这些东西要他什么！"后来她的女婿请画师叶雨香给她画喜容，眉目间略带着一种威，过年时挂像看见，便不禁想起多少年前那时的情景来了。

介乎公*

介乎公本名致福，改名福清，光绪辛未由翰林院庶吉士散馆，授编修，后来改放外官，这里还是散馆就外放，弄不大清楚，须得查家谱，但据平步青说，他考了就预备卷铺盖，说反正至少是个知县。最初选的是四川荣昌县，他嫌远不去，改选江西金溪县。翰林外放知县在前清叫作老虎班，是顶靠硬的，得缺容易，上司也比较优容，可是因此也容易闹出意见来，介乎公当然免不了这一例。那时上司大概不是科甲出身，为他所看不起，所以不久就同抚台闹了别扭，不知道做了多少年月，终于被参劾，被改为教官。他不情愿坐冷板凳去看守孔庙，便往北京考取内阁中书，一直在做京官，到了癸巳年丁忧，才告假回家去。

他在北京的情形现在已不能知道，偶然在王继香日记中庚寅这一册里看见有些记事，可作资料。如七月十一日项下云:

* 1951 年 8 月 1 日刊《亦报》，署名十山，收入《鲁迅的故家》。

周介孚柬招十三饮。

十三日下午云：

飞鞚出海岱门，循城根至前门，令经南大街至骡马市，马疲泥涩，仆坐不动，怒叱之。久之始至广和居，则周介夫（原文如此）果已与客先饮，同席者汪笙叔鲍敦夫戚升淮陶秀充，略饮即饭，不烟而回。强敦夫同车，托词而止，及余车回，敦夫方步入门，盖敦以介夫境窘，故不坐车，而诘之则仍以他词饰，可谓诈矣。

介孚公在北京于同乡中与吴介唐鲍敦夫似还要好，王子献便不大谈得来，看日记中口气可知，但如介孚公的日记尚在，那么在那里面对于这些人他也一定是说的很不客气的吧。

介乎公二 *

癸巳年春天介乎公携眷回家，住在西一的屋内，同来的是少子凤升，生母章已早死，年十二岁，妾潘，是和小姑母同年的，可以推定是二十六岁，介乎公是五十八岁。曾祖母于壬辰除夕去世，那时已有电报和轮船，所以不到一个月就赶到了家，这有一件确实的证据，因为曾祖母五七那一日，他大发脾气，经验着的人不会忘记，虽然现在知道的也只有我一个人了。

那年乡试，浙江的主考是殷如璋和周锡恩，仿佛又记得副主考是郁昆，但郁是萧山人，所以是不确的。大概是六七月中，介乎公跑往苏州去拜访他们，因为都是什么同年，却为几个亲戚朋友去通关节，随即将出钱人所开一万两银子的期票封在信里，交跟班送到主考的船上去。那跟班是一个乡下人名叫徐福，因为学会打千请安，口说大人小的，以当“二爷”为职业，被雇带到苏州去办事，据说那时副主考正在主考船

---

* 1951 年 8 月 2 日刊《亦报》，署名十山，收入《鲁迅的故家》。

上谈天，主人收到了信不即拆看，先搁下了，打发送信的回去，那二爷嚷了起来，说里边有钱，怎么不给收条？这事便发觉了，送到江苏巡抚那里，交苏州府办理，介孚公知道不能躲藏，不久就去自首，移到杭州，住在司狱司里，一直监候了有七年，至辛丑一月，由刑部尚书薛允升附片奏请，依照庚子年刑部在狱人犯悉予宽免的例，准许释放，乃于是年二月回家，住在原来的地方。

那时候凤升改名文治，已于丁酉年往南京，进了江南水师学堂，所以介孚公身边只剩了潘姨太太一人。她这人并没有什么不好，只是地位不好，造成了许多人己两不利的事情。介孚公回家之后，还是一贯的作风，对于家人咬了指甲恶骂诅咒，鲁迅于戊戌离家，我也于辛丑秋天往南京，留在家里的几个人在这四年中间真是够受的了。介孚公于甲辰年夏天去世，年六十八岁。

介孚公平常所称引的只有曾祖苓年公一个人，此外上自昏太后、呆皇帝（西太后、光绪），下至本家子侄辈的五十、四七，无不痛骂，那老同年薛允升也被批评为胡涂人，其所不骂的就只潘姨太太和小儿子，说他本来笨可原谅，如鲁迅在学堂考试第二，便被斥为不用功，所以考不到第一，伯升考了倒数第二，却说尚知努力，没有做了背榜，这虽说是例，乃是实在的事。

祖母的一生 *

祖母的事情我最不能忘记，可是记起来又没有什么可写，因为是那么平常简单，差不多是一般女人的生活。她不识字，受了儒佛两重的教训，一边是夫为妻纲，一边是《刘香宝卷》式的漆黑的人生观，女人命定受苦，观音菩萨苦修七世，尚且只能转生为烂脚讨饭。事实却也帮她证明，嫁为后妻，自己没有儿子，只有一个女儿，很是聪明美丽，出嫁后就死了，丈夫纳了好些妾，照例要宠妾灭妻，她都忍受了，这痕迹却历历留在她晚年黑衣清瘦的面影上。

祖父在做京官，末后归家时，带了一个和他的小女儿同年纪的姨太太回来，在家庭中风波不绝，不但是祖母由默受以至暗泣，就是我们小孩和母亲，也终日慄慄不安，那日子不知是怎么挨过来的。到了祖父故后，姨太太不安于室，终于逃亡了，这事才算告一结束。至今想起来，还很替祖母和

* 1950 年 5 月 26 日刊《亦报》，署名十山，未收入自编文集。

母亲感觉冤苦，但是对于那姨太太我也颇有同情，她也岂不是同样的不幸么。作妾何尝是她所自愿，她有一个妹子嫁给一个宁波的裁缝，很和善的过活，她就是没有这样的机缘，弄得人己两不利，也是很可悲的事。

那么我们只能去怪祖父吧，他总是主动的人，但是对于五十年前的人又怎好苛求，在男子中心的社会，能够不去滥用权利，岂是常人所能，古人虽有责备贤者之说，现在亦复何必。归根结底的说来，回忆过去，目的只是希望将来，但愿中国婚姻法发表以后，一切都变好了，前人做了牺牲也就算了。

祖母*

关于祖母的事，须要略为补说一下。前一个祖母姓孙，母家在偏门外跨湖桥，是快阁的左邻，她的生卒年月记在家谱，不及查考，只于咸丰戊午（一八五八）年生一女，庚申（一八六〇）年生伯宜公，大约不久去世了。后来的祖母姓蒋，母家在昌安门外鲁墟，恰巧也是放翁的故里，生于道光壬寅（一八四二）年，至宣统庚戌（一九一〇）年去世，寿六十九岁。她有一个女儿，是同治戊辰（一八六八）年生的，比鲁迅才大十二三岁，性情又和善，所以同小侄儿们特别要好，大家跟着她游戏说故事，到她出嫁那一天，小孩不让她走，有的要同她坐了轿子去。夫家在东关姓金，姑夫名雨辰，是个秀才，因为是独子，左耳上戴着小金环，显得有点女性似的，但他们夫妇感情很好，有一个女儿阿珠，是光绪辛卯（一八九一）年生的。但是姑妇之间总不免有些问题，癸巳年介孚公下狱

* 1951 年 8 月 13 日刊《亦报》，署名十山，收入《鲁迅的故家》。

后又听到传闻，亲家公有什么闲话，他便大怒，严命家中与金家绝交，这事固难实现，但使得关系更坏，至次年甲午八月小姑母以难产去世，这悲剧才算结束了。她病中谵语，说有红蝙蝠来迎接，鲁迅后来特为作文讨红蝙蝠，或是诘责神明，为何不使好人有寿，语多不逊。不过小姑母的死对于小孩们固是一个打击，在祖母这打击乃是更大而且彻底的了。她本是旧式妇女抱着黑暗的人生观的，做了后母没有自己的儿子，这一个女儿才是一线的光明，现在完全的灭了。她固然常于什么菩萨生日，点起一对三拜蜡烛三支线香，跪在大方凳上向天膜拜，却不念佛或上庙烧香去，有一回近地基督教女教士来传道，劝她顾将来救灵魂，她答道："我这一世还顾不周全，那有工夫去管来世呢。"她的后半生，或者如外国诗人所说的病狼大旨有点相像吧。

伯宜公*

伯宜公本名凤仪，改名文郁，考进会稽县学生员，后又改名仪炳，应过几次乡试，未中式。他看去似乎很是严正，实际却并不厉害，他没有打过小孩，虽然被母亲用一种叫做呼篠（音笑）的竹枝豁上几下的事情总是有过的。因为他寡言笑，小孩少去亲近，除吃酒时讲故事外，后来记得的事不很多。有一次大概是光绪辛卯（一八九一）年吧，他从杭州乡试回家，我们早起去把他带回来的一木箱玩具打开来看，里边有一件东西很奇怪，用赤金纸做的腰圆厚纸片，顶有红线，两面各写“金千两”字样，事隔多年之后才感到那箱玩具是日本制品，但是别的有些什么东西却全不记得了。此外有几张紫砂小盘，上有鲤鱼跳龙门的花纹，乃是闱中给月饼吃时的碟子，拿来正好作家事游戏，俗语云办人家。又一回记得他在大厅明堂里同两三个本家站着，面有忧色的在谈国事，那大概是甲午

---

* 1951 年 7 月 30 日刊《亦报》，署名十山，收入《鲁迅的故家》。

秋冬之交，左宝贵战死之后吧。他又说过，现在有四个儿子，将来可以派一个往西洋去，一个往东洋去做学问，这话由鲁老太太传说下来，当然是可靠的，那时读书人只知道重科名，变法的空气还一点没有，他的这种意见总是很难得的了。他说这话大抵也在甲午乙未这时候吧，因为他的四子生于癸巳六月，而他自己则是丙申九月去世的，距生于咸丰庚申，年三十七岁，乡下以三十六岁为本寿，意思是说一个人起码的寿命，犹如开店的本钱，他的生日在十二月，所以严格的说，整三十六年还差三个月。

父亲的病上 *

我于甲午年往三味书屋读书，但细想起来，又似乎是正月上的学，那么是乙未年了，不过这已经记不清楚了，所还记得的是初上学时的情形。我因为没有书桌，就是有抽屉的半桌，所以从家里叫用人背了一张八仙桌去，很是不像样，所读的书是《中庸》上半本，普通叫作“上中”，第一天所上的“生书”，我还记得清清楚楚的是“哀公问政”这一节，因为里边有“夫政也者蒲芦也”这一句，觉得很是好玩，所以至今不曾忘记。回想起来，我的读书成绩实在是差得很，那时我已是十二岁，在本家的书房里也混过了好几年，但是所读的书总计起来，才只得《大学》一卷和《中庸》半卷罢了。本来这两种书是著名的难读的，小时候所熟知的儿歌有一首说得好：

大学大学，

---

* 1960 年 12 月 23 日作，署名周作人，收入《知堂回想录》。

屁股打得烂落！
中庸中庸，
屁股打得好种葱！

本来大学者“大人之学”，中庸者“以其记中和之为用”，不是小学生所能懂得的事情，我刚才拿出《中庸》来看，那上边的两句即“人道敏政，地道敏树”，还不能晓得这里讲的是什么，觉得那时的读不进去是深可同情的。现今的小学生从书房里解放了出来，再不必愁因为读书不记得，屁股会得打的稀烂，可以种葱的那样，这实在是很可庆幸的。

现在话分两头，一边是我在三味书屋读书，由“上中”读到《论语》《孟子》，随后《诗经》刚读完了《国风》，就停止了。一边是父亲也生了病，拖延了一年半的光景，于丙申（一八九七）年的九月弃世了。

父亲的病大概是在乙未年的春天起头的，这总不会是甲午，因为这里有几件事可以作为反证。第一个是甲午战争。当时乡下没有新闻，时事不能及时报道，但是战争大事，也是大略知道的，八月里黄海战败之后，消息传到绍兴，我记得他有一天在大厅明堂里，同了两个本家兄弟谈论时事，表示忧虑，可见他在那时候还是健康的。在同一年的八月中，嫁在东关金家的小姑母之丧，也是他自己去吊的，而且由他亲自为死者穿衣服，这是一件极其不易的工作，须得很细心谨慎，敏捷而又亲切的人，才能胜任。小姑母是在产后因为“产褥热”

而死的，所以母家的人照例要求做法事“超度”，这有两种办法，简单一点的叫道士们来做“炼度”，凡继续三天，其一种是和尚们的“水陆道场”，前后时间共要七天。金家是当地的富家，所以就答应“打水陆”，而这道场便设在长庆寺，离我们的家只有一箭之路，来去非常方便，但那时的事情已都忘记了。小姑母是八月初十日去世的，法事的举行当在“五七”，计时为九月十五日左右，这也足以证明他那时还没有生病。有一天从长庆寺回来，伯宜公在卧室的前房的小榻上，躺着抽烟，鲁迅便说那佛像有好许多手，都拿着种种东西，里边也有枯髅，当时我不懂枯髅的意义，经鲁迅说明了就是死人头骨之后，我感到非常的恐怖，以后到寺里去对那佛像不敢正眼相看了。关于水陆道场，我所记得的就只是这一点事，但这佛像是什么佛呢，我至今还未了然，因为“大佛”就是释迦牟尼的像，不曾见有这个样子的，但是他那丈六金身坐在大殿上，倒的确是伟大得很呢。

父亲的病中 *

伯宜公生病的开端我推定在乙未年的春天，至早可以提前到甲午年的冬天，不过很难确说了。最早的病象乃是突然的吐狂血。因为是吐在北窗外的小天井里，不能估量其有几何，但总之是不很少，那时大家狼狈情形至今还能记得。根据旧传的学说，说陈墨可以止血，于是赶紧在墨海里研起墨来，倒在茶杯里，送去给他喝。小孩在尺八纸上写字，屡次舔笔，弄得“乌嘴野猫”似的满脸漆黑，极是平常，他那时也有这样情形，想起来时还是悲哀的，虽是朦胧的存在眼前。这乃是中国传统的“医者意也”的学说，是极有诗意的，取其墨色可以盖过红色之意，不过于实际毫无用处，结果与“水肿”的服用“败鼓皮丸”一样，从他生病的时候起，便已注定要给那唯心的哲学所牺牲的了。

---

* 1960 年 12 月 24 日作，署名周作人，收入《知堂回想录》。

父亲的病虽然起初来势凶猛，可是吐血随即停止了，后来病情逐渐平稳，得了小康。当初所请的医生，乃是一个姓冯的，穿了古铜色绸缎的夹袍，肥胖的脸总是醉醺醺的。那时我也生了不知什么病，请他一起诊治，他头一回对我父亲说道：

“贵恙没有什么要紧，但是令郎的却有些麻烦。”等他隔了两天第二次来的时候，却说的相反了，因此父亲觉得他不能信用，就不再请他。他又说有一种灵丹，点在舌头上边，因为“舌乃心之灵苗”，这也是“医者意也”的流派，盖舌头红色，像是一根苗从心里长出来，仿佛是“独立一枝枪”一样，可是这一回却不曾上它的当，没有请教他的灵丹，就将他送走完事了。

这时伯宜公的病还不显得怎么严重，他请那位姓冯的医生来看的时候，还亲自走到堂前的廊下的。晚饭时有时还要喝点酒，下酒物多半是水果，据说这是能喝酒的人的习惯，平常总是要用什么肴馔的。我们在那时便去围着听他讲《聊斋》的故事，并且分享他的若干水果。水果的好吃后来是不记得，但故事却并不完全的忘记，特别是那些可怕的鬼怪的故事。至今还鲜明的记得的，是《聊斋志异》里所讲的“野狗猪”，一种人身兽头的怪物，兵乱后来死人堆中，专吃人的脑髓，当肢体不全的尸体一起站起，惊呼道：

“野狗猪来了，怎么好！”的时候，实在觉得阴惨得可怕，至今虽然已是六十年后，回想起来与佛像手中的枯髅都不是很愉快的事情。

不过这病情的小康，并不是可以长久的事，不久因了时节的转变，大概在那一年的秋冬之交，病势逐渐的进于严重的段落了。

父亲的病下*

伯宜公的病以吐血开始，当初说是肺痈，现在的说法便是肺结核，后来腿肿了，便当作臌胀治疗，也究竟不知道是哪里的病。到得病症严重起来了，请教的是当地的名医，第一名是姚芝仙，第二名是他所荐的，叫做何廉臣，鲁迅在《朝花夕拾》把他姓名颠倒过来写作“陈莲河”，姚大夫则因为在篇首讲他一件赔钱的故事，所以故隐其名了。这两位名医自有他特别的地方，开方用药外行人不懂得，只是用的“药引”，便自新鲜古怪，他们决不用那些陈腐的什么生姜一片，红枣两颗，也不学叶天士的梧桐叶，他们的药引起码是鲜芦根一尺。这在冬天固然不易得，但只要到河边挖掘总可到手，此外是经霜三年的甘蔗或萝卜菜，几年陈的陈仓米，那搜求起来就煞费苦心了。前两种不记得是怎么找到的，至于陈仓米则是三味书屋的寿鉴吾先生亲自送来，我还记得背了一只“钱搭”

* 1960 年 12 月 25 日作，署名周作人，收入《知堂回想录》。

（装铜钱的搭连），里边大约装了一升多的老米，其实医方里需用的才是一两钱，多馀的米不晓得是如何处分了。还有一件特别的，那是何先生的事，便是药里边外加有一种丸药，而这丸药又是不易购求的，要配合又不值得，因为所需要的不过是几钱罢了。普通要购求药材，最好往大街的震元堂去，那里的药材最是道地可靠，但是这种丸药偏又没有，后来打听得在轩亭口有天保堂药店，与医生有些关系，到那里去买，果然便顺利的得到了。名医出诊的医例是“洋四百”，便是大洋一元四角，一元钱是诊资，四百文是给那三班的轿夫的。这一笔看资，照例是隔日一诊，在家里的确是沉重的负担，但这与小孩并无直接关系，我们忙的是帮助找寻药引，例如有一次要用蟋蟀一对，且说明须要原来同居一穴的，这才算是“一对”，随便捉来的雌雄两只不能算数。在“百草园”的菜地里，翻开土块，同居的蟋蟀随地都是，可是随即逃走了，而且各奔东西，不能同时抓到。幸亏我们有两个人，可以分头追赶，可是假如运气不好捉到了一只，那一只却被逃掉了，那么这一只捉着的也只好放走了事。好容易找到了一对，用绵线缚好了，送进药罐里，说时虽快，那时却不知道要花若干工夫呢。幸喜药引时常变换，不是每天要去捉整对的蟋蟀的，有时换成“平地木十株”，这就毫不费寻找的工夫了。《朝花夕拾》说寻访平地木怎么不容易，这是一种诗的描写，其实平地木见于《花镜》，家里有这书，说明这是生在山中树下的一种小树，能结红子如珊瑚珠的。我们称它作“老弗大”，扫墓回来，常拔了些来，种在家里，在山中的时候结子至多一株树不过三颗，家里种的往往可以多到五六颗。用作药引，拔来就是了，这是一切药引之中，可以说是访求最不费力的了。

经过了两位“名医”一年多的治疗，父亲的病一点不见轻减，而且日见沉重，结果终于在丙申年（一八九六）九月初六日去世了。时候是晚上，他躺在里房的大床上，我们兄弟三人坐在里侧旁边，四弟才只四岁，已经睡熟了，所以不在一起。他看了我们一眼，问道：

“老四呢？”于是母亲便将四弟叫醒，也抱了来。未几即入于弥留状态，是时照例有临终前的一套不必要的仪式，如给病人换衣服，烧了经卷把纸灰给他拿着之类，临了也叫了两声，听见他不答应，大家就哭起来了。这里所说都是平凡的事实，一点儿都没有诗，没有“衍太太”的登场，很减少了小说的成分。因为这是习俗的限制，民间俗信，凡是“送终”的人到“转煞”当夜必须到场，因此凡人临终的时节只是限于并辈以及后辈的亲人，上辈的人决没有在场的。“衍太太”于伯宜公是同曾祖的叔母，况且又在夜间，自然更无特地光临的道理了，《朝花夕拾》里请她出台，鼓励作者大声叫唤，使得病人不得安静，无非想当她做小说里的恶人，写出她阴险的行为来罢了。

鲁老太太 *

鲁老太太是鲁迅的母亲；她母家姓鲁，住在会稽的安桥头，住民差不多全是姓鲁的。她的父亲号晴轩，是个举人，曾在户部当主事，因病辞职回家，于光绪甲申年去世。她有两个姊姊，一个哥哥，号怡堂，一个兄弟，号寄湘，都是秀才，大约在民国前后也都故去了。

她生于清咸丰七年即一八五七年，于民国三十二年（一九四三）在北京去世，年八十七岁。她没有正式读过书，却能识字看书，早年只读弹词说部，六十以后移居北京，开始阅报，日备大小报纸两三份，看了之后与家人好谈时事，对于段张冯蒋诸人都有批评。她是闺秀出身，可是有老百姓的坚韧性。清末天足运动兴起，她就放了脚，本家中有不第文童，绰号“金鱼”的顽固党扬言曰：“某人放了大脚，要去嫁给外国鬼子了。”她听到了这话，并不去找“金鱼”评理，

---

* 1951 年 3 月 4 日刊《亦报》，署名鹤生，收入《鲁迅的故家》。

却只冷冷说道："可不是么，那倒真是很难说的呀。"她晚年在北京常把这话告诉家里人听，所以有些人知道，别的事情也有可以讲的，但这一件就很足以代表她的战斗性，不必再多说了。"金鱼"最恨革命党，辛亥光复前夕往大街，听谣言说革命党进城了，立即瘫软走不成路，由旁人扶掖送回，传为笑柄。

先母事略*

民国三十二年（一九四三）这年在我是一个灾祸很重的年头，因为在那年里我的母亲故去了。我当时写了一篇《先母事略》，同讣闻一起印发了，日前偶然找着底稿，想就把它拿来抄在这里，可是无论怎么也找不到了，所以只好起头来写，可能与原来那篇稍有些出入了吧。

先母姓鲁，名瑞，会稽东北乡的安桥头人。父名希曾，是前清举人，曾任户部司员，早年告退家居，移家于皇甫庄，与范啸风（著《越谚》的范寅）为邻，先君伯宜公进学的时候，有一封贺信写给介孚公，是范啸风代笔的，底稿保存在我这里，里边有“弟有三娇，从此无白衣之客，君惟一爱，居然继黄卷之儿”，是颇有参考价值的。先母共有兄弟五人，自己居第四，姊妹三人则为最小的，所以在母家被称为小姑奶奶。先君进学的年代无可考了，唯希曾公于光绪十年甲申

* 1962 年 9 月 5 日作，署名周作人，收入《知堂回想录》。

（一八八四）去世，所以可见这当更在其前。先母生于咸丰七年丁巳（一八五七）十一月十九日，卒于民国三十二年癸未（一九四三）四月二十二日，享年八十七岁。先母生子女五人，长樟寿，即树人，次櫆寿，即作人，次端姑，次松寿，即建人，次椿寿。端姑未满一岁即殇，先君最爱怜她，死后葬于龟山殡舍之外，亲自题碑曰，周端姑之墓，周伯宜题，后来迁移合葬于逍遥溇，此碑遂因此失落了。椿寿则于六岁时以肺炎殇，亦葬于龟山，其时距先君之丧不及二年，先母更特别悲悼，以椿寿亦为先君所爱，临终时尚问“老四在哪里”，时已夜晚，乃从睡眠中唤起，带到病床里边。故先母亦复怀念不能忘，乃命我去找画师叶雨香，托他画一个小照，他凭空画了个小孩，很是玉雪可爱，先母看了也觉中意，便去裱成一幅小中堂，挂在卧房里，搬到北京来以后，也还是一直挂着，足足挂了四十五年。关于这事我在上面已曾写过，见第十八章中，所以现在从略了。

先君生于咸丰十年庚申（一八六〇）十二月二十一日，卒于光绪二十二年丙申（一八九六）九月初六日，得年三十七，绍兴所谓刚过了本寿。他是在哪一年结婚或是进学的都无可考，或者这在当时只用活字排印了二十部的《越城周氏支谱》上可能有纪载，但是我们房派下所有的一部却给国民党政府没收了，往北京图书馆去查访，也仍是没有下落。先君本名凤仪，进学时的名字是文郁，后来改名仪炳，又改用吉，这以后就遇着那官事，先君说，“这名字的确不好，便是说拆得周字不成周字了。”但他的号还是伯宜，因为他小名叫做“宜”，先母平时便叫他“宜老相公”，——查《越谚》卷中人类尊称门中有老相公，注云有田产安享者，又佃户亦常称地主为收租老相公，意如是称谓当必有所本，唯小时候也不便动问，所以这缘故终于不能明了。

先母性和易，但有时也很强毅。虽然家里也很窘迫，但到底要比别房略为好些，以是有些为难的本家时常走来乞借，总肯予以通融周济，可是遇见不讲道理的人，却也要坚强的反抗。清末天足运动兴起，她就放了脚，本家中有不第文童，绰号“金鱼”的顽固党扬言曰，“某人放了大脚，要去嫁给外国鬼子了。”她听到了这话，并不生气去找金鱼评理，却只冷冷的说道：“可不是么，那倒真是很难说的呀。”她晚年在北京常把这话告诉家里人听，所以有些人知道，我这事写在《鲁迅的故家》的一节里，我的族叔冠五君见了加以补充道：

> 鲁老太太的放脚是和我的女人谢蕉荫商量好一同放的。金鱼在说了放脚是要嫁洋鬼子的话以外，还把她们称为妖怪，金鱼的老子也给她们两人加了“南池大扫帚”的称号，并责备藕琴公家教不严，藕琴公却冷冷的说了一句，“我难道要管媳妇的脚么？”这位老顽固碰了一鼻子的灰，就一声不响的走了。

所谓金鱼的老子即《故家》里五十四节所说的椒生，也就是冠五的先德藕琴公的老兄，大扫帚是骂女人的一种隐语，说她要败家荡产，像大扫帚扫地似的，南池乃是出产扫帚的地名。先母又尝对她的媳妇们说：

> 你们每逢生气的时候，便不吃饭了，这怎么行呢？这时候正需要多吃饭才好呢，我从前和你们爷爷吵架，便要多吃两碗，这样才有气力说话呀。

这虽然一半是戏言，却也可以看出她强健性格的一斑。

先君虽未曾研究所谓西学，而意见甚为通达，尝谓先母曰，“我们有四个儿子，我想将来可以将一个往西洋去，一个往东洋去留学。”这个说话总之是在癸巳至丙申（一八九三至九六）之间，可以说是很有远见了，那时人家子弟第一总是读书赶考，希望做官，看看这个做不到，不得已而思其次，也是学幕做师爷，又其次是进钱店与当铺，而普通的工商业不与焉，至于到外国去进学堂，更是没有想到的事了。先君去世以后，儿子们要谋职业，先母便陆续让他们出去，不但去进洋学堂，简直搞那当兵的勾当，无怪族人们要冷笑这样的说了，便是像我那样六年间都不回家，她也毫不嗔怪。她虽是疼爱她的儿子，但也能够坚忍，在什么必要的时候。我还记得在鲁迅去世的那时候，上海来电报通知我，等我去告诉她知道，我一时觉得没有办法，便往北平图书馆找宋紫佩，先告诉了他，要他一同前去。去了觉得不好就说，就那么经过了好些工夫，这才把要说的话说了出来，看情形没有什么，两个人才放了心。她却说道：“我早有点料到了，你们两个人同来，不像是寻常的事情，而且是那样迟延尽管说些不要紧的话，愈加叫我猜着是为老大的事来的了。”对这一件与上文所说的“一幅画”的事对照来看，她的性情的两方面就可全然明了了。

先母不曾上过学，但是她能识字读书。最初读的也是些弹词之类，我记得小时候有一个时期很佩服过左维明，便是从《天雨花》看来的，但是那里写他剑斩犯淫的侍女，却是又觉得有了反感了，此外还有《再生缘》，不过看过了没有留下什么记忆。随后看的是演义，大抵家里有的都看，多少也曾新添一些，记得有大橱里藏着一部木版的《绿野仙踪》，似乎有些不规矩的书也不是例外，至于《今古奇观》和《古今奇闻》，那不用说了。我在庚子年以前还有科举的时候，在“新试前”赶考场的书摊上买得一部《七剑十三侠》，她看了觉得喜欢，以后便搜寻它的续编以至三续，直到完结了才算完事。此后也看新出的章回体小说，民国以后的《广陵潮》也是爱读书之一，一册一册的随出随买，有些记得还是在北京所买得的。她只看白话的小说，虽然文言也可以看，如《三国演义》，但是不很喜欢，《聊斋志异》则没有看过。晚年爱看报章，定上好几种，看所登的社会新闻，往往和小说差不多，同时却也爱看政治新闻，我去看她时辄谈段祺瑞吴佩孚和张作霖怎么样，虽然所根据的不外报上的记载，但是好恶得当，所以议论都是得要领的。

先母的诞日是照旧历计算的，每年在那一天，叫饭馆办一桌酒席给她送去，由她找几个合适的人同吃，又叫儿子丰一照一张相，以作纪念。一九四二年十二月廿六日为先母八十六岁的生日，丰一于饭后为照相，及至晒好以后先母乃特别不喜欢，及明年去世，唯此相为最近所照，不得已遂放大用之于开吊时。一九四三年四月份日记云：

> 廿二日晴，上午六时同信子往看母亲，情形不佳，十一时回家。下午二时后又往看母亲，渐近弥留，至五时半遂永眠矣。十八日见面时，重复云，这回永别了，不图竟至于此，哀哉，唯今日病状安谧，神识清明，安静入灭，差可慰耳。九时回来。
>
> 廿三日晴，上午九时后往西三条。下午七时大殓，致祭，九时回家。此次系由寿先生让用寿材，代价九百元，得以了此大事，至可感也。
>
> 廿四日晴，上午八时往西三条，九时灵柩出发，由官门口出西四牌楼，进太平仓，至嘉兴寺停灵，十一时到。下午接三，七时半顷回家，丰一暂留，因晚间放焰口也。

至五月二日开吊，以后就一直停在那里，明年六月十九日乃下葬于西郊板井村之墓地。

本文是完了，但是这里却有一个附录，这便是上文所说范啸风替晴轩公写的那封信，因为文章虽并不高明，内容却有可供参考的地方，而且那种“黄伞格”的写法将来也要没有人懂得了，所以我把它照原样的抄写在这里了。原题是“答内阁中书周福清（两字偏右稍小）并贺其子入泮”：

忝依
玉树，增葭末之荣光，昨奉
金缄，愧楮生之彡㣈。兹者欣遇
令郎入泮，窃喜择婿东床，笑口欢腾，喜心倾写。
恭维
介孚仁兄亲家大人职勤视草，
恩遇赐罗，
雅居中翰之班，爱莲名噪，
秀看后英之茁，采藻声传。
闻喜可知，驰贺靡似。弟自违粉署，遂隐稽山，蜗居不啻三迁，蠖屈已将廿载。所幸男婚女嫁，愿了向平，侄侍孙嬉，情娱垂晚。昔岁季女归
第，今兹快婿游庠。弟有三娇，从此无白衣之客，
君惟一爱，居然继黄卷之儿。不禁笔歌，用达絮语，
敬贺
鸿禧，顺请
台安，诸维
亮察不庄。　　　　　　姻愚弟鲁希曾顿首。

大姑母*

族叔冠五，原来号曰官五，因为名是凤纪，取以鸟纪官的故典，后来以同音字取笔名曰观鱼，著有一册《回忆鲁迅房族和社会环境三十五年间的演变》，里边有一节文章，可以补我这里的不足，即是讲大姑母的。今转录于后：

> 介孚公有一个女儿，乳名叫作“德”的，我叫她德姊姊，她是介孚公的先室孙老太太所出，蒋老太太是她的继母。介孚公相攸过苛，高来不就，低来不凑，以致耽误了婚期。绍地有一种坏风俗，对年长待字的闺女，不研究因何贻误的原因，凡是年逾二十以外，概目之为“老大姑娘”，对老大姑娘的估价都认为无论是何原因总或多或少的有其缺点。要挽人做媒就只好屈配填房，要想元配那就无人问津。俞凤冈断弦敢于挽媒求配，也就是根据这一习

* 1962年10月2日作，署名周作人，收入《知堂回想录》，题《拾遗丁》。

俗。因此这位德姑太太以延误过久，终于许给吴融村一个姓马的做了填房。德姑太太虽非蒋老太太所出，像幽默和诙谐也都一模一样。有一年三伏天她上城来拜她生母的忌日，这天气候特别恶劣，午饭后已殷殷其雷。她每次来城虽是当天往返，时间局促，但每来总必到我家和藕琴公说长道短并夹杂些笑谈。这天午饭后她又照例来了，藕琴公因为天气太坏，劝她今天不必返乡，防的路上危险，她幼小又有怕雷电的毛病，况且雷声已在响着。她听藕琴公的劝告，回来对蒋老太太说了，蒋老太太不知怎的忽然说："九叔（她呼藕琴公为九叔）这末说吗，九叔的话不会错的，那末今天乡下河港里不会再有船了。"或者是她幽默老调，德姑太太多了心，认为话头不对，忙说："我一定要回去的。"蒋老太太又重述了一句说："九叔叫不要去，你怎么能去呢？"德姑太太也斩钉截铁的说："我一定要回去的。"说毕又来我家转了一转，把蒋老太太的所说也匆匆的告了藕琴公，我父又再三劝止，她恨恨的说就死也得去，说罢就出门下船去了。没有多久，天大雷雨以风，雷震电疾，风狂雨暴，晦黑如夜，煞是可怕，大家都为德姑太太担忧，到了傍晚噩耗来了，她竟在恐惶中于船只簸动时不自主的颠出船舷落水而死，尸身直至次日方才捞起。族中多有人说，要是她生母健在，哪会放她回去，足见后母对前出子女的漠不关心。其实蒋老太太是完全出之于幽默，德姑太太介意发生误会，意外的遭遇都不为大家所逆料耳。不过有了前娘后母的关键，人们总不免有猜测迷胡。

德姑太太嫁给马家做填房时，偏偏先室也遗有一个儿子，那末德姑太太不容分说被拥上后母的称号，她对前子的情况如何，我们不了解，可是因看潮曾在她家被留住了好几天，在这时我所接触的，好像对前子和亲生女儿珠姑是有其差别的。自从她溺死以后，她生前痛爱如珍宝的珠姑就被兄嫂迫压得无路可走，以致随乳母出奔，给一个茶食店伙作妾，又被大妇凌虐，卖入娼寮。后竟音信杳然不知所终，这也是有关前娘后母的一段哀史。

因看潮在德姑太太家被留住过几天已在前面提及，现在也附带来叙述一下。

有一年她从城返乡，这天正是八月十七，是大潮汛前夕。她家在吴融，距离镇塘殿后桑盆不远，这两处都是海的尾闾，每年八月十八日到这两处看潮的人非常拥挤。她将次下船，邀大家一道同去。那时年青好事，兴趣特浓，于是鸣山启明乔峰和我四个人，一道应邀前往。出城后我们就不安静起来了，四个人分作两起，站在船侧两舷，此起彼落，此落彼起的把船左右晃荡得颠簸不堪。船夫喊着不能摇了，珠姑吓得哭了，我们还是不肯停歇。德姑太太发急的说：“你们两个娘舅两个表哥打算把阿珠作弄到怎么样呢？”但是我们终于不买账，一直把船左晃右荡游酒醉似的颠簸到她的家乡门口，这才完结。上岸后到了她家，她客情浓厚，连忙杀鸡为黍而食，并把她前房儿子在市上从事商业的招回来见过我们，还找来了一位她的夫弟名梦飞的招待作陪。这位梦飞先生约有五十岁的光景，虽也情意殷殷，但总觉得腐朽可厌。下午看潮并看了戏，晚饭时我们就表示意见，拒绝梦飞作陪，她接受我们的条件，自晚餐起就由我们四个人共食，连她和阿珠也不来陪了。我们觉得很满意，可是又想出新花样来了。她接待我们的是四大碗四大盘的全荤菜蔬，我们商订了一个办法，有时把四盘吃得干干净净，对四碗却原封不动，有时吃光四碗，不动四盘，有时四盘四碗全部吃光，有时只吃光饭而不开动所有的菜蔬，每餐给我们盛一桶饭，我们也是这样的办法，有时吃半桶，有时全吃光，有时颗粒不动，就这样的和她寻开心。楼上设了两张大床给我们两人合一张，我们偏要四人共一张，一张让它空着，她不论怎样和我们说，总是一个不理睬。晚间她每天每人给我们一个纸帽盒（是绍地合锦茶食的名称），备夜间的充饥，我们又弄出花样来，半夜后假作抢吃相骂相打的动作，把她吓得半夜披衣上楼来排解，我们又寂静无声的伪装睡熟了。楼上给我们摆了一个便桶，为的是夜间之需，我们却整天整夜的蹲在楼上，叫看戏，不去！叫上市闲逛，不去！大小便无间日夜的都撒在便桶里，且不让用人们去倒，一定要便桶盖浮起来了，这才由老妈子用粪勺，一勺一勺的撒出去。想尽了办法和她闹别扭，恶开心。她也恨恨的说：“你们这班恶客，我该不邀你们来！”话虽这样说，可是她性情和蔼，从也不以为忤。到了第四天我们要走了，她又很诚恳的苦苦挽留。我们敢于和她恶作剧，也是知道她的性情。不然的话，哪会跟她去看潮呢！后来她的惨死，合族的人都感到非常悲哀，为之惋惜不置。

先君共有姊妹兄弟四人，长即大姑母，名德，咸丰戊午（一八五八）生，次为先君，庚申（一八六〇）生，皆孙老太太出。第三为小姑母，不知其名，同治戊辰（一八六八）生，蒋老太太出，第四名凤升，光绪壬午（一八八二）生，则为庶母章氏所生。小时候多与小姑母接近，故亦多所依恋，但年代久远，不特容貌不复记忆，亦并不省其名字了。大姑母因早已出嫁，幼时没有什么印象，但在成人以后亦常相见，声音笑貌尚可记忆，唯看潮时事则已忘却，今得此文乃重复记起，甚可喜也。其时当在光绪甲辰（一九〇四），我在南京告假回家，至所述遭难之事则那时我不在家中，只于家信中得到消息，当在丙午（一九〇六）年之后，我已经由南京往东京留学去了。

大姑母于辛卯（一八九一）年生一女儿，取名阿珠，就是本篇中所说的珠姑，小姑母也于同年生女，亦名阿珠，但是她旋于甲午年去世，所以这个阿珠我们便少看见了。大姑母方面的珠姑则一年里总有好几回要跟着母亲到外婆家里来的，幼女的面影至今也还记得。我家对于她的印象似乎也颇不坏，因为在有一个时候，这大约在蒋老太太和大姑母都已去世以后，这或者是先母吧，曾问她到我家里来好不好，意思是想要她做一个媳妇，她答道愿意。但是这时似乎和那茶食店伙已有关系，所以这样说了之后，不久便即出奔了。她的异母哥哥是茶食店有股份的，自己常在店里帮忙，因此说不定这件事有他的阴谋在里边，故意给她们以便利，借此好来排除她的。到了民国元年，大约是秋天吧，有一个老太婆突然来访，带了两斤月饼的包头，她开门见山的说是珠姑的使者，因为记念外婆家，特差她来看望，希望能让她来走动。先母与大家商量，因为都不大赞成，所以婉词谢绝了。以常情论，这实在是有点可悯的。她大概感觉境遇有点不安，想于外婆家求到些须的保护，却不意被拒绝了。我家自昔有妾祸，潘姨刚才于两年前出去，先母的反感固亦难怪，但我们也是摆起道学家的面孔来，主张拒绝，乃是绝不应该的，正是俞理初的所谓虐无告也。回想起这件事，感到绝大的苦痛，不但觉得对不起大姑母，而且平常高谈阔论的反对礼教也都是些废话。

姑母的事情 *

我有过两个姑母，她们在旧式妇女并不算怎么不幸，可是也决不是幸福，大概上两代的女人差不多就是那么样吧。大姑母生于清咸丰戊午（一八五八）年，出嫁很迟，在吴融马家做继室，只生了一个女儿，有一年从母家回乡去，坐了一只小船，中途遇见大风，船翻了，舟夫幸而免，她却淹死了。小姑母生于同治戊辰（一八六八）年，嫁在东关金家，丈夫是个秀才，感情似颇好，可是舅姑很难侍候，遇着好许多磨折。她不知是哪一年出嫁的，她有一个女儿是属兔的，即光绪辛卯（一八九一）年所生，算来结婚当是己丑庚寅之间吧，她平常对几个小侄儿都很好，讲故事唱歌给他们听，所以她出阁那一天，大家特别恋恋不舍，这事情一直到后来还不曾忘记。至甲午（一八九四）年她产后发热，不久母子皆死，这大抵是产褥热，假如她生在现代，那是不会得死的。她的死耗也

* 1951 年 5 月 1 日刊《亦报》，署名十山，收入《鲁迅的故家》。

使得内侄们特别悲伤，据说她在高热中说胡话，看见有红蝙蝠飞来，当时鲁迅写过祭文似的东西，内容却是质问天或神明的，里边特别说及这红蝙蝠的问题，这是神的使者还是魔鬼呢，总之它使好人早夭，乃是不可恕的了。鲁迅后来在日记上记着她的忌日，可见他也是很久还记忆着的。

谈鲁迅 *

关于家兄最近在上海的情形，我是不大清楚的，因为我们平常没有事，是很少通信的。虽然他在上海患着肺病，可是前些天，他曾来过一封信，说是现在已经好了，大家便都放下心去。不料今天早晨接到舍弟建人的电报，才知道已经逝世。说起他这肺病来，本来在十年前，就已经隐伏着了，医生劝他少生气，多静养，可是他的个性偏偏很强，往往因为一点小事，就和人家冲突起来，动不动就生气，静养更是没有那回事：所以病就一天一天的加重起来，不料到了今天，已经不能挽救。

说到他的思想方面，最起初可以说是受了尼采的影响很深，就是树立个人主义，希望超人的实现。可是最近又有点转到虚无主义上去了，因此，他对一切事，仿佛都很悲观，

* 1936 年 10 月 22 日刊《大晚报》，署名周作人，未收入自编文集。此为鲁迅逝世后作者接受北平《大晚报》采访时的谈话。采访日期为 1936 年 10 月 19 日，刊出时的标题为“鲁迅先生噩耗到平，周作人谈鲁迅”。

譬如我们看他的《阿Q正传》，里面对于各种人物的描写，固是深刻极了，可是对于中国人的前途，却看得一点希望都没有。实在说起来，他在观察事物上，是非常透彻的，所以描写起来也就格外深刻。

在文学方面，他对于旧的东西，很用过一番功夫，例如：古代各种碎文的搜集，古代小说的考证等，都做得相当可观，可惜，后来都没有出版，恐怕那些材料，现在也都散失了。有人批评他说：他的长处是在整理这一方面，我以为这话是不错的。

他的个性不但很强，而且多疑，旁人说一句话，他总要想一想这话对于他是不是有不利的地方。这次在上海住的地方也很秘密，除去舍弟建人和内山书店的人知道以外，其馀的人都很难找到。家母几次让他到北平来，但他总不肯，他认为上海的环境是很适宜的，不愿意再到旁的地方去。

至于他身后的一切事，就由舍弟建人就近办理了，本来家嫂是要去的，可是因为家母还需要陪伴，暂时恐怕也不能成行。舍间什么时候替他开吊，要等舍弟建人来信以后才能决定的。

关于鲁迅 *

《阿Q正传》发表以后，我写过一篇小文章，略加以说明，登在那时的《晨报副镌》上。后来《阿Q正传》与《狂人日记》等一并编成一册，即是《呐喊》，出在《新潮社丛书》里，其时傅孟真罗志希诸君均已出国留学去了，《新潮》交给我编辑，这丛书的编辑也就用了我的名义。出版以后大被成仿吾所挖苦，说这本小说集既然是他兄弟编的，一定好的了不得。——原文不及查考，大意总是如此。于是我恍然大悟，原来关于此书的编辑或评论，我是应当回避的。这是我所得的第一个教训。不久在中国文坛上又起了《阿Q正传》是否反动的问题。恕我记性不好，不大能记得谁是怎么说的了，但是当初决定《正传》是落伍的反动的文学的，随后又改口说这是中国普罗文学的正宗者，往往有之。这一笔“阿Q的旧账”至今我还是看不懂，本来不懂也没有什么要紧，

* 1936年11月16日刊《宇宙风》第29期，署名知堂，收入《瓜豆集》。

不过这切实的给我一个教训，就是使我明白这件事的复杂性，最好还是不必过问。于是我就不再过问，就是那一篇小文章也不收到文集里去，以免为无论那边的批评家所援引，多生些小是非。现在鲁迅死了，一方面固然也可以如传闻乡试封门时所祝，正是“有恩报恩有怨报怨”的时候，一方面也可以说，要骂的捧的或利用的都已失了对象，或者没有什么争论了亦未可知。这时候我想来说几句话，似乎可以不成问题，而且未必是无意义的事，因为鲁迅的学问与艺术的来源有些都非外人所能知，今本人已死，舍弟那时年幼亦未闻知，我所知道已为海内孤本，深信值得录存，事虽细微而不虚诞，世之识者当有取焉。这里所说限于有个人独到之见独创之才的少数事业，若其他言行已有人云亦云的毁或誉者概置不论，不但仍以避免论争，盖亦本非上述趣意中所摄者也。

鲁迅本名周樟寿，生于清光绪辛巳八月初三日。祖父介孚公在北京做京官，得家书报告生孙，其时适有张——之洞还是之万呢？来访，因为命名曰张，或以为与灶君同生日，故借灶君之姓为名，盖非也。书名定为樟寿，虽然清道房同派下群从谱名为寿某，祖父或忘记或置不理均不可知，乃以寿字属下，又定字曰豫山，后以读音与雨伞相近，请于祖父改为豫才。戊戌春间往南京考学堂，始改名树人，字如故，义亦可相通也。留学东京时，刘申叔为河南同乡办杂志曰《河南》，孙竹丹来为拉稿，豫才为写几篇论文，署名一曰迅行，一曰令飞，至民七在《新青年》上发表《狂人日记》，于迅上冠鲁姓，遂成今名。写随感录署名唐俟，唐者“功不唐捐”之唐，意云空等候也，《阿Q正传》特署巴人，已忘其意义。

鲁迅在学问艺术上的工作可以分为两部，甲为搜集辑录校勘研究，乙为创作。今略举于下：

甲部

一、《会稽郡故书杂集》。

二、谢承《后汉书》（未刊）。

三、《古小说钩沉》（未刊）。

四、《小说旧闻钞》。

五、《唐宋传奇集》。

六、《中国小说史》。

七、《嵇康集》（未刊）。

八、《岭表录异》（未刊）。

九、《汉画石刻》（未完成）。

乙部

一、小说：《呐喊》，《彷徨》。

二、散文：《朝华夕拾》，等。

这些工作的成就有大小，但无不有其独得之处，而其起因亦往往很是久远，其治学与创作的态度与别人颇多不同，我以为这是最可注意的事。豫才从小就喜欢书画，——这并不是书家画师的墨宝，乃是普通的一册一册的线装书与画谱。最初买不起书，只好借了绣像小说来看。光绪癸巳祖父因事下狱，一家分散，我和豫才被寄存在大舅父家里，住在皇甫庄，是范啸风的隔壁，后来搬往小皋步，即秦秋渔的娱园的厢房。这大约还是在皇甫庄的时候，豫才向表兄借来一册《荡寇志》的绣像，买了些叫作吴公纸的一种毛太纸来，一张张的影描，订成一大本，随后仿佛记得以一二百文钱的代价卖给书房里的同窗了。回家以后还影写了好些画谱，还记得有一次在堂前廊下影描马镜江的《诗中画》，或是王冶梅的《三十六赏心乐事》，描了一半暂时他往，祖母看了好玩，就去画了几笔，却画坏了，豫才扯去另画，祖母有点怅然。后来压岁钱等等略有积蓄，于是开始买书，不再借抄了。顶早买到的大约是两册石印本冈元凤所著的《毛诗品物图考》，这书最初也是在皇甫庄见到，非常歆羡，在大街的书店买来一部，偶然有点纸破或墨污，总不能满意，便拿去掉换，至再至三，直到伙计烦厌了，戏弄说，这比姊姊的面孔还白呢，何必掉换，乃愤然出来，不再去买书。这书店大约不是墨润堂，却是邻近的奎照楼吧。这回换来的书好像又有什么毛病，记得还减价以一角小洋卖给同窗，再贴补一角去另买了一部。画谱方面那时的石印本大抵陆续都买了，《芥子园画传》自不必说，可是却也不曾自己学了画。此外陈淏子的《花镜》恐怕是买来的第一部书，是用了二百文钱从一个同窗的本家那里得来的。家中原有几箱藏书，却多是经史及举业的正经书，也有些小说如《聊斋志异》，《夜谈随录》，以至《三国演义》，《绿野仙踪》等，其馀想看的须得自己来买添，我记得这里边有《酉阳杂俎》，《容斋随笔》，《辍耕录》，《池北偶谈》，《六朝事迹类编》，《二西堂丛书》，《金石存》，《徐霞客游记》等。新年出城拜岁，来回总要一整天，船中枯坐无聊，只好看书消遣，那时放在“帽盒”中带了去的大抵是《游记》或《金石存》，——后者自然是石印本，前者乃是图书集成局的扁体字的。《唐代丛书》买不起，托人去转借来看过一遍，我很佩服那里的一篇《黑心符》，抄了《平泉草木记》，豫才则抄了三卷《茶经》和《五木经》。好容易凑了块把钱，买来一部小丛书，共二十四册，现在头本已缺无可查考，但据每册上特请一位族叔题的字，或者名为“艺苑捃华”吧，当时很是珍重耽读，说来也很可怜，这原来乃是书估从《龙威秘书》中随意抽取，杂凑而成的一碗“拼拢坳羹”而已。这些事情都很琐屑，可是影响却颇不小，它就“奠定”了半生学问事业的倾向，在趣味上到了晚年也还留下好些明了的痕迹。

戊戌往南京，由水师改入陆师附设的路矿学堂，至辛丑毕业派往日本留学，此三年中专习科学，对于旧籍不甚注意，但所作随笔及诗文盖亦不少，在我的旧日记中略有录存。如戊戌年作《戛剑生杂记》四则云：

> 行人于斜日将堕之时，暝色逼人，四顾满目非故乡之人，细聆满耳皆异乡之语，一念及家乡万里，老亲弱弟必时时相语，谓今当至某处矣，此时真觉柔肠欲断，涕不可仰。故予有句云，日暮客愁集，烟深人语喧，皆所身历，非托诸空言也。

生鲈鱼与新粳米炊熟，鱼须斫小方块，去骨，加秋油，谓之鲈鱼饭。味甚鲜美，名极雅饬，可入林洪《山家清供》。

夷人呼茶为梯，闽语也。闽人始贩茶至夷，故夷人效其语也。

试烧酒法，以缸一只猛注酒于中，视其上面浮花，顷刻迸散净尽者为活酒，味佳，花浮水面不动者为死酒，味减。

又《莳花杂志》二则云：

晚香玉本名土馝螺斯，出塞外，叶阔似吉祥草，花生穗间，每穗四五球，每球四五朵，色白，至夜尤香，形如喇叭，长寸馀，瓣五六七不等，都中最盛。昔圣祖仁皇帝因其名俗，改赐今名。

里低母斯，苔类也，取其汁为水，可染蓝色纸，遇酸水则变为红，遇碱水又复为蓝。其色变换不定，西人每以之试验化学。

诗则有庚子年作《莲蓬人》七律，《庚子送灶即事》五绝，各一首，又庚子除夕所作《祭书神文》一首，今不具录。辛丑东游后曾寄数诗，均分别录入旧日记中，大约可有十首，此刻也不及查阅了。

在东京的这几年是鲁迅翻译及写作小说之修养时期，详细须得另说，这里为免得文章线索凌乱，姑且从略。鲁迅于庚戌（一九一〇年）归国，在杭州两级师范绍兴第五中学及师范等校教课或办事，民元以后任教育部佥事，至十四年去职，这是他的工作中心时期，其间又可分为两段落，以《新青年》为界。上期重在辑录研究，下期重在创作，可是精神还是一贯，用旧话来说可云不求闻达。鲁迅向来勤苦作事，为他人所不能及，在南京的时候手抄汉译赖耶尔（C. Lyell）的《地学浅说》（案即是 Principles of Geology）两大册，图解精密，其他教本称是，但因为我不感到兴趣，所以都忘记是什么书了。归国后他就开始抄书，在这几年中不知共有若干种，只是记得的就有《穆天子传》，《南方草木状》，《北户录》，《桂海虞衡志》，程瑶田的《释虫小记》，郝懿行的《燕子春秋》，《蜂衙小记》与《记海错》，还有从《说郛》抄出的多种。其次是辑书。清代辑录古逸书的很不少，鲁迅所最受影响的还是张介侯的二酉堂吧，如《凉州记》，段颎阴铿的集，都是乡邦文献的辑集也。（老实说，我很喜欢张君所著书，不但是因为辑古逸书收存乡邦文献，刻书字体也很可喜，近求得其所刻《蜀典》，书并不珍贵，却是我所深爱。）他一面翻古书抄唐以前小说逸文，一面又抄唐以前的越中史地书。这方面的成绩第一是一部《会稽郡故书杂集》，其中有谢承《会稽先贤传》，虞预《会稽典录》，钟离岫《会稽后贤传记》，贺氏《会稽先贤像赞》，朱育《会稽土地记》，贺循《会稽记》，孔灵符《会稽记》，夏侯曾先《会稽地志》，凡八种，各有小引，卷首有叙，题曰太岁在阏逢摄提格（民国三年甲寅）九月既望记，乙卯二月刊成，木刻二册。叙中有云：

> 幼时尝见武威张澍所辑书，于凉土文献撰集甚众，笃恭乡里，尚此之谓，而会稽故籍零落，至今未闻后贤为之纲纪，乃创就所见书传刺取遗篇，累为一帙。

又云：

> 书中贤俊之名，言行之迹，风土之美，多有方志所遗，舍此更不可见，用遗邦人，庶几供其景行，不忘于故。

这里辑书的缘起与意思都说的很清楚，但是另外有一点值得注意的，叙文署名“会稽周作人记”，向来算是我的撰述，这是什么缘故呢？查书的时候我也曾帮过一点忙，不过这原是豫才的发意，其一切编排考订，写小引叙文，都是他所做的，起草以至誊清大约有三四遍，也全是自己抄写，到了付刊时却不愿出名，说写你的名字吧，这样便照办了，一直拖了二十馀年。现在觉得应该说明了，因为这一件小事我以为很有点意义。这就是证明他做事全不为名誉，只是由于自己的爱好。这是求学问弄艺术的最高的态度，认得鲁迅的人平常所不大能够知道的。

其所辑录的古小说逸文也已完成，定名为《古小说钩沉》，当初也想用我的名字刊行，可是没有刻板的资财，托书店出版也不成功，至今还是搁着。此外又有一部谢承《后汉书》，因为谢伟平是山阴人的缘故，特为辑集，可惜分量太多，所以未能与《故书杂集》同时刊板，这从笃恭乡里的见地说来也是一件遗憾的事。豫才因为古小说逸文的搜集，后来能够有《小说史》的著作，说起缘由来很有意思。豫才对于古小说虽然已有十几年的用力，（其动机当然还在小时候所读的书里，）但因为不喜夸示，平常很少有人知道。那时我在北京大学中国文学系做“票友”，马幼渔君正当主任，有一年叫我讲两小时的小说史，我冒失的答应了回来，同豫才说起，或者由他去教更为方便，他说去试试也好，于是我去找幼渔换了别的什么功课，请豫才教小说史，后来把讲义印了出来，即是那一部书。其后研究小说史的渐多，如胡适之马隅卿郑西谛孙子书诸君，各有收获，有后来居上之概，但那些似只在后半部，即宋以来的章回小说部分，若是唐以前古逸小说的稽考恐怕还没有更详尽的著作，这与《古小说钩沉》的工作正是极有关系的。对于画的爱好使他后来喜欢翻印外国的板画，编选北平的诗笺，为世人所称，但是他半生精力所聚的汉石刻画像终于未能编印出来，或者也还没有编好吧。

末了我们略谈鲁迅创作方面的情形。他写小说其实并不始于《狂人日记》，辛亥冬天在家里的时候曾经写过一篇，以东邻的富翁为“模特儿”，写革命的前夜的事，性质不明的革命军将要进城，富翁与清客闲汉商议迎降，颇富于讽刺的色彩。这篇文章未有题名，过了两三年由我加了一个题目与署名，寄给《小说月报》，那时还是小册，系恽铁樵编辑，承其复信大加称赏，登在卷首，可是这年月与题名都完全忘记了，要查民初的几册旧日记才可知道。第二次写小说是众所共知的《新青年》时代，所用笔名是鲁迅，在《晨报副镌》为孙伏园每星期日写《阿Q正传》则又署名巴人，所写随感录大抵署名唐俟，我也有一两篇是用这个署名的，都登在《新青年》上，近来看见有人为鲁迅编一本集子，里边所收就有一篇是我写的，后来又有人选入什么读本内，觉得有点可笑。当时世间颇疑巴人是蒲伯英，鲁迅则终于无从推测，教育部中有时纷纷议论，毁誉不一，鲁迅就在旁边，茫然相对，是很有"幽默"趣味的事。他为什么这样做的呢？并不如别人所说，因为言论激烈所以匿名，实在只如上文所说不求闻达，但求自由的想或写，不要学者文人的名，自然也更不为利，《新青年》是无报酬的，《晨报副刊》多不过一字一二厘罢了。以这种态度治学问或做创作，这才能够有独到之见，独创之才，有自己的成就，不问工作大小都有价值，与制艺异也。鲁迅写小说散文又有一特点，为别人所不能及者，即对于中国民族的深刻的观察。大约现代文人中对于中国民族抱着那样一片黑暗的悲观的难得有第二个人吧。豫才从小喜欢"杂览"，读野史最多，受影响亦最大，——譬如读过《曲洧旧闻》里的"因子巷"一则，谁会再忘记，会不与《一个小人物的忏悔》所记的事情同样的留下很深的印象呢？在书本里得来的知识上面，又加上亲自从社会里得来的经验，结果便造成一种只有苦痛与黑暗的人生观，让他无条件（除艺术的感觉外）的发现出来，就是那些作品。从这一点说来，《阿Q正传》正是他的代表作，但其被普罗批评家所（曾）痛骂也正是应该的。这是寄悲愤绝望于幽默，在从前那篇小文里我曾说用的是显克微支夏目漱石的手法，著者当时看了我的草稿也加以承认的，正如《炭画》一般里边没有一点光与空气，到处是愚与恶，而愚与恶又复厉害到可笑的程度。有些牧歌式的小说都非佳作，《药》里稍露出一点的情热，这是对于死者的，而死者又已是做了“药”了，此外就再也没有东西可以寄托希望与感情。不被礼教吃了肉去，就难免被做成“药渣”，这是鲁迅对于世间的恐怖，在作品上常表现出来，事实上也是如此。讲到这里，我的话似乎可以停止了，因为我只想略讲鲁迅的学问艺术上的工作的始基，这有些事情是人家所不能知道的，至于其他问题能谈的人很多，还不如等他们来谈罢。

（廿五年十月廿四日，北平）

关于鲁迅之二*

我为《宇宙风》写了一篇关于鲁迅的学问的小文之后便拟暂时不再写这类文章，所以有些北平天津东京的新闻杂志社的嘱托都一律谢绝了，因为我觉得多写有点近乎投机学时髦，虽然我所有的资料都是事实，并不是普通《宧乡要则》里的那些祝文祭文。说是事实，似乎有价值却也没价值，因为这多是平淡无奇的，不是奇迹，不足以满足观众的欲望。一个人的平淡无奇的事实本是传记中的最好资料，但唯一的条件是要大家把他当做“人”去看，不是当做“神”，——即是偶像或傀儡，这才有点用处，若是神则所需要者自然别有神话与其神学在也。乃宇宙风社来信，叫我再写一篇，略说豫才在东京时的文学的修养，算作前文的补遗，因为我在那里边曾经提及，却没有叙述。这也成为一种理由，所以补写了这篇小文，姑且当作一点添头也罢。

---

* 1936年12月1日刊《宇宙风》第30期，署名知堂，收入《瓜豆集》。

豫才的求学时期可以分作三个段落，即自光绪戊戌（一八九八）至辛丑（一九〇一）在南京为前期，自辛丑至丙午（一九〇六）在东京及仙台为中期，自丙午至己酉（一九〇九）又在东京为后期。这里我所要说的只是后期，因为如他的自述所说，从仙台回到东京以后他才决定要弄文学。但是在这以前他也未尝不喜欢文学，不过只是赏玩而非攻究，且对于文学也还未脱去旧的观念。在南京的时候豫才就注意严几道的译书，自《天演论》以至《法意》，都陆续购读。其次是林琴南，自《茶花女遗事》出后，随出随买，我记得最后的一部是在东京神田的中国书林所买的《黑太子南征录》，一总大约有二三十种罢。其时"冷血"的文章正很时新，他所译述的《仙女缘》，《白云塔》我至今还约略记得，还有一篇嚣俄（Victor Hugo）的侦探谈似的短篇小说，叫作什么尤皮的，写得很有意思。苏曼殊又同陈独秀在《国民日日新闻》上译登《惨世界》，于是一时嚣俄成为我们的爱读书，搜来些英日文译本来看。末了是梁任公所编刊的《新小说》。《清议报》与《新民丛报》的确都读过，也很受影响，但是《新小说》的影响总是只有更大不会更小。梁任公的《论小说与群治之关系》当初读了的确很有影响，虽然对于小说的性质与种类，后来意见稍稍改变，大抵由科学或政治的小说渐转到更纯粹的文艺作品上去了。不过这只是不看重文学之直接的教训作用，本意还没有什么变更，即仍主张以文学来感化社会，振兴民族精神，用后来的熟语来说，可以说是属于为人生的艺术这一派的。丙午年夏天豫才在仙台的医学专门学校退了学，回家去结婚，其时我在江南水师学堂，前一年的冬天到北京练兵处考取留学日本，在校里闲住半年，这才决定被派去学习土木工程，秋初回家一转，同豫才到东京去。豫才再到东京的目的他自己已经在一篇文章中说过，不必重述，简单的一句话就是欲救中国须从文学始。他的第一步的运动是办杂志。那时留学生办的杂志并不少，但是没有一种是讲文学的，所以发心想要创办，名字定为《新生》，——这是否是借用但丁的，有点记不清楚了，但多少总有关系。其时留学界的空气是偏重实用，什九学法政，其次是理工，对于文学都很轻视，《新生》的消息传出去时大家颇以为奇，有人开玩笑说这不会是学台所取的进学新生么。又有人（仿佛记得是胡仁源）对豫才说，你弄文学做甚，有什么用处？答云，学文科的人知道学理工也有用处，这便是好处。客乃默然。看这种情形，《新生》的不能办得好原是当然的。《新生》的撰述人共有几个我不大记得了，确实的人数里有一位许季黻（寿裳），听说还有袁文薮，但他往西洋去后就没有通信。结果这杂志没有能办成，我曾根据安特路朗（Andrew Lang）的几种书写了半篇《日月星之神话》，稿今已散失，杂志的原稿纸却还有好些存在。

办杂志不成功，第二步的计划是来译书。翻译比较通俗的书卖钱是别一件事，赔钱介绍文学又是一件事，这所说的自然是属于后者。结果经营了好久，总算印出了两册《域外小说集》。第一册上有一篇序言，是豫才的手笔，说明宗旨云：

> 《域外小说集》为书，词致朴讷，不足方近世名人译本，特收录至审慎，移译亦期弗失文情。异域文术新宗，由此始入华土。使有士卓特，不为常俗所囿，必将犁然有当于心，按邦国时期，籀读其心声，以相度神思之所在。则此虽大海之微沤与，而性解思惟，实寓于此。中国译界，亦由是无迟莫之感矣。己酉正月十五日。

过了十一个年头，民国九年春天上海群益书社愿意重印，加了一篇新序，用我出名，也是豫才所写的，头几节是叙述当初的情形的，可以抄在这里：

> 我们在日本留学的时候，有一种茫漠的希望，以为文艺是可以转移性情，改造社会的。因为这意见，便自然而然的想到介绍外国新文学这一件事。但做这事业，一要学问，二要同志，三要工夫，四要资本，五要读者。第五样逆料不得，上四样在我们却几乎全无。于是又自然而然的只能小本经营，姑且尝试，这结果便是译印《域外小说集》。
>
> 当初的计画，是筹办了连印两册的资本，待到卖回本钱，再印第三第四，以至第多少册的。如此继续下去，积少成多，也可以约略介绍了各国名家的著作了。于是准备清楚，在一九〇九年二月，印出第一册，到六月间，

又印出了第二册。寄售的地方，是上海和东京。

半年过去了，先在就近的东京寄售处结了账。计第一册卖去了二十一本，第二册是二十本，以后可再也没有人买了。那第一册何以多卖一本呢？就因为有一位极熟的友人，怕寄售处不遵定价，额外需索，所以亲去试验一回，果然划一不二，就放了心，第二本不再试验了。但由此看来，足见那二十位读者，是有出必看，没有一人中止的，我们至今很感谢。

至于上海，是至今还没有详细知道。听说也不过卖出了二十册上下，以后再没有人买了。于是第三册只好停板，已成的书便都堆在上海寄售处堆货的屋子里。过了四五年，这寄售处不幸失了火。我们的书和纸板都连同化成灰烬。我们这过去的梦幻似的无用的劳力，在中国也就完全消灭了。

这里可以附注几句。《域外小说集》第一册印了一千本，第二册只有五百本。印刷费是蒋抑卮（鸿林）代付的，那时蒋君来东京医治耳疾，听见译书的计划甚为赞成，愿意帮忙，上海寄售处也即是他的一家绸缎庄。那个去试验买书的则是许季黻也。

《域外小说集》两册中共收英美法各一人一篇，俄四人七篇，波兰一人三篇，波思尼亚一人二篇，芬兰一人一篇。从这上边可以看出一点特性来，即一是偏重斯拉夫系统，一是偏重被压迫民族也。其中有俄国的安特来夫（Leonid Andrejev）作二篇，伽尔洵（V. Garshin）作一篇，系豫才根据德文本所译。豫才不知何故深好安特来夫，我所能懂而喜欢者只有短篇《齿痛》（Ben Tobit），《七个绞死的人》与《大时代的小人物的忏悔》二书耳。那时日本翻译俄国文学尚不甚发达，比较的绍介得早且亦稍多的要算屠介涅夫，我们也用心搜求他的作品，但只是珍重，别无翻译的意思。每月初各种杂志出版，我们便忙着寻找，如有一篇关于俄文学的绍介或翻译，一定要去买来，把这篇拆出保存，至于波兰自然更好，不过除了《你往何处去》，《火与剑》之外不会有人讲到的，所以没有什么希望。此外再查英德文书目，设法购求古怪国度的作品，大抵以俄，波兰，捷克，塞尔比亚，勃耳伽利亚，波思尼亚，芬兰，匈加利，罗马尼亚，新希腊为主，其次是丹麦瑙威瑞典荷兰等，西班牙义大利便不大注意了。那时日本大谈自然主义，这也觉得是很有意思的事，但是所买的法国著作大约也只是茀罗贝尔，莫泊三，左拉诸大师的二三卷，与诗人波特莱耳，威耳伦的一二小册子而已。上边所说偏僻的作品英译很少，德译较多，又多收入勒克阑等丛刊中，价廉易得，常开单托相模屋书店向丸善定购，书单一大张而算账起来没有多少钱，书店的不惮烦肯帮忙也是很可感的，相模屋主人小泽死于肺病，于今却已有廿年了。德文杂志中不少这种译文，可是价太贵，只能于旧书摊上求之，也得了许多，其中有名叫什么 Aus Fremden Zungen（记不清楚是否如此）的一种，内容最好，曾有一篇批评荷兰凡藹覃的文章，豫才的读《小约翰》与翻译的意思实在是起因于此的。

这许多作家中间，豫才所最喜欢的是安特来夫，或者这与爱李长吉有点关系罢，虽然也不能确说。此外有伽尔询，其《四日》一篇已译登《域外小说集》中，又有《红花》则与莱耳孟托夫（M. Lermontov）的《当代英雄》，契诃夫（A. Tchekhov）的《决斗》，均未及译，又甚喜科洛连诃（V. Korolenko），后来只由我译其《玛加耳的梦》一篇而已。高尔基虽已有名，《母亲》也有各种译本了，但豫才不甚注意，他所最受影响的却是果戈里（N. Gogol），《死灵魂》还居第二位，第一重要的还是短篇小说《狂人日记》,《两个伊凡尼支打架》，喜剧《巡按》等。波兰作家最重要的是显克微支（H. Sienkiewicz），《乐人扬珂》等三篇我都译出登在小说集内，其杰作《炭画》后亦译出，又《得胜的巴耳得克》未译，至今以为憾事。用幽默的笔法写阴惨的事迹，这是果戈里与显克微支二人得意的事，《阿Q正传》的成功其原因亦在于此，此盖为不懂幽默而乱骂乱捧的人所不及知者也。（《正传》第一章的那样缠夹亦有理由，盖意在讽刺历史癖与考据癖，但此本无甚恶意，与《故事新编》中的《治水》有异。）捷克有纳卢陀（Neruda），扶尔赫列支奇（Vrchlicki），亦为豫才所喜，又芬阑乞食诗人丕佛林多（Päivärinta）所作小说集亦所爱读不释者，均未翻译。匈加利则有诗人裴象飞（Petöfi Sandor），死于革命之战，豫才为《河南》杂志作《摩罗诗力说》，表章摆伦等人的“撒但派”，而以裴象飞为之继，甚致赞美，其德译诗集一卷，又小说曰《绞手之绳》，从旧书摊得来时已破旧，豫才甚珍重之。对于日本文学当时殊不注意，森鸥外，上田敏，长谷川二叶亭诸人，差不多只重其批评或译文，唯夏目漱石作俳谐小说《我是猫》有名，豫才俟其印本出即陆续买读，又热心读其每日在《朝日新闻》上所载的《虞美人草》，至于岛崎藤村等的作品则始终未曾过问，自然主义盛行时亦只取山田花袋的《棉被》，佐藤红绿的《鸭》一读，似不甚感兴味。豫才后日所作小说虽与漱石作风不似，但其嘲讽中轻妙的笔致实颇受漱石的影响，而其深刻沉重处乃自果戈里与显克微支来也。豫才于拉丁民族的艺术似无兴会，德国则只取尼采一人，《札拉图斯忒拉如是说》常在案头，曾将序说一篇译出登杂志上，这大约是《新潮》吧。尼采之进化论的伦理观我也觉得很有意思，但是我不喜欢演剧式的东西，那种格调与文章就不大合我的胃口，所以我的一册英译本也搁在书箱里多年没有拿出来了。

豫才在医学校的时候学的是德文，所以后来就专学德文，在东京的独逸语学协会的学校听讲。丁未年（一九〇七）同了几个友人共学俄文，有季黻，陈子英（濬，因徐锡麟案避难来东京），陶望潮（铸，后以字行曰冶公），汪公权（刘申叔的亲属？后以侦探嫌疑被同盟会人暗杀于上海），共六人，教师名孔特夫人（Maria Konde），居于神田，盖以革命逃至日本者。未几子英先退，独自从师学，望潮因将往长崎从俄人学造炸药亦去，四人暂时支撑，卒因财力不继而散。

戊申年（一九〇八）从太炎先生讲学，来者有季黻，钱均甫（家治），朱逷先（希祖），钱德潜（夏，今改名玄同），朱蓬仙（宗莱），龚未生（宝铨），共八人，每星期日至小石川的民报社，听讲《说文解字》。丙丁之际我们翻译小说，还多用林氏的笔调，这时候就有点不满意，即严氏的文章也嫌他有八股气了。以后写文多喜用本字古义，《域外小说集》中大都如此，斯谛普虐克（Stepniak）的《一文钱》（这篇小品我至今还是很喜欢）曾登在《民报》上，请太炎先生看过，改定好些地方，至民九重印，因恐印刷为难，始将这些古字再改为通用的字。这虽似一件小事，但影响却并不细小，如写鸟字下面必只两点，见樑字必觉得讨嫌，即其一例，此所谓文字上的一种洁癖，与复古全无关系，且正以有此洁癖乃能知复古之无谓，盖一般复古之徒皆不通，本不配谈，若穿深衣写篆字的复古，虽是高明而亦因此乃不可能也。

豫才那时的思想，我想差不多可以民族主义包括之，如所介绍的文学亦以被压迫的民族为主，俄则取其反抗压制也。但他始终不曾加入同盟会，虽然时常出入民报社，所与往来者多是同盟会的人。他也没有入光复会。当时陶焕卿（成章）也亡命来东京，因为同乡的关系常来谈天，未生大抵同来。焕卿正在连络江浙会党，计划起义，太炎先生每戏呼为焕强盗或焕皇帝，来寓时大抵谈某地不久可以“动”，否则讲春秋时外交或战争情形，口讲指画，历历如在目前。尝避日本警吏注意，携文件一部分来寓属代收藏，有洋抄本一，系会党的联合会章，记有一条云，凡犯规者以刀劈之。又有空白票布，红布上盖印，又一枚红缎者，云是“龙头”。焕卿尝笑语曰，填给一张正龙头的票布何如？数月后焕卿移居，乃复来取去。以浙东人的关系，豫才似乎应该是光复会中人了。然而又不然。这是什么缘故呢？我不知道。我所记述的都重在事实，并不在意义，这里也只是报告这么一件事实罢了。

这篇补遗里所记是丙午至己酉这四五年间的事，在鲁迅一生中属于早年，而且也是一个很短的时期，我所要说的本来就只是这一点，所以就此打住了。我尝说过，豫才早年的事情大约我要算知道得顶多，晚年的是在上海的我的兄弟懂得顶清楚，所以关于晚年的事我一句都没有说过，即不知为不知也。早年也且只谈这一部分，差不多全是平淡无奇的事，假如可取，可取当在于此，但或者无可取也就在于此乎。

（廿五年十一月七日，在北平）

〔附记〕为行文便利起见，除特别表示敬礼者外，人名一律称姓字，不别加敬称。

鲁迅的笑 *

鲁迅去世已满二十年了，一直受到人民的景仰，为他发表的文章不可计算，绘画雕像就照相所见，也已不少。这些固然是极好的纪念，但是据个人的感想来说，还有一个角落，似乎表现得不够充分，这便不能显出鲁迅的全部面貌来。这好比是个盾，它有着两面，虽然很有点不同，可是互相为用，不可偏废的。鲁迅最是一个敌我分明的人，他对于敌人丝毫不留情，如果是要咬人的叭儿狗，就是落了水，他也还是不客气的要打。他的文学工作差不多一直是战斗，自小说以至一切杂文，所以他在这些上面表现出来的，全是他的战斗的愤怒相，有如佛教上所显现的降魔的佛像，形象是严厉可畏的。但是他对于友人另有一副和善的面貌，正如盾的向里的一面，这与向外的蒙着犀兕皮的大不相同，可能是为了便于使用，贴上一层古代天鹅绒的里子的。他的战斗是有目的的，这并

---

* 1956 年 10 月 11 日刊《陕西日报》，署名周启明，收入《鲁迅的青年时代》。

非单纯的为杀敌而杀敌，实在乃是为了要救护亲人，援助友人，所以那么的奋斗，变相降魔的佛回过头来对众生的时候，原是一副十分和气的金面。鲁迅为了摧毁反革命势力——降魔——而战斗，这伟大的工作，和相随而来的愤怒相，我们应该尊重，但是同时也不可忘记他的别一方面，对于友人特别是青年和儿童那和善的笑容。

我曾见过些鲁迅的画像，大都是严肃有馀而和蔼不足。可能是鲁迅的照相大多数由于摄影时的矜持，显得紧张一点，第二点则是画家不曾和他亲近过，凭了他的文字的印象，得到的是战斗的气氛为多，这也可以说是难怪的事。偶然画一张轩眉怒目，正要动手写反击“正人君子”的文章时的像，那也是好的，但如果多是紧张严肃的这一类的画像，便未免有单面之嫌了。大凡与他生前相识的友人，在学校里听过讲的学生，和他共同工作，做过文艺运动的人，我想都会体会到他的和善的一面，多少有过些经验。有一位北京大学听讲小说史的人，曾记述过这么一回事情。鲁迅讲小说到了《红楼梦》，大概引用了一节关于林黛玉的本文，便问大家爱林黛玉不爱？大家回答，大抵都说是爱的吧，学生中间忽然有人询问，周先生爱不爱林黛玉？鲁迅答说，我不爱。学生又问，为什么不爱？鲁迅道，因为她老是哭哭啼啼。那时他一定回答得很郑重，可是我们猜想在他嘴边一定有一点笑影，给予大家很大的亲和之感。他的文章上也多有滑稽讽刺成分，这落在敌人身上，是一种鞭打，但在友人方面看去，却能引起若干快感。

我们不想强调这一方面，只是说明也不可以忽略罢了。本来这两者的成分也并不是平均的，平常表现出来还是严肃这一面为多。我对于美术全是门外汉，只觉得在鲁迅生前，陶元庆给他画过一张像，觉得很不差，鲁迅自己当时也很满意，仿佛是适中的表现出了鲁迅的精神。

关于鲁迅三数事*

吃茶

鲁迅的抽纸烟是有名的，又说他爱吃糖，这在东京时并不显著，但是他的吃茶可以一说。在老家里有一种习惯，草囤里加棉花套，中间一把大锡壶，满装开水，另外一只茶缸，泡上浓茶汁，随时可以倒取，掺和了喝，从早到晚没有缺乏。日本也喝清茶，但与西洋相仿，大抵在吃饭时用，或者有客到来，临时泡茶，没有整天预备着的。鲁迅用的是旧方法，随时要喝茶，要用开水，所以在他的房间里与别人不同，就是在三伏天，也还要火炉，这是一个炭钵，外有方形木匣，灰中放着铁的三角架，以便安放开水壶。茶壶照例只是所谓“急须”，与潮汕人吃“工夫茶”所用的相仿，泡一壶只可供给两三个人各一杯罢了，因此屡次加水，不久淡了，便须换新茶叶。这里用得着别一只陶缸，那原来是倒茶脚用的，旧茶叶也就放在这里边，普通顿底饭碗大的容器内每天总是满满的一缸，

* 1957年10月15日刊香港《乡土》1卷20期，署名周启明，未收入自编文集。

有客人来的时候，还要临时去倒掉一次才行。所用的茶叶大抵是中等的绿茶，好的玉露以上，粗的番茶，他都不用，中间的有十文目，二十目，三十目几种，平常总是买的“二十目”，两角钱有四两吧，经他这吃法也就只够一星期而已，买“二十目”的茶叶，这在那时留学生中间，大概知道的人也是很少的。

看戏

鲁迅在乡下常看社戏，小时候到东关看过五猖会，记在《朝华夕拾》里，他对于民间这种娱乐很有兴趣，但戏园里的戏似乎看得不多。他自己说在仙台时常常同了学生们进戏馆去“立看”，没有座位，在后边站着看一、二幕，价目很便宜，也很好玩。在东京没有这办法，他也不曾去过，只是有一回，大概是一九〇七年春天，几个同乡遇着，有许寿裳、邵明之、蔡谷清夫妇等，说去看戏去吧，便到春木町的本乡座，看泉镜花原作叫做《风流线》的新剧。主人公是一个伪善的资本家，标榜温情主义，欺骗工农人等，终于被侠客打倒，很有点浪漫色彩的，其中说他设立救济工人的机关，名叫救小屋，实在也是剥削人的地方，这救小屋的名称从此为这几个人所引用，常用作谈笑的资料。还有一次是春柳社表演《黑奴吁天录》，大概因为佩服李息霜的缘故，他们二、三人也去一看，那是一个盛会，来看的人实在不少，但是鲁迅似乎不很满意，关于这事，他自己不曾说什么。他那时最喜欢伊勃生（《新青年》上称“易卜生”，为他所反对）的著作，或者比较起来以为差一点，也未可知吧。新剧中有时不免有旧戏的作风，这当然也是他所不赞成的。

维新号

鲁迅在东京这几年，衣食住都很随便，他不穿洋服，不用桌椅，有些留学生苦于无床，便将壁橱上层作卧榻，大为鲁迅所非笑，他自己是席上坐卧都无不可，假如到了一处地方只在地上铺稻草，他是也照样会睡的。关于吃食，虽然在《朝华夕拾》的小引中曾这样说，“我有一时，曾经屡次忆起儿时在故乡所吃的蔬果，菱角、罗汉豆、茭白、香瓜，凡这些都是极其鲜美可口的，都曾是使我思乡的蛊惑。”事实上却不如是，或者这有一时只是在南京的时候，看庚子、辛丑的有些诗可以知道，至少在东京那时总没有这种迹象，他并不怎么去搜求故乡的东西来吃。神田的维新号楼下是杂货铺，罗列着种种中国好吃的物事，自火腿以至酱豆腐，可是他不曾买过什么，除了狼毫笔以外。一般留学生大抵不能那样淡泊，对于火腿总是怀念着，有一个朋友才从南京出来，鲁迅招待他住在伏见馆，他拿了一小方火腿叫公寓的下女替他蒸一下，岂知她们把它切块煮了一锅汤，他大生其气，见了便诉说他那火腿这一件事，鲁迅因此送他诨名就叫作“火腿”。这位朋友是河南人，一个好好先生，与鲁迅的关系一直很好，回国后在海军部当军法官，仍与鲁迅往还，不久病故，我就不曾在北京见到他过。

诨名

鲁迅不常给人起诨名，但有时也要起一两个，这习惯大概可以说是从书房里来的，那里的绰号并没有什么恶意，不久也公认了，成了第二个名字。譬如说小麻子，尖耳朵，固然最初是有点嘲弄的意思，但是抓住特点，容易认识，真够得上说“表德”，这与《水浒》上的赤发鬼，《左传》上的黑臀正是一样的切实。鲁迅给人起的诨名一部分是根据形象，大半是从本人言行出来的。邵明之在北海道留学，面大多须，绰号曰“熊”，当面也称之曰熊兄。陶焕卿连络会党，运动起事，太炎戏称为“焕强盗”、“焕皇帝”，因袭称之为焕皇帝。蒋抑卮曰“拨伊铜钿”，吴一斋曰“火腿”，都有本事，钱德潜与太炎谈论，两手挥动，坐席前移，故曰“爬来爬去”，这些诨名都没有什么恶意。杭州章君是许寿裳的同学，听路上卖唱的，人问这唱的是什么，答说，“这是唱恋歌呀”，以后就诨名为“恋歌”。后来在教育部时，有同乡的候补人员往见，欲表示敬意。说自己是后辈，却自称小辈，大受鲁迅的训斥，以后且称此公曰“小辈”。这两个例，就很含有不敬的意思。鲁迅同学顾琅在学堂时名“芮体乾”，改读字音称之曰“芮体干”，虽然可以当面使用，却也是属于这一类的。

一幅画*

我有一幅画，到我的手里有八九年了，我不知道怎么办才好。这如说是画，也就是的，可是又并不是，因为此乃是画师想像出来的一个人的小像。这人是我的四弟，他名叫椿寿，生于清光绪癸巳（一八九三）年，四岁时死了父亲，六岁时他自己也死了，时为光绪戊戌。他很聪明，相貌身体也很好。可是生了一种什么肺炎，现在或者可以医治的，那时只请中医看了一回，就无救了。母亲的悲伤是可以想像的，住房无可掉换，她把板壁移动，改住在朝北的套房里，桌椅摆设也都变更了位置。她叫我去找画神像的人给他凭空画一个小照，说得出的只是白白胖胖的，很可爱的样子，顶上留着三仙发，感谢那画师叶雨香，他居然画了这样的一个，母亲看了非常喜欢，虽然老实说我是觉得没有什么像。这画得很特别，是一张小中堂，一棵树底下有圆扁的大石头，前面站着一个小

---

* 1951 年 3 月 20 日刊《亦报》，署名鹤生，收入《鲁迅的故家》。

孩，头上有三仙发，穿着藕色斜领的衣服，手里拈着一朵兰花。如不说明是小影，当作画看也无不可，只是没有一点题记和署名。她把这画挂在房里前后足足有四十五年，在她老人家八十七岁时撒手西归之后，我把这画卷起，连同她所常常玩耍、也还是祖母所传下来的一副骨牌，拿了过来，便一直放在箱子里，没有打开来过。这画是我经手去托画裱好拿来的，现在又回到我的手里来，我应当怎么办呢？我想最好有一天把它火化了吧，因为流传下去它也已没有意义，现在世上认识他的人原来就只有我一个人了。

〔补记〕[①]在本文发表之后，这所说的一幅画，已由我的儿子拿去捐献给文化部，挂在鲁迅故居的原来地方了。

---

①这则补记是《鲁迅的故家》成书时加上的。

四弟 *

我从五月十七日回到家以后，就不写日记，一直到戊戌十一月，这才又从廿六日写起，到己亥年的六月，成为日记第二卷。在这没有写的期间，却不是没有事情可记，而且还是颇为重大的，至少在家族里这影响很是不少。这便是四弟的病殁，和鲁迅的回家来考“县考”。

日记虽然不写，然而大事情还有记录，十一月中记有初六日县试，予与大哥均去，初七日记四弟病甚重，初八日记四弟以患喘逝世，时方辰时。前一天的初七日，我还独坐小船，赶到小皋埠的大舅父家里去，请他来看四弟的病，因为他是懂得中医的，但是他来看了之后，并不开方，却自回去了，他不是行时的“名医”，知道这无可救，所以不肯用了鲜芦根之类来骗人的。四弟的病大概是急性肺炎吧，当时的病象只是气喘，这在现时是可以有救的，有青霉素等药存在，但

* 1961 年 1 月 7 日作，署名周作人，收入《知堂回想录》。

是在六十馀年前这有什么办法呢。母亲的悲伤是可以想像得来的，住房无可掉换，她把板壁移动，改住在朝北的套房里，桌椅摆设也都变更了位置。她叫我去找那画神像的人，给他凭空画一个小照，说得出的特征只是白白胖胖的，很可爱的样子，顶上留着三仙发。感谢那画师叶雨香，他居然画了这样的一个，母亲看了非常喜欢，虽然老实说我是觉得没有什么像。这画得很特别，是一张小中堂，一棵树底下有一块圆扁的大石头，前面站着一个小孩，头上有三仙发，穿着藕色斜领的衣服，手里拈着一朵兰花，如不说明是小影，当作画看也无不可，只是没有一点题记和署名。这小照的事是我一手包办的，在己亥年日记的二月里，记有下列三项：

> 十一日，雨。同方叔访叶雨香画师，不值。
>
> 十二日，雨。重访叶雨香，适在，托画四弟小影。
>
> 十三日，晴。往狮子街取小影，所画“头子”尚可用，使绘秋景。

其后装裱，也是我在大庆桥文聚斋所办的，可是在日记中却找不到了。母亲拿这画挂在她的卧房里，前后足足有四十五年，在她老人家八十七岁时撒手西归之后，我把这幅画卷起，连同她所常常玩耍，也还是祖母所传下来的一副骨牌，拿了回来，一直放在箱子里，不曾打开来过。这画是我亲手去托画裱好了拿来的，现在又回到我的手里来，我应当怎么办呢？

我想最好有一天把它火化了吧，因为流传下去它也已没有什么意义，现在世上认识他的人原来就只有我一个人了。但是转侧一想，它却有最适当的一个地方，便由我的儿子拿去献给了文化部，现在它又挂在鲁老太太的卧房门口了。

四弟名椿寿，因为他的小名是“春”，在祖父接到家信的那天，又不晓得遇着了姓春的京官，或者也是一个满人，这也是说不定的吧。

若子的病 *

《北京孔德学校旬刊》第二期于四月十一日出版，载有两篇儿童作品，其中之一是我的小女儿写的。

晚上的月亮（周若子）

晚上的月亮，很大又很明。我的两个弟弟说："我们把月亮请下来，叫月亮抱我们到天上去玩。月亮给我们东西，我们很高兴。我们拿到家里给母亲吃，母亲也一定高兴。"

但是这张旬刊从邮局寄到的时候，若子已正在垂死状态了。她的母亲望着摊在席上的报纸又看昏沉的病人，再也没有什么话可说，只叫我好好地收藏起来，——做一个将来决不再寓目的纪念品。我读了这篇小文，不禁忽然想起六岁时

* 1925 年 5 月 4 日刊《语丝》第 25 期，署名开明，收入《雨天的书》。

死亡的四弟椿寿，他于得急性肺炎的前两三天，也是固执地向着佣妇追问天上的情形，我自己知道这都是迷信，却不能禁止我脊梁上不发生冰冷的感觉。

十一日的夜中，她就发起热来，继之以大吐，恰巧小儿用的摄氏体温表给小波波（我的兄弟的小孩）摔破了，土步君正出着第二次种的牛痘，把华氏的一具拿去应用，我们房里没有体温表了，所以不能测量热度，到了黎明从间壁房中拿表来一量，乃是四十度三分！八时左右起了痉挛，妻抱住了她，只喊说，“阿玉惊了，阿玉惊了！”弟妇（即是妻的三妹）走到外边叫内弟起来，说“阿玉死了！”他惊起不觉坠落床下。这时候医生已到来了，诊察的结果说疑是“流行性脑脊髓膜炎”，虽然征候还未全具，总之是脑的故障，危险很大。十二时又复痉挛，这回脑的方面倒还在其次了，心脏中了霉菌的毒非常衰弱，以致血行不良，皮肤现出黑色，在臂上捺一下，凹下白色的痕好久还不回复。这一日里，院长山本博士，助手蒲君，看护妇永井君白君，前后都到，山本先生自来四次，永井君留住我家，帮助看病。第一天在混乱中过去了，次日病人虽不见变坏，可是一昼夜以来每两小时一回的樟脑注射毫不见效，心脏还是衰弱，虽然热度已减至三八至九度之间。这天下午因为病人想吃可可糖，我赶往哈达门去买，路上时时为不祥的幻想所侵袭，直到回家看见毫无动静这才略略放心。第三天是火曜日，勉强往学校去，下午三点半正要上课，听说家里有电话来叫，赶紧又告假回来，幸而这回只是梦呓，并未发生什么变化。夜中十二时山本先生诊后，始宣言性命可以无虑。十二日以来，经了两次的食盐注射，三十次以上的樟脑注射，身上拥着大小七个的冰囊，在七十二小时之末总算已离开了死之国土，这真是万幸的事了。

山本先生后来告诉川岛君说，那日曜日他以为一定不行的了。大约是第二天，永井君也走到弟妇的房里躲着下泪，她也觉得这小朋友怕要为了什么而辞去这个家庭了。但是这病人竟从万死中逃得一生，不知是那里来的力量。医呢，药呢，她自己或别的不可知之力呢？但我知道，如没有医药及大家的救护，她总是早已不在了。我若是一种宗派的信徒，我的感谢便有所归，而且当初的惊怖或者也可减少，但是我不能如此，我对于未知之力有时或感着惊异，却还没有致感谢的那么深密的接触。我现在所想致感谢者在人而不在自然。我很感谢山本先生与永井君的热心的帮助，虽然我也还不曾忘记四年前给我医治肋膜炎的劳苦。川岛斐君二君每日殷勤的访问，也是应该致谢的。

整整地睡了一星期，脑部已经渐好，可以移动，遂于十九日午前搬往医院，她的母亲和“姊姊”陪伴着，因为心脏尚须疗治，住在院里较为便利，省得医生早晚两次赶来诊察。现在温度复原，脉搏亦渐恢复，她卧在我曾经住过两个月的病室的床上，只靠着一个冰枕，胸前放着一个小冰囊，伸出两只手来，在那里唱歌。妻同我商量，若子的兄姊十岁的时候，都花过十来块钱，分给用人并吃点东西当作纪念，去年因为筹不出这笔款，所以没有这样办，这回病好之后须得设法来补做并以祝贺病愈。她听懂了这会话的意思，便反对说，“这样办不好。倘若今年做了十岁，那么明年岂不还是十一岁么！”我们听了不禁破颜一笑。唉，这个小小的情景，我们在一星期前那里敢梦想到呢？

紧张透了的心一时殊不容易松放开来。今日已是若子病后的第十一日，下午因为稍觉头痛告假在家，在院子里散步，这才见到白的紫的丁香都已盛开，山桃烂熳得开始憔悴了，东边路旁爱罗先珂君回俄国前手植作为纪念的一株杏花已经零落净尽，只剩有好些绿蒂隐藏嫩叶的底下。春天过去了，在我们彷徨惊恐的几天里，北京这好像敷衍人似地短促的春光早已偷偷地走过去了。这或者未免可惜，我们今年竟没有好好地看一番桃杏花。但是花明年会开的，春天明年也会再来的，不妨等明年再看；我们今年幸而能够留住了别个一去将不复来的春光，我们也就够满足了。

今天我自己居然能够写出这篇东西来，可见我的凌乱的头脑也略略静定了，这也是一件高兴的事。

（十四年四月二十二日雨夜）

若子的死*

若子字霓荪，生于中华民国四年十月二十三日午后十时，以民国十八年十一月二十日午前二时死亡，年十五岁。

十六日若子自学校归，晚呕吐腹痛，自知是盲肠，而医生误诊为胃病，次日复诊始认为盲肠炎，十八日送往德国医院割治，已并发腹膜炎，遂以不起。用手术后痛苦少已，而热度不减，十九日午后益觉烦躁，至晚忽啼曰“我要死了”，继以昏呓，注射樟脑油，旋清醒如常，迭呼兄姊弟妹名，悉为招来，唯兄丰一留学东京不得相见，其友人亦有至者，若子一一招呼，唯痛恨医生不置，常以两腕力抱母颈低语曰，“姆妈，我不要死。”然而终于死了。吁可伤已。

若子遗体于二十六日移放西直门外广通寺内，拟于明

* 1929 年 12 月 4 日刊《华北日报》，署名岂明，收入《雨天的书》。

春在西郊购地安葬。

我自己是早已过了不惑的人，我的妻是世奉禅宗之教者，也当可减少甚深的迷妄，但是睹物思人，人情所难免，况临终时神志清明，一切言动，历在心头，偶一念及，如触肿疡，有时深觉不可思议，如此景情，不堪回首，诚不知当时之何以能担负过去也。如今才过七日，想执笔记若子的死之前后，乃属不可能的事，或者竟是永久不可能的事亦未可知；我以前曾写《若子的病》，今日乃不得不来写《若子的死》，而这又总写不出，此篇其终有目无文乎。只记若子生卒年月以为纪念云尔。

（十一月二十六日送殡回来之夜，岂明附记）

《雨天的书》初版中所载照相系五年前物，今撤去，改用若子今年所留遗影，此系八月十七日在北平所照，盖死前三个月也。又记。

再记若子的死*

关于医生的误诊我实在不愿多说，因为想起若子的死状不免伤心，山本大夫也是素识，不想为此就破了脸。但是山本大夫实在太没有人的情，没有医生的道德了。十六日请他看，说是胃病，到了半夜腹又剧痛，病人自知痛处是在盲肠，打电话给山本医院，好久总打不通，我的妻雇了汽车，亲自去接，山本大夫仍说是胃病，不肯来诊，只叫用怀炉去温，幸而家里没有怀炉的煤，未及照办，否则溃烂得更速了。次晚他才说真是盲肠炎，笑说，“这倒给太太猜着了，”却还是优闲地说等明天取血液检查了再看。十八日上午取了血液，到下午三时才回电话，说这病并非恶性，用药也可治愈，唯如割治则一劳永逸，可以除根。妻愿意割治，山本大夫便命往德国医院去，说日华同仁医院割治者无一生还，万不可去。当日五时左右在德国医院经胡（Koch）大夫用手术，盲肠却已溃

* 1929年12月4日刊《华北日报》，署名周作人，未收入自编文集。本文与上文《若子的死》刊《华北日报》时原系一篇。

穿，成了腹膜炎，（根据胡大夫的死亡证书所说，）过了一天遂即死去了。本来盲肠炎不是什么疑难之症，凡是开业医生，当无不立能诊断，况病人自知是盲肠，不知山本大夫何以不肯虚心诊察，坚称胃病，此不可解者一。次日既知系盲肠炎，何以不命立即割治，尚须取血检查，至第三日盲肠已穿，又何以称并非恶性，药治可愈，此不可解者二。即云庸医误诊，事所常有，不足深责，但山本大夫错误于前，又欺骗于后，其居心有不可恕者。山本大夫自知误诊杀人，又恐为日本医界所知，故特造谣言，令勿往日华同仁医院，以为进德国医院则事无人知，可以掩藏。家人平常对于同仁医院之外科素有信仰，小儿丰一尤佩服饭岛院长之技术，唯以信托主治医故，勉往他处，虽或病已迟误，即往同仁亦未必有救，唯事后追思，不无遗恨。丰一来信，问"为什么不在同仁医院，往德国医院去？"亦令我无从回答。山本大夫思保存一己之名誉，置病人生命于不顾，且不惜污蔑本国医院以自利，医生道德已无复存矣。及若子临终时山本大夫到场，则又讳言腹膜炎，云系败血症，或系手术时不慎所致，且又对我的妻声言，"病人本不至如此，当系本院医师之责，现在等候医师到来，将与谈判。"乃又图贾祸于德医，种种欺瞒行为，殊非文明国民之所宜有。医生败德至此，真可谓言语道断也夫。

我认识山本大夫已有七八年，初不料其庸劣如此。去年石评梅女士去世，世论嚣然，我曾为之奔走调解，今冬山本大夫从德国回北平，又颇表欢迎，今乃如此相待，即在路人犹且不可，况多年相识耶！若子死后，不一存问，未及七日，即遣人向死者索欠，临终到场且作价二十五元，此岂复有丝毫人情乎！我不喜欢仇友反复，为世人所窃笑，唯如山本大夫所为，觉得无可再容忍，不得不一吐为快耳。若子垂死，痛恨山本大夫不置，尝挽母颈耳语曰："不要山本来，他又要瞧坏了，"又曰："我如病好了，一定要用枪把山本打死。"每念此言，不禁泣下，我写至此，真欲搁笔不能再下。呜呼哀哉！父母之情，非身历者不知其甘苦。妻在死儿之侧对山本大夫曰，"先生无子女，故不能知我怎样的苦痛。"山本大夫亦默然俯首不能答也。

（十二月一日再记）

第二编

寿先生 *

覆盆桥寿家，即是三味书屋，前清末年在绍兴东半城是相当闻名的。寿先生名怀鉴，字镜吾，是个老秀才，以教读为生，他的书房是有规矩而不严厉，一年四节，从读《大学》起至《尔雅》止，一律每节大洋两元，可是远近学生总是坐满一屋的。说也奇怪，学生中间并不曾出若干秀才举人，大抵只是为读书识字而来，有大部分乃是商家子弟，有的还做着锡箔店的老板吧。寿先生教书与一般塾师有不同的一点，给学生上书时必先讲解一遍，大概只有一个例外，便是鲁迅读完五经和《周礼》之后，再读一部《尔雅》，这“初哉首基俶落权舆”一连串无可发挥，也只好读读而已。先生居家很是俭朴，有一年夏天，只备一件夏布大衫，挂在书房墙壁上，他有两个成年儿子，一矮一长，父子三人外出时轮流着用，长的（先生身材也很高）觉得短一点，矮的穿了又很有点拖拖曳曳了。

---

* 1951 年 1 月 12 日刊《亦报》，署名鹤生，收入《鲁迅的故家》。

这已是光绪戊戌以前的事，寿先生的次子移居北京，现今住在三味书屋的已经都是孙辈，对于那时的事情什么都不能知道了。

寿先生二 *

凡是品行恶劣的人，必定要装出一副道学面孔，而公正规矩，真正可以称得道学家的，却反是和易近人，一点都不摆什么架子。我有一个本家长辈，是前清举人，平日服膺程朱，不以词色假人，每早又必朗诵《阴骘文》若干遍，可是晚年渔色，演出种种丑态。相反的是三味书屋的寿先生，他持身治家十分谨严，一介不取与，叫儿子往街换钱，说定九八通行制钱，回来一百百的复算，发见中间一处有缺，立即叫儿子肩了去要求补足，他拿出给人家时也总是实数（九八、九六或五四，依照惯例，不再缺少），可以通用的钱，决不掺杂标准以下的小钱以及沙壳白板。他的儿子进了秀才，报单到时，他托出三百文板方大钱来，门斗嫌少，他便说这是父亲时代传来的老规矩，如若不满意，可以把秀才拿回去吧。但是他平常对人无论上下总是很和气的，在书房里也决不看《阴骘文》

* 1951 年 1 月 20 日刊《亦报》，署名鹤生，收入《鲁迅的故家》。

等异端的书或《近思录》，只是仰着头高吟：

金叵罗颠倒淋漓，千杯未醉荷；
铁如意指挥倜傥，一座皆惊唉。

这两句话记在鲁迅的《朝华夕拾》中[①]，却不知道是什么人的赋，或者是吴谷人的吧。

①《朝华夕拾》引这两句作："铁如意，指挥倜傥，一座皆惊呢……；金叵罗，颠倒淋漓噫，千杯未醉嗬……"。

老寿先生 *

老寿先生是本城中极方正，质朴博学的人，可是并不严厉，他的书房可以说是在同类私塾中顶开通明朗的一个。他不打人，不骂人，学生们都到小园里去玩的时候，他只大声叫道：“人都到那里去了？”到得大家陆续溜回来，放开喉咙读书，先生自己也朗诵他心爱的赋，说什么“金叵罗，颠倒淋漓伊，千杯未醉荷……”，这情形在《朝华夕拾》上描写得极好，替镜吾先生留下一个简笔的肖像。先生也替大学生改文章即是八股，可是没有听见他自己念过，桌上也不见《八铭塾钞》一类的东西，这是特别可以注意的事。先生律己严而待人宽，对学生不摆架子，所以觉得尊而可亲，如读赋时那么将头向后拗过去，拗过去，更着实有点幽默感。还有一回先生闭目养神，忽然举头大嚷道，“屋里一只鸟（都了切），屋里一只鸟！”大家都吃惊，以为先生着了魔，因为那里并没有什么鸟，经

* 1951年8月8日刊《亦报》，署名十山，收入《鲁迅的故家》。

仔细检查，才知道有一匹死笨的蚊子定在先生的近视眼镜的玻璃外边哩。这蚊子不知是赶跑还是捉住了，总之先生大为学生所笑，他自己也不得不笑了。

《朝华夕拾》上说学生上学，对着那三味书屋和梅花鹿行礼，因为那里并没有至圣先师或什么牌位，共拜两遍，第一次算是拜孔子，第二次是拜先生，那时先生便和蔼地在一旁答礼。行礼照例是“四跪四拜”，先生站在右边，学生跪下叩首时据说算在孔子账上，可以不管，等站起作揖，先生也回揖，凡四揖礼毕。元旦学生走去贺年，到第二天老寿先生便来回拜，穿着褪色的红青棉外套（前清的袍套），手里拿着一叠名片，在堂前大声说道，“寿家拜岁。”伯宜公生病，医生用些新奇的药引，有一回要用三年以上的陈仓米，没有地方去找，老寿先生不知道从哪里弄到了一两升，装在“钱搭”里，亲自肩着送来。他的日常行为便是如此，但在现今看去觉得古道可风，值得记载下来，还有些行事出自传闻，并非直接看见，今且从略。

老师*

汉文老师我只有一个，张然明名培恒，是本地举人，说的满口南京土话，又年老口齿不清，更是难懂得很，但是对于所教汉文头班学生很是客气，那些汉文列在三等，虽然洋文是头班，即是螃蟹似的那么走路的人，在他班里却毫不假以词色，因为他是只以汉文为标准的。说到教法自然别无什么新意，只是看《史记》、《古文》，作史论，写笔记，都是容易对付的，虽然用的也无非是八股作法。辛丑十一月初四日课题是，"问：汉事大定，论功行赏，纪信追赠之典阙如，后儒谓汉真少恩，其说然欤？"我写了一篇短文，起头云："史称汉高帝豁达大度，窃以为非也，帝盖刻薄寡恩人也。"张老师加了许多圈，发还时还夸奖说好，便是一例。那时所使用的于正做之外还有反做一法，即是翻案，更容易见好，其实说到底都是八股，大家多知道，我也并不是从张老师学来的，

---

* 1951年10月23日刊《亦报》，署名木仙，收入《鲁迅小说里的人物》，为"学堂生活"之第二十二篇《老师二》。

不过在他那里应用得颇有成效罢了。所以我在学堂这几年，汉文这一方面未曾学会什么东西，只是时时要点拳头给老师看，骗到分数。一年两次考试列在全堂前五名时，可以得到不少奖赏，要回家去够做一趟旅资，留住校里大可吃喝受用。所看汉文书于后来有点影响的，乃是当时书报，如《新民丛报》、《新小说》、梁任公著作，以及严几道、林琴南的译书，这些东西那时如不在学堂也难得看到，所以与学堂也可以说间接是有关系的。

记太炎先生学梵文事 *

太炎先生去世已经有半年了。早想写一篇纪念的文章，一直没有写成，现在就要改岁，觉得不能再缓了。我从太炎先生听讲《说文解字》，只想懂点文字的训诂，在写文章时可以少为达雅，对于先生的学问实在未能窥知多少，此刻要写也就感到困难，觉得在这方面没有开口的资格。现在只就个人所知道的关于太炎先生学梵文的事略述一二，以为纪念。

民国前四年戊申（一九〇八），太炎先生在东京讲学，因了龚未生（宝铨）的绍介，特别于每星期日在民报社内为我们几个人开了一班，听讲的有许季黻（寿裳），钱均甫（家治），朱蓬仙（宗莱），朱逷先（希祖），钱中季（夏，今改名玄同），龚未生，先兄豫才（树人），和我共八人。大约还在开讲之前几时，未生来访，拿了两册书，一是德人德意生（Deussen）的《吠檀多哲学论》英译本，卷首有太炎先生手书邬波尼沙

* 1937 年 1 月 30 日刊《越风》，署名周作人，收入《秉烛谈》。

陀五字，一是日文的《印度宗教史略》，著者名字已忘。未生说先生想叫人翻译《邬波尼沙陀》（Upanishad），问我怎么样。我觉得这事情太难，只答说待看了再定。我看德意生这部论却实在不好懂，因为对于哲学宗教了无研究，单照文字读去觉得茫然不得要领。于是便跑到丸善，买了“东方圣书”中的第一册来，即是几种邬波尼沙陀的本文，系麦克斯穆勒（Max Müller，《太炎文录》中称马格斯牟拉）博士的英译，虽然也不大容易懂，不过究系原本，说的更素朴简洁，比德国学者的文章似乎要好办一点。下回我就顺便告诉太炎先生，说那本《吠檀多哲学论》很不好译，不如就来译邬波尼沙陀本文，先生亦欣然赞成。这里所说泛神论似的道理虽然我也不甚懂得，但常常看见一句什么“彼即是你”的要言，觉得这所谓奥义书仿佛也颇有趣，曾经用心查考过几章，想拿去口译，请太炎先生笔述，却终于迁延不曾实现，很是可惜。一方面太炎先生自己又想来学梵文，我早听见说，但一时找不到人教。——日本佛教徒中有通梵文的，太炎先生不喜欢他们，有人来求写字，曾录《孟子》逢蒙学射于羿这一节予之。苏子谷也学过梵文，太炎先生给他写《梵文典序》，不知怎么又不要他教。东京有些印度学生，但没有佛教徒，梵文也未必懂。因此这件事也就阁了好久。有一天，忽然得到太炎先生的一封信。这大约也是未生带来的，信面系用篆文所写，本文云：

豫哉、启明兄鉴：数日未晤。梵师密史逻已来，择于十六日上午十时开课，此间人数无多，二君望临期来赴。此半月学费弟已垫出，无庸急急也。手肃，即颂撰祉。麟顿首。十四。

其时为民国前三年己酉（一九〇九）春夏之间，却不记得是那一月了。到了十六那一天上午，我走到“智度寺”去一看，教师也即到来了，学生就只有太炎先生和我两个人。教师开始在洋纸上画出字母来，再教发音，我们都一个个照样描下来，一面念着，可是字形难记，音也难学，字数又多，简直有点弄不清楚。到十二点钟，停止讲授了，教师另在纸上写了一行梵字，用英语说明道，我替他拼名字。对太炎先生看着，念道：披遏耳羌。太炎先生和我都听了茫然。教师再说明道：他的名字，披遏耳羌。我这才省悟，便辩解说，他的名字是章炳麟，不是披遏耳羌（P. L. Chang）。可是教师似乎听惯了英文的那拼法，总以为那是对的，说不清楚，只能就此了事。这梵文班大约我只去了两次，因为觉得太难，恐怕不能学成，所以就早中止了。我所知道的太炎先生学梵文的事情本只是这一点，但是在别的地方还得到少许文献的证据。杨仁山（文会）的《等不等观杂录》卷八中有“代余同伯答日本末底书”二通，第一通前附有来书。案末底梵语，义曰慧，系太炎先生学佛后的别号，其致宋平子书亦曾署是名，故此来书即是先生手笔也。其文云：

顷有印度婆罗门师，欲至中土传吠檀多哲学，其人名苏蕤奢婆弱，以中土未传吠檀多派，而摩诃衍那之书彼土亦半被回教摧残，故恳恳以交输智识为念。某等详婆罗门正宗之教本为大乘先声，中间或相攻伐，近则佛教与婆罗门教渐已合为一家，得此扶掖，圣教当为一振，又令大乘经论得返梵方，诚万世之幸也。先生有意护持，望以善来之音相接，并为洒扫精庐，作东道主，幸甚幸甚。末底近已请得一梵文师，名密尸逻，印度人非人人皆知梵文，在此者三十馀人，独密尸逻一人知之，以其近留日本，且以大义相许，故每月只索四十银圆，若由印度聘请来此者，则岁须二三千金矣。末底初约十人往习，顷竟不果，月支薪水四十圆非一人所能任，贵处年少沙门甚众，亦必有白衣喜学者，如能告仁山居士设法资遣数人到此学习，相与支持此局，则幸甚。

杨仁山所代作余同伯的答书乃云：

来书呈之仁师，师复于公曰：佛法自东汉入支那，历六朝而至唐宋，精微奥妙之义阐发无遗，深知如来在世转婆罗门而入佛教，不容丝毫假借。今当末法之时，而以婆罗门与佛教合为一家，是混乱正法而渐入于灭亡，吾不忍闻也。桑榆晚景，一刻千金，不于此时而体究无上妙理，遑及异途问津乎。至于派人东渡学习梵文，美则美矣，其如经费何。此时祇桓精舍勉强支持，暑假以后下期学费未卜从何处飞来，唯冀龙天护佑，檀信施资，方免枯竭之虞耳。在校僧徒程度太浅，英语不能接谈，学佛亦未见道，迟之二三年或有出洋资格也。仁师之言如此。

此两信虽无年月，从暑假以后的话看来可知是在己酉夏天。第二书不附“来书”，兹从略。

太炎先生以朴学大师兼治佛法，又以依自不依他为标准，故推重法华与禅宗，而净土秘密二宗独所不取，此即与普通信徒大异，宜其与杨仁山辈格格不相入。且先生不但承认佛教出于婆罗门正宗（杨仁山答夏穗卿书便竭力否认此事），又欲翻读吠檀多奥义书，中年以后发心学习梵天语，不辞以外道为师，此种博大精进的精神，实为凡人所不能及，足为后学之模范者也。我于太炎先生的学问与思想未能知其百一，但此伟大的气象得以懂得一点，即此一点却已使我获益非浅矣。

（民国二十五年十二月二十日在北平记）

章太炎的北游 *

北伐方才告一段落，一二三四集团便搞了起来，这便是专心内战，没有意思对付外敌，予敌人以可乘之机，于是本来就疯狂了的日本军阀闹起“九一八”事件来了。随后是伪满洲国的成立，接着是长城战役，国民党政府始终是退让主义，譬犹割肉饲狼，欲求得暂时安静，亦不可得，终至芦沟桥一役乃一发而不可收拾。计自一九三一年以后前后七年间，无日不在危险之中，唯当时人民亦如燕雀处堂，明知祸至无日，而无处逃避，所以也就迁延的苦住下来。在这期间也有几件事情可以纪述的，第一件便是章太炎先生的北游。北京是太炎旧游之地，革命成功以后这五六年差不多就在北京过的，一部分时间则被囚禁在龙泉寺里，但自从洪宪倒后，他复得自由，便回到南方去了。他最初以讲学讲革命，随后是谈政治，末了回到讲学，这北游的时候似乎是在最后一段落里，因为再过了四年他就去世了。他谈政治的成绩最是不好，本来没有真

* 1962 年 8 月作，署名周作人，收入《知堂回想录》。

正的政见，所以很容易受人家的包围和利用，在民国十六年以浙绅资格与徐伯荪的兄弟联名推荐省长，当时我在《革命党之妻》这篇小文里稍为加以不敬，后来又看见论大局的电报，主张北方交给张振威，南方交给吴孚威，我就写了《谢本师》那篇东西，在《语丝》上发表，不免有点大不敬了。但在那文章中，不说振威孚威，却借了曾文正李文忠字样来责备他，与实在情形是不相符合的。到得国民党北伐成功，奠都南京，他也只好隐居苏州，在锦帆路又开始讲学的生活，逮九一八后淞沪战事突发，觉得南方不甚安定，虽然冀东各县也一样的遭到战火，北京却还不怎么动摇，这或者是他北游的意思，心想来看一看到底是什么情形的吧。

他的这次北游大约是在民国廿一年（一九三二）的春天，不知道的确的日子，只是在旧日记里留有这几项记载，今照抄于下：

> 三月七日晚，夷初招饮辞未去，因知系宴太炎先生，座中有黄侃，未曾会面，今亦不欲见之也。
>
> 四月十八日，七时往西板桥照幼渔之约，见太炎先生，此外有逷先玄同兼士平伯半农天行适之梦麟，共十一人，十时回家。
>
> 四月二十日，四时至北大研究所，听太炎先生讲《论语》。六时半至德国饭店，应北大校长之招，为宴太炎先生也，共二十馀人，九时半归家。

当日讲演系太炎所著《广论语骈枝》，就中择要讲述，因学生多北方人，或不能懂浙语，所以特由钱玄同为翻译，国语重译，也是颇有意思的事。

四月廿二日，下午四时至北大研究所听太炎先生讲，六时半回家。

五月十五日，下午天行来，共磨墨以待，托幼渔以汽车迓太炎先生来，玄同逷先兼士平伯亦来，在院中照一相，又乞书条幅一纸，系陶渊明《饮酒》之十八，“子云性嗜酒”云云也。晚饭用日本料理生鱼片等五品，绍兴菜三品，外加常馔，十时半仍以汽车由玄同送太炎先生回去。

太炎是什么时候回南边去的，我不曾知道，大约总在冬天以前吧。接着便是刊刻《章氏丛书续编》的商量，这事在什么时候由何人发起，我也全不知道，只是听见玄同说，由在北平的旧日学生出资，交吴检斋总其成，付文瑞斋刻木，便这样决定了。廿二年的日记里有这一条云：

六月七日下午，四时半往孟邻处，于永滋张申府王令之幼渔川岛均来，会谈守常子女教养事。六时半返，玄同来谈，交予太炎先生刻《续编》资一百元，十时半去。

因为出资的关系，在书后面得刊载弟子某人覆校字样，但实际上的校勘则已由钱吴二公办了去了。后来全书刊成，各人分得了蓝印墨印的各二部，不过早已散失，只记得七种分订四册，有几部卷首特别有玻璃板的著者照相，仍是笑嘻嘻的口含纸烟，烟气还仿佛可见。此书刻板原议赠送苏州国学讲习会的，不知怎样一来，不曾实行，只存在油房胡同的吴君处，印刷发兑。后来听说苏州方面因为没有印板，还拟重新排印行世，不久战祸勃发，这事也就搁置，连北京这副精刻的木板也弄得不知下落了。

当时因为刊刻《续编》的缘故，一时颇有复古或是好名的批评，其实刊行国学这类的书要说好古多少是难免的，至于好名那恐怕是出于误会了。在这事以前，苏州方面印了一种同门录，罗列了些人名，批评者便以为这是攀龙附凤者的所为，及至经过调查，才知道中国所常有的所谓事出有因查无实据了。恰巧手头有一封钱玄同的来信，说及此事，便照录于下，不过他的信照例是喜讲笑话的，有些句子须要说明，未免累坠一点：

> 此外该老板（指吴检斋，因其家开吴隆泰茶叶庄）在老夫子那边携归一张“点鬼簿”（即上边所说的同门录），大名赫然在焉，但并无鲁迅许寿裳钱均甫朱蓬仙诸人，且并无其大姑爷（指龚未生），甚至无国学讲习会之发祥人董修武董鸿诗，则无任叔永与黄子通，更无足怪矣。

该老板面询老夫子，去取是否有义？答云，绝无，但凭记忆所及耳。然则此《春秋》者，断烂朝报而已，无微言大义也。廿一，七，四。

民国廿五年（一九三六）太炎去世了，我写了一篇文章纪念他，讲他学梵文的事。梵文他终于没有学成，但他在这里显示出来，同样的使人佩服的热诚与决心，以及近于滑稽的老实与执意。他学梵文并不专会得读佛教书，乃是来读吠檀多派，而且末了去求救于正统护法的杨仁山，结果只得来一场的申饬。这来往信札见于杨仁山的《等不等观杂录》卷八，时间大概在己酉（一九〇九）夏天，《太炎文录》中不收，所以是颇有价值的。我的结论是太炎讲学是儒佛兼收，佛里边也兼收婆罗门，这种精神最为可贵：

太炎先生以朴学大师兼治佛法，又以依自不依他为标准，故推重法华与禅宗，而净土秘密二宗独所不取，此即与普通信徒大异，宜其与杨仁山辈格格不相入。且先生不但承认佛教出于婆罗门正宗，又欲翻读吠檀多奥义书，中年以后发心学习梵天语，不辞以外道为师，此种博大精进的精神，实为凡人所不能及，足为后学之模范者也。

记蔡孑民先生的事*

蔡孑民先生原籍绍兴山阴，住府城内笔飞坊，吾家则属会稽之东陶坊，东西相距颇远，但两家向有世谊，小时候曾见家中有蔡先生的朱卷，文甚难懂，详细已不能记得。光绪辛丑至丙午我在江南水师学堂，这其间大约是癸卯罢，蔡先生回绍兴去办劝学所，有同学前辈封君传命，叫我回乡帮忙，因为不想休学，正在踌躇，这时候蔡先生也已辞职，盖其时劝学所（或者叫作学务公所亦未可知）的所长月薪三十元，在乡间是最肥缺，早已有人设法来抢了去了。以后十二年倏忽过去，民国五年冬天蔡先生由欧洲回国，到故乡来，大家欢迎他，在花巷布业会馆讲演，我也去听，那时我在第五中学教书兼管教育会事，蔡先生来会一次，我往笔飞坊拜访，都不曾会见。不久蔡先生往北京，任北京大学校长之职，六年春天写信见招，我于四月抵京，蔡先生来绍兴会馆见访，

* 1940 年 4 月 1 日刊《中国文艺》，署名知堂，收入《药味集》。

这才是初次的见面。当初他叫我担任希腊罗马及欧洲文学史、古英文，但见面之后说只有美学需人，别的功课中途不能开设，此外教点预科国文吧，这些都非我所能胜任，本想回家，却又不好意思，当时国史馆刚由北京大学接收，改为国史编纂处，蔡先生就派我为编纂员之一，与沈兼士先生二人分管英日文的资料，这样我算进了北京大学了。

民国六年八月我改任北京大学文科教授仍暂兼了编纂员一年，自此以后至二十六年，我一直在北京大学任职。民六至民八，北京大学文理科都在景山东街，我们上课馀暇常顺便至校长室，与蔡先生谈天，民八以后文科移在汉花园，虽然相距亦只一箭之遥，非是特别有事情就不多去了。还有一层，五四运动前后文化教育界的空气很是不稳，校外有《公言报》一派日日攻击，校内也有响应，黄季刚谩骂章氏旧同门曲学阿世，后来友人都戏称蔡先生为“世”，往校长室为阿世去云。我那时在国文学系与《新青年》社都是票友资格，也就站开一点，不常去谈闲天，可是我觉得对于蔡先生的了解也还相当的可靠。民六的夏天，北京闹过公民团，接着是督军团，张勋作他们的首领，率领辫子兵入京，我去访蔡先生，这时已是六月末，我问他行止如何，蔡先生答说，只要不复辟，我是不走的。查旧日记，这是六月廿六日事，阅四日而复辟事起。这虽似一件小事，但是我很记得清楚，至今不忘，觉得他这种态度甚可佩服。蔡先生貌很谦和，办学主张古今中外兼容并包，可是其精神却又强毅，认定他所要做的事非至最后不肯放手，其不可及处即在于此。此外尽多有美德，但在我看来最可佩服的总要算是这锲而不舍的态度了。

蔡先生曾历任教育部、北京大学、大学院、研究院等事，其事业成就彰彰在人耳目间，毋庸细说，若撮举大纲，当可以中正一语该之，亦可称之曰唯理主义。其一，蔡先生主张思想自由，不可定于一尊，故在民元废止祭孔，其实他自己非是反对孔子者，若论其思想，倒是真正之儒家也。其二，主张学术平等，废止以外国语讲书，改用国语国文，同时又设立英法德俄日各文学系，俾得多了解各国文化。其三，主张男女平等，大学开放，使女生得入学。以上诸事，论者所见不同，本亦无妨，以我所见则悉合于事理，若在现今社会有所扞格，未克尽实行，此乃是别一问题，与是非盖无关者也。蔡先生的教育文化上的施为既多以思想主张为本，因此我以为他一生的价值亦着重在思想，至少当较所施为更重。蔡先生的思想有人戏称之为古今中外派，或以为近于折衷，实则无宁解释兼容并包，可知其并非是偏激一流，我故以为是真正儒家，其与前人不同者，只是收容近世的西欧学问，使儒家本有的常识更益增强，持此以判断事物，以合理为止，故即可目为唯理主义也。《蔡孑民先生言行录》二册，成于民国八九年顷，距今已有二十年，但仍为最好的结集，如诸公肯细心一读，当信吾言不谬。在这以前有《中国伦理学史》一卷，还是民国前用蔡振名义所著，近年商务印书馆又收入“中国文化丛书”中，虽是三十馀年前的小册子，至今却还没有比他更好的书，这最足以表现他的态度，我想正是他最重要的功绩。说到最近则是民国二十三年，在《安徽丛书》第三集《俞理初年谱》中有他的一篇跋文，也值得注意，其时蔡先生盖是六十八岁矣。起头便云：

余自十馀岁时，得俞先生之《癸卯类稿》及《存稿》而深好之，历五十年而好之如故。

文中分认识人权与认识时代两项，列举俞氏思想公平通达处，而于主张男女平等尤为注重，此与《伦理学史》所说正是一致，可知非是偶然。我最爱重汉王仲任明李卓吾清俞理初这三位，尝称为中国思想界不灭之三灯，曾以语亡友玄同，颇表赞可，蔡先生在其书中盖亦有同意也。王仲任提示宗旨曰疾虚妄，李卓吾与俞理初亦是一路，其特色是有常识，唯理而复有情，其实即是儒家的精髓，惜一般多已枯竭，遂以偶有为奇怪耳。王君自昔不为正人君子所齿，李君乃至以笔舌之祸杀身，俞君幸而隐没不彰，至今始为人表而出之，若蔡先生自己因人多知其名者，遂不免有时被骂，世俗声影之谈盖亦是当然，唯不佞对于知不知略有自信，亦自当称心而言，原不期待听者之必以我为是也。

我与蔡先生平常不大通问，故手头别无什么遗迹可以借用，只有民国廿三年春间承其寄示和我茶字韵打油诗三首，其二是和自寿诗，均从略，一首题云《新年用知堂老人自寿韵》，别有风趣，今录于下方：

新年儿女便当家，不让沙弥袈了裟。

（吾乡小孩子留发一圈而剃其中边者，谓之沙弥。《癸巳存稿》三，《精其神》一条引“经了筵阵了亡”等语，谓此自一种文理。）

鬼脸遮颜徒吓狗，龙灯画足似添蛇。

六幺轮掷思赢豆，数语蝉联号绩麻。

（吾乡小孩子选炒蚕豆六枚，于一面去壳少许，谓之黄，其完好一面谓之黑，二人以上轮掷之，黄多者赢，亦仍以豆为筹马。以成语首字与其他末字相同者联句，如甲说“大学之道”，乙接说“道不远人”，丙接说“人之初”等，谓之绩麻。）

乐事追怀非苦话，容吾一样吃甜茶。

（吾乡有“吃甜茶讲苦话”语。）

署名则仍是蔡元培，并不用别号。此于游戏之中自有谨厚之气，我前谈《春在堂杂文》时也说及此点，都是一种特色。蔡先生此时已年近古稀，而记叙新年儿戏情形，细加注解，犹有童心，我的年纪要差二十岁，却还没有记得那样清楚，读之但有怅惘，即在极小处前辈亦自不可及也。

报载蔡先生于三月五日以脑溢血卒于九龙，因写此小文以为纪念。

（廿九年三月六日）

蔡孑民（一）*

蔡孑民的名字，在现今我们虽然熟习，但那时候（约六十年前，正当光绪戊戌），老百姓中间，只知道有“蔡元培”的。他在那时不但是个奇人，简直还算得上是个怪物。他是翰林，却又是一个革命党。假如说是“康党”，就是“保皇党”，虽然在正统派看来也是乱党，到底也还讲得过去，但是他是排满的革命党，这道理便太费解了。一个人点到翰林，已是官了，正可竭力的爬上去，为什么还要这样乱搞，其居心真不可测了。所以关于他的目的，便有种种推测，一种传布得最广的说法，是说他主张“公妻”，这是我听到的最多的传说。但是这谣言是几时消灭的呢？我也不曾留意，事实上就这样消灭了，因为原来只是谣言，而且事实胜于雄辩，蔡孑民这人别的不说，道学气比较重，他于男女关系是向来不苟的。他在前清所著的书，流传下来的，乃是一册《中国伦理学史》。他受古人

* 1958 年 1 月 21 日刊《羊城晚报》，署名启明，收入《木片集》。此序号为编者所加。

的影响第一个是俞理初，这是主张男女平权的，他说寡妇可以再嫁，反对守节，那么那种谣言之来也不是全无根源的了。

蔡孑民于革命之后，担任教育总长，他一上台就废止读经，停止祭孔，这是了不得的一件大事，自此以后儒教的势力一蹶不振，虽然有好几次反动，也总翻不过来了。他的大主张是“美育代宗教”，但这没有多大成功，因为宗教总是宗教，归根结蒂脱不了迷信，不是美术或是什么别的东西所替代得来的。

蔡孑民的主要成就，是在他的大学教育。他实际担任校长没有几年，做校长时期也不曾有什么行动，但他的影响却是很大的。他的主张是“古今中外”一句话，这却是很有效力，也是最得时宜的。因为那时是民国五年（一九一六），袁世凯刚死，洪宪帝制虽已取消，北洋政府里还充满着乌烟瘴气。那时是黎元洪当总统，段祺瑞做内阁总理，虽有好的教育方针，也无法设施。北京大学里其时国文科只有经史子集，外国文只有英文，教员只有旧的几个人，这就是“古”和“中”而已，加“今”和“外”这两部分，便成功了。他于旧人旧科目之外，加添了新的人和新的科目，于是经史子集之外，有了戏曲和小说，章太炎的弟子黄季刚，洪宪的刘申叔，复辟的辜鸿铭之外，加添了陈独秀、胡适之、刘半农一班人，英文之外也加添法文、德文和俄文了。古今中外，都是要的，不管好歹让他自由竞争，这似乎也不很妥当，但是在那个环境，非如此说法，“今”与“外”这两种便无法存身，当作策略来说，也是必要的。但在蔡孑民本人，这到底是一种策略呢，还是由衷之言，也还是不知道，不过在事实上是奏了效，所以就事论事，这古今中外的主张在当时说是合时宜的了。

但是，他的成功也不是一帆风顺的。学校里边先表示不满，新的一边还没有表示讨嫌旧的意思，旧的方面却首先表示出来了。最初是造谣言，因为北大最初开讲元曲，便说在教室里唱起戏文来了，又因提倡白话的缘故，说用《金瓶梅》当教科书，这当然完全是谣言。其次是旧教员在教室中谩骂，别的人还隐藏一点，黄季刚最大胆，往往昌言不讳。他骂一般新的教员附和蔡孑民，说他们"曲学阿世"，所以后来滑稽的人便绰号蔡孑民叫"世"，如去校长室一趟，自称去"阿世"去。知道这名称而且常常使用的，有马幼渔、刘半农诸人，鲁迅也是其中之一，往往见诸书简中，成为一个典故。报纸上也有反响，上海研究系的《时事新报》开始攻击，北京安福系《公言报》更是猛攻，后来由林琴南来出头，写公开信给蔡孑民，说学校里提倡非孝，要求斥逐陈、胡等人。蔡答信说，《新青年》并未非孝，即使主张也是私人的意见，只要在大学里不来宣传，无法干涉。两面相持不下，林氏老羞成怒，大有借当时实力派徐树铮的势力来加干涉之势。在这时期"五四"风潮勃发，政府忙于应付大事，学校的新旧冲突总算幸而免了。

蔡孑民后来又做过大学院院长，没有做出什么事来，他的成绩要算在北京大学为最大了。但是，我重复的说，他的古今中外的主张，只有在那时适用，也最著成效，但即此一节，也就够了。他是国民党中的一个异己分子，在抗战期间也没有到重庆去，是一九四〇年在香港九龙去世的。他是我们的前辈，但并不摆架子，也很有风趣，曾作打油见和，末云："乐事追怀非苦话，容吾一样吃甜茶。"其时已年七十，可见兴致还是很好的。

蔡孑民（二）*

复辟的事既然了结，北京表面上安静如常，一切都恢复原状，北京大学也照常的办下去，到天津去避难的蔡校长也就回来了，因为七月三十一日的日记上载着至大学访蔡先生的事情。九月四日记着得大学聘书，这张聘书却经历了四十七年的岁月，至今存在，这是很难得的事情，上面写着“敬聘某某先生为文科教授，兼国史编纂处纂辑员”，月薪记得是教授初级为二百四十元，随后可以加到二百八十元为止。到第二年（一九一八）四月却改变章程，由大学评议会议决“教员延聘施行细则”，规定聘书计分两种，第一年初聘系试用性质，有效期间为一学年，至第二年六月致送续聘书，这才长期有效。施行细则关于“续聘书”有这几项的说明：

六、每年六月一日至六月十五日为更换初聘书之期，

---

* 1961年9月3日作，署名周作人，收入《知堂回想录》，为《蔡孑民一》。此序号为编者所加。

其续聘书之程式如左，敬续聘某某先生为某科教授，此订。

七、教授若至六月十六日尚未接到本校续聘书，即作为解约。

八、续聘书止送一次，不定期限。

这样的办法其实是很好的，对于教员很是尊重，也很客气，在蔡氏“教授治校”的原则下也正合理，实行了多年没有什么流弊。但是物极必返，到了北伐成功，北京大学由蒋梦麟当校长，胡适之当文科学长的时代，这却又有了变更，即自民国十八年（一九二九）以后仍改为每年发聘书，如到了学年末不曾收到新的聘书，那就算是解了聘了。在学校方面生怕如照从前的办法，有不合适的教授拿着无限期的聘书，学校要解约时硬不肯走，所以改用了这个方法，比较可以运用自如了吧。其实也不尽然，这原在人不在办法，和平的人就是拿着无限期聘书，也会不则一声的走了，激烈的虽是期限已满，也还要争执，不肯罢休的。许之衡便是前者的实例，林损（公铎）则属于后者，他在被辞退之后，大写其抗议的文章，在《世界日报》上发表的致胡博士的信中，有“遗我一矢”之语，但是胡博士并不回答，所以这事也就不久平息了。

蔡孑民在民国元年（一九一二）南京临时政府任教育总长的时候，首先即停止祭孔，其次是北京大学废去经科，正式定名为文科，这两件事在中国的影响极大，是绝不可估计得太低的。中国的封建旧势力倚靠孔子圣道的空名，横行了多少年，现在一股脑儿的推倒在地上，便失了威信，虽然它几次想卷土重来，但这有如废帝的复辟，却终于不能成功了。蔡孑民虽是科举出身，但他能够毅然决然冲破这重樊篱，不可不说是难能可贵。后来北大旧人仿“柏梁台”做联句，分咏新旧人物，其说蔡孑民的一句是，“毁孔子庙罢其祀”，可说是能得要领，其馀咏陈独秀胡适之诸人的惜已忘记，只记得有一句是说黄侃（季刚）的，却还记得，这是“八部书外皆狗屁”，也是适如其分。黄季刚是章太炎门下的大弟子，平日专攻击弄新文学的人们，所服膺的是八部古书，即是《毛诗》，《左传》，《周礼》，《说文解字》，《广韵》，《史记》，《汉书》，《文选》是也。蔡孑民的办大学，主张学术平等，设立英法德俄日各国文学系，俾得多了解各国文化，他又主张男女平等，大学开放，使女生得以入学。他的思想办法有人戏称之为古今中外派，或以为近于折衷，实则无宁说是兼容并包，可知其并非是偏激一流，我故以为是真正儒家，其与前人不同者，只是收容近世的西欧学问，使儒家本有的常识更益增强，持此以判断事物，以合理为止，所以即可目为唯理主义。《蔡孑民先生言行录》二册，辑成于民国八九年顷，去今已有四十年，但仍为最好的结集，如或肯去虚心一读，当信吾言不谬。旧业师寿洙邻先生是教我读《四书》的先生，近得见其评语题在《言行录》面上者，计有两则云：

孑民学问道德之纯粹高深，和平中正，而世多訾敷，诚如庄子所谓纯纯常常，乃比于狂者矣。

孑民道德学问，集古今中外之大成，而实践之，加以不择壤流，不耻下问之大度，可谓伟大矣。

寿先生平常不大称赞人，唯独对于蔡孑民不惜予以极度的赞美，这也并非偶然的，盖因蔡孑民素主张无政府共产，绍兴人士造作种种谣言，加以毁谤，乃事实证明却正相反，这有如蔡孑民自己所说，“惟男女之间一毫不苟者，夫然后可以言废婚姻”。其古今中外派的学说看似可笑，但在那时代与境地却大大的发挥了它的作用，因为这种宽容的态度，正与统一思想相反，可以容得新思想长成发达起来。

蔡孑民（三）*

讲到蔡孑民的事，非把林蔡斗争来叙说一番不可，而这事又是与复辟很有关系的。复辟这出把戏，前后不到两个星期便收场了，但是它却留下很大的影响，在以后的政治和文化的方面，都是关系极大。在政治上是段祺瑞以推倒复辟的功劳，再做内阁总理，造成皖系的局面，与直系争权利，演成直皖战争，接下去便是直奉战争，结果是张作霖进北京来做大元帅，直到北伐成功，北洋派整个坍台，这才告一结束。在段内阁当权时代，兴起了那有名的五四运动，这本来是学生的爱国的一种政治表现，但因为影响于文化方面者极为深远，所以或又称以后的作新文化运动。这名称是颇为确实的，因为以后蓬蓬勃勃起来的文化上诸种运动，几乎无一不是受了复辟事件的刺激而发生而兴旺的。即如《新青年》吧，它本来就有，叫作《青年杂志》，也是普通的刊物罢了，虽是由陈独秀编辑，

---

* 1961 年 9 月 3 日作，署名周作人，收入《知堂回想录》，为《蔡孑民二》。此序号为编者所加。

看不出什么特色来，后来有胡适之自美国寄稿，说到改革文体，美其名曰“文学革命”，可是说也可笑，自己所写的文章都还没有用白话文。第三卷里陈独秀答胡适书中，尽管很强硬的说：

> 独至改良中国文学当以白话为文学正宗之说，其是非甚明，必不容反对者有讨论之馀地，必以吾辈所主张者为绝对之是，而不容他人之匡正也。

可是说是这么说，做却还是做的古文，和反对者一般。（上边的这一节话，是抄录黎锦熙在《国语周刊》创刊号所说的。）我初来北京，鲁迅曾以《新青年》数册见示，并且述许季茀的话道，“这里边颇有些谬论，可以一驳”。大概许君是用了《民报》社时代的眼光去看它，所以这么说的吧，但是我看了却觉得没有什么谬，虽然也并不怎么对，我那时也是写古文的，增订本《域外小说集》所收梭罗古勃的寓言数篇，便都是复辟前后这一个时期所翻译的。经过那一次事件的刺激，和以后的种种考虑，这才翻然改变过来，觉得中国很有“思想革命”之必要，光只是“文学革命”实在不够，虽然表现的文体改革自然是联带的应当做到的事，不过不是主要的目的罢了。所以我所写的第一篇白话文乃是《古诗今译》，内容是古希腊谛阿克列多思的《牧歌第十》，在九月十八日译成，十一月十四日又加添了一篇题记，送给《新青年》去，在第四卷中登出的。题记原文如下：

一，谛阿克列多思（Theokritos）《牧歌》是希腊二千年前的古诗，今却用口语来译它，因为我觉得它好，又相信中国只有口语可以译它。

什法师说，译书如嚼饭哺人，原是不错。真要译得好，只有不译。若译它时，总有两件缺点，但我说，这却正是翻译的要素。一，不及原本，因为已经译成中国语。如果还同原文一样好，除非请谛阿克列多思学了中国文自己来做。二，不像汉文——有声调好读的文章——，因为原是外国著作。如果用汉文一般样式，那就是我随意乱改的胡涂文，算不了真翻译。

二，口语作诗不能用五七言，也不必定要押韵。只要照呼吸的长短作句便好。现在所译的歌就用此法，且试试看，这就是我所谓新体诗。

三，外国字有两不译，一人名地名，（原来著者姓名系用罗马字拼，今改用译音了，）二特别名词，以及没有确当译语，或容易误会的，都用原语，但以罗马字作标准。

四，以上都是此刻的见解，倘若日后想出更好的方法，或有人别有高见的时候，便自然从更好的走。

这篇译诗与题记都经过鲁迅的修改，题记中第一节的第二段由他添改了两句，即是“如果”云云，口气非常的强有力，其实我在那里边所说，和我早年的文章一样，本来也颇少婉曲的风致，但是这样一改便显得更是突出了。其次是鲁迅个人，从前那么隐默，现在却动手写起小说来，他明说是由于“金心异”（钱玄同的诨名）的劝驾，这也是复辟以后的事情。钱君从八月起，开始到会馆来访问，大抵是午后四时来，吃过晚饭，谈到十一二点钟回师大寄宿舍去。查旧日记八月中的九日、十七日、廿七日来了三回，九月以后每月只来过一回。鲁迅文章中所记谈话，便是问抄碑有什么用，是什么意思，以及末了说，“我想你可以做一点文章，”这大概是在头两回所说的。“几个人既然起来，你不能说决没有毁灭这铁屋的希望，”这个结论承鲁迅接受了，结果是那篇《狂人日记》，在《新青年》次年四月号发表，它的创作时期当在那年初春了。如众所周知，这篇《狂人日记》不但是篇白话文，而且是攻击吃人的礼教的第一炮，这便是鲁迅钱玄同所关心的思想革命问题，其重要超过于文学革命了。

蔡孑民（四）*

如今说到了林蔡斗争的问题，不由得我在这里不作一次“文抄公”了，但在抄袭之先，还须得让我来说明几句。北洋派的争斗，如果只是几个军阀的争权夺利，那就是所谓狗咬狗的把戏，还没有多大的害处，假如这里边夹杂着一两个文人，便容易牵涉到文化教育上来，事情就不是那么的简单了。段祺瑞派下有一个徐树铮，是他手下顶得力的人，不幸又是能写几句文章，自居于桐城派的人，他办着一个成达中学，拉拢好些文人学士，其中有一个自称清室举人的林纾，以保卫圣道自居，想借了这武力，给北大以打击，又连络校内的人做内线，于是便兴风作浪起来了。最初他在上海《新申报》上发表《蠡叟丛谈》，是《谐铎》一流的短篇，以小说的形式，对于在北大的《新青年》的人物加以辱骂与攻击，记得头一篇名叫《荆生》，说有田必美，狄莫与金心异——影射陈独

---

* 1961 年 9 月 5 日作，署名周作人，收入《知堂回想录》，为《蔡孑民三》。此序号为编者所加。

秀，胡适与钱玄同的姓名——三个人，放言高论，诋毁前贤，被荆生听见了，把这班人痛加殴打，这所谓荆生乃是暗指徐树铮。用意既极为恶劣，文词亦多草率不通，如说金心异“畏死如猬”，畏死并不是刺猬的特性，想见写的时候是气愤极了，所以这样的乱涂。随后还有一篇《妖梦》，说梦见这班非圣无法的人都给一个怪物拿去吃了，里边有一个名元绪公，即是说的蔡孑民，因为《论语》注有“蔡大龟也”的话，所以比他为乌龟，这元绪公尤其是刻薄的骂人话。蔡孑民答覆法科学生张厚载的信里说得好：

> 得书知林琴南君攻击本校教员之小说，均由兄转寄《新申报》。在兄与林君有师生之谊，宜爱护林君，兄为本校学生，宜爱护母校。林君作此等小说，意在毁坏本校名誉，兄徇林君之意而发布之，于兄爱护母校之心，安乎否乎？仆生平不喜作谩骂语轻薄语，以为受者无伤，而施者实为失德。林君詈仆，仆将哀矜之不暇，而又何憾焉。惟兄反诸爱护本师之心，安乎否乎？往者不可追，望此后注意。

林琴南的小说并不只是谩骂，还包含着恶意的恐吓，想假借外来的力量，摧毁异己的思想，而且文人笔下辄含杀机，动不动便云宜正两观之诛，或曰寝皮食肉，这些小说也不是例外，前面说作者失德，实在是客气话，失之于过轻了。虽然这只是推测的话，但是不久渐见诸事实，即是报章上正式的发表干涉，成为林蔡斗争的公案，幸而军阀还比较文人高明，他们忙于自己的政治的争夺，不想就来干涉文化，所以幸得苟安无事，而这场风波终于成为一场笔墨官司而完结了。我因为要抄录这场斗争的文章，先来说明几句，却是写得长了，姑且作为一段，待再从头从《公言报》的记事说起吧。

卯字号的名人一 *

为了记录林蔡二人的笔墨官司，把两方面的文件抄写了一通，不意有六七千字之多，做了一回十足的“文抄公”，给《谈往》增加了不少的材料，但是这实在乃是为欲了解“五四”以前的北大情形的资料，不过现在已经很是难得，我恰有一册《蔡孑民先生言行录》下，里边收有此文，所以拿来利用了。我本来还有《公言报》上的原本，却已经散失，这回转录难免有些错字，只是随了文气加以订正，恐怕是不很靠得住的。现在这重公案既然交代清楚，我们还是回过头去，再讲北京大学的事情。那时是民国六年（一九一七）的秋天，距我初到北京才只有五六个月，所以北大的情形还是像当初一个样子，所谓北大就是在马神庙的这一处，第一院的红楼正在建筑中，第三院的译学馆则是大学预科，文理本科完全在景山东街，即是马神庙的“四公主府”，而且其时那正门也还未落成，

* 1961 年 10 月 7 日作，署名周作人，收入《知堂回想录》。

平常进出总是走西头的便门，即后来叫做西斋的寄宿舍的门的。进门以后，往北一带靠西边的围墙有若干间独立的房子，当时便是讲堂，进去往东是教员的休息室，也是一带平房，靠近南墙，外边便是马路，不知什么缘故，普通叫作“卯字号”，随后改做校医室，一时又当作女生寄宿舍。但在最初却是文科教员的预备室，一个人一间，许多名人每日都在这里聚集，如钱玄同，朱希祖，刘文典，以及胡适博士，还有谈红楼故事的人所常谈起的三沈二马诸公，——但其时实在还只有沈尹默与马裕藻而已，沈兼士在香山养病，沈士远与马衡都还未进北大，刘半农虽然与胡适之是同在这一年里进北大来，但是他担任的是预科功课，所以住在译学馆里。卯字号的最有名的逸事，便是这里所谓两个老兔子和三个小兔子的事。这件事说明了极是平常，却很有考据的价值，因为文科有陈独秀与朱希祖是己卯年生的，又有三人则是辛卯年生，那是胡适之刘半农和刘文典，在民六才只二十七岁，过了四十多年之后再提起来说，陈朱二刘已早归了道山，就是当时翩翩年少的胡君也已成了十足古稀的老博士了。

这五位卯年生的名人之中，在北大资格最老的要算朱希祖，他还是民国初年进校的吧，别人都在蔡孑民长校之后，陈独秀还在民五冬天，其他则在第二年里了。朱希祖是章太炎先生的弟子，在北大主讲中国文学史，但是他的海盐话很不好懂，在江苏浙江的学生还不妨事，有些北方人听到毕业还是不明白。有一个同学说，他听讲文学史到了周朝，教师反复的说孔子是“厌世思想”的，心里很是奇怪，又看黑板上所写引用孔子的话，都是积极的，一点看不出厌世的痕迹，尤其觉得纳闷，如是过了好久，后来不知因了什么机会，忽然省悟教师所说的“厌世”思想，实在乃是说“现世”思想，因为朱先生读“现”字不照国语发音如“线”，仍用方音读若“艳”，与厌字音便很相近似了。但是北方学生很是老实，虽然听不懂他的说话，却很安分，不曾表示反对，那些出来和他为难的反而是南方尤其是浙江的学生，这也是一件很有趣的事。在同班的学生中有一位姓范的，他捣乱得顶利害，可是外面一点都看不出来，大家还觉得他是用功安分的好学生。在他毕业了过了几时，才自己告诉我们说，凡遇见讲义上有什么漏洞可指的时候，他自己并不出头开口，只写一小纸条搓团，丢给别的学生，让他起来说话，于是每星期几乎总有人对先生质问指摘。这已经闹得教员很窘了，末了不知怎么又有什么匿名信出现，作恶毒的人身攻击，也不清楚这是什么人的主动。学校方面终于弄得不能付之不问了，于是把一位向来出头反对他的学生，在将要毕业之前除了名，而那位姓范的仁兄安然毕业，成了文学士。这位姓范的是区区的同乡，而那顶了缸的姓孙的则是朱老夫子自己的同乡，都是浙江人，可以说是颇有意思的一段因缘。

后来还有一回类似的事，在五四的前后，文学革命运动兴起，校内外都发生了反应，校外的反对派代表是林琴南，他在《新申报》《公言报》上发表文章，肆行攻击，顶有名的是《新申报》上的《蠡叟丛谈》，本是假《聊斋》之流，没有什么价值，其中有一篇名叫《荆生》和《妖梦》的小说，是专门攻击北大，想假借武力来加以摧毁的。北大法科有一个学生叫张缪子，是徐树铮所办的立达中学出身，林琴南在那里教书时的学生，平常替他做些情报，报告北大的事情，又给林琴南寄稿至《新申报》，这些事上文都曾经说及，当时蔡孑民的回信虽严厉而仍温和的加以警告，但是事情演变下去，似乎也不能那么默尔而歇，所以随后北大评议会终于议决开除他的学籍，虽然北大是向来不主张开除学生，特别是在毕业之前，但这两件似乎都是例外。从来学校里所开除的，都是有本领好闹事的好学生，北大也是如此。张缪子是个剧评专家，在北大法科的时候便为了辩护京戏，关于脸谱和所谓摔壳子的问题，在《新青年》上发生过好几次笔战。范君是历史大家，又关于《文心雕龙》得到黄季刚的传授，有特别的造诣。孙世旸是章太炎先生家的家庭教师还是秘书，也是黄季刚的高足弟子，大概是由他的关系而进去的。这样看来，事情虽是在林琴南的信发表以前，这正是所谓新旧学派之争的一种表现，黄季刚与朱希祖虽然同是章门，可是他排除异己，却是毫不留情的。我与黄季刚同在北大多年，但是不曾见过面，和刘申叔也是这样，虽然他在办《天义报》《河南》的时候我都寄过稿，随后又同在北大，却只有在教授会议的会场上远远的望见过一次颜色，若黄季刚连这也没有，也不曾见过照相，这不能不说是一个缺憾了。

卯字号的名人二*

这里第二位的名人乃是陈独秀。他是蔡孑民长校以后所聘的文科学长，大约当初也认识吧，但是他进北大去据说是由于沈君默（当时他不叫尹默，后来因为有人名沈默君，所以他把口字去了，改作尹默，老朋友叫他却仍然是君默，他也不得不答应）的推荐，其时他还没有什么急进的主张，不过是一个新派的名士而已，看早期的《青年杂志》当可明了，及至杂志改称《新青年》，大概在民六这一年里逐渐有新的发展，胡适之在美国，刘半农在上海，校内则有钱玄同，起而响应，由文体改革进而为对于旧思想之攻击，便造成所谓文学革命的运动。到了学年开始，胡适之刘半农都来北大任教，于是《新青年》的阵容愈加完整，而且这与北大也就发生不可分的关系了。但是月刊的效力还觉得是缓慢，何况《新青年》又并不能按时每月出版，所以大家商量再来办一个周

---

* 1961年10月10日作，署名周作人，收入《知堂回想录》。

刊之类的东西，可以更为灵活方便一点。这事仍由《新青年》同人主持，在民七（一九一八）的冬天筹备起来，在日记上找到这一点记录：

“十一月廿七日，晴。上午往校，下午至学长室议创刊《每周评论》，十二月十四日出版，任月助刊资三元。”那时与会的人记不得了，主要的是陈独秀，李守常，胡适之等人。结果是十四日来不及出，延期至廿一日方才出第一号，也是印刷得很不整齐。当初我做了一篇《人的文学》，送给《每周评论》，得独秀覆信云：

> 大著《人的文学》做得极好，唯此种材料以载月刊为宜，拟登入《新青年》，先生以为如何？周刊已批准，定于本月二十一日出版，印刷所之要求下星期三即须交稿，唯纪事文可在星期五交稿。文艺时评一栏，望先生有一实物批评之文。豫才先生处，亦求先生转达。十四日。

我接到此信，改写《平民的文学》与《论黑幕》二文，先后在第四五两期上发表。随后接连地遇见“五四”和“六三”两次风潮，《每周评论》着实发挥了实力，其间以独秀守常之力为多，但是北洋的反动派却总是对于独秀耽耽虎视，欲得而甘心，六月十二日独秀在东安市场散放传单，遂被警厅逮捕，拘押了起来。日记上说：

“六月十四日，同李辛白王抚五等六人至警厅，以北大代表名义访问仲甫，不得见。”

“九月十七日，知仲甫昨出狱。”

“十八日下午，至箭竿胡同访仲甫，一切尚好，唯因粗食故胃肠受病。”在这以前，北京御用报纸经常攻击仲甫，以彼不谨细行，常作狭斜之游，故报上纪载时加渲染，说某日因争风抓伤某妓下部，欲以激起舆论，因北大那时有进德会不嫖不赌不娶妾之禁约也，至此遂以违警见捕，本来学校方面也可以不加理睬，但其时蔡校长已经出走，校内评议会多半是“正人君子”之流，所以任凭陈氏之辞职，于是拔去了眼中钉，反动派乃大庆胜利了。独秀被捕后，《每周评论》暂由李守常胡适之主持，二人本来是薰莸异器，合作是不可能的，但事实上没有别的办法。日记上说：

“六月廿三日，晴。下午七时至六味斋，适之招饮，同席十二人，共议《每周评论》善后事，十时散。”来客不大记得了，商议的结果大约也只是维持现状，由守常适之共任编辑，生气虎虎的《每周评论》已经成了强弩之末，有几期里大幅的登载学术讲演，此外胡适之的有名的“少谈主义多谈问题”的议论恐怕也是在这上边发表的。但是反动派还不甘心，在过了一个多月之后，《每周评论》终于在八月三十日被迫停刊了，总共出了三十六期。《新青年》的事情以后仍归独秀去办，日记上记有这一节话：

“十月五日，晴。下午二时至适之寓所，议《新青年》事，自七卷始，由仲甫一人编辑，六时散，适之赠所著《实验主义》

一册。”在这以前，大约是第五六卷吧，曾议决由几个人轮流担任编辑，记得有独秀，适之，守常，半农，玄同，和陶孟和这六个人，此外有没有沈尹默那就记不得了，我特别记得是陶孟和主编的这一回，我送去一篇译稿，是日本江马修的小说，题目是《小的一个人》，无论怎么总是译不好，陶君给我加添了一个字，改作《小小的一个人》，这个我至今不能忘记，真可以说是“一字师”了。关于《新青年》的编辑会议，我一直没有参加过，《每周评论》的也是如此，因为我们只是客员，平常写点稿子，只是遇着兴废的重要关头，才会被邀列席罢了。

卯字号的名人三*

上边说陈仲甫的事，有一半是关系胡适之的，现在要讲刘半农，这也与胡适之有关，因为他之成为法国博士，乃是胡适之所促成的。我们普通称胡适之为胡博士，也叫刘半农为刘博士，但是很有区别，刘的博士是被动的，多半含有同情和怜悯的性质，胡的博士却是能动的，纯粹是出于嘲讽的了。刘半农当初在上海卖文为活，写《礼拜六》派的文章，但是响应了《新青年》的号召，成为文学革命的战士，确有不可及的地方。来到北大以后，我往预科宿舍去访问他，承他出示所作《灵霞馆笔记》的资料，原是些极为普通的东西，但经过他的安排组织，却成为很可诵读的散文，当时就很佩服他的聪明才力。可是英美派的绅士很看他不起，明嘲暗讽，使他不安于位，遂想往外国留学，民九乃以公费赴法国，留学六年，终于获得博士学位，而这学位乃是国家授与的，与

* 1961 年 10 月 15 日作，署名周作人，收入《知堂回想录》。

别国的由私立大学所授的不同，他屡自称国家博士，虽然有点可笑，但这却是很可原谅的。他最初参加《新青年》，出力奋斗，顶重要的是和钱玄同合唱“双簧”，由玄同扮作旧派文人，化名王敬轩，写信抗议，半农主持答覆，痛加反击，这些都做得有些幼稚，在当时却是很有振聋发聩的作用的。他不曾与闻《每周评论》，在“五四”时却主持高等学校教职员联合会事务，后来归国加入《语丝》，作文十分勇健，最能吓破绅士派的苦胆。后来至绥远作学术考察，生了回归热，这本来可以医好，为中医所误，于一九三四年去世，在追悼会的时候，我总结他的好处共有两点。其一是他的真，他不装假，肯说话，不投机，不怕骂，一方面却是天真烂漫，对什么人都无恶意。其二是他的杂学，他的专门是语音学，但他的兴趣很广博，文学美术他都喜欢，做诗，写字，照相，搜书，讲文法，谈音乐，有人或者嫌他杂，我觉得这正是好处，方面广，理解多，于处世和治学都有用。当时并做了一副挽联送去，其文云：

十七年尔汝旧交，追忆还从卯字号。
廿馀日驰驱大漠，归来竟作丁令威。

在第二年的夏天，下葬于北京西郊，刘夫人命作墓志刻石，我遂破天荒第一次正式做起文章来，写成《故国立北京大学教授刘君墓志》一篇，其文如下：

君姓刘，名复，号半农，江苏江阴县人，生于清光绪十七年辛卯四月二十日，以中华民国二十三年七月十四日卒于北平，年四十四。夫人朱惠，生子女三人，育厚，育伦，育敦。

君少时曾奔走革命，已而卖文为活，民国六年被聘为国立北京大学预科教授，九年教育部派赴欧洲留学，凡六年。十四年应巴黎大学考试，受法国国家文学博士学位，返北京大学，任中国文学系教授，兼研究所国学门导师。二十年为文学院研究教授，兼研究院文史部主任。二十三年六月至绥远调查方音，染回归热，返北平，遂卒。二十四年五月葬于北平西郊香山之玉皇顶。

君状貌英特，头大，眼有芒角，生气勃勃，至中年不少衰。性果毅，耐劳苦，专治语音学，多所发明。又爱好文学美术，以馀力照相，写字，作诗文，皆精妙。与人交游，和易可亲，善诙谐，老友或与戏谑以为笑。及今思之，如君之人已不可再得。呜呼，古人伤逝之意其在兹乎。

将葬，夫人命友人绍兴周作人撰墓志，如皋魏建功书石，鄞马衡篆盖。作人，建功，衡于谊不能辞，故谨志而书之。

第五个卯字号的名人乃是刘文典，但是这里馀白已经不多，只好来稍为讲几句，虽然他的事情说来很多。他是安徽合肥县人，乃是段祺瑞的小同乡，为刘申叔的弟子，擅长那一套学问，所著有《淮南子集解》（？），有名于时。其状貌甚为滑稽，口多微词，凡词连段祺瑞的时候，辄曰，“我们的老中堂……”，以下便是极不雅驯的话语，牵连到“太夫人”等人的身上去。刘号曰叔雅，常自用文字学上变例改为“狸豆乌”，友人则戏称之为“刘格拉玛”，用代称号。因为昔曾吸食雅片烟，故面目黧黑，亦不讳言，又性喜食猪肉，尝见钱玄同在餐馆索素食，便来辩说其不当，庄谐杂出，玄同匆遽避去。后来北大避难迁至昆明，于是相识友人遂进以尊号，曰二云居士，谓云土与云腿，皆所素嗜也。平日很替中医辩护，谓世上混账人太多，他们“一线死机”唯以有若辈在耳，其持论奇辟大抵类此。

三沈二马上 *

平常讲起北大的人物，总说有三沈二马，这是与事实有点不很符合的。事实上北大里后来是有三个姓沈的和两个姓马的人，但在我们所说的“五四”前后却不能那么说，因为那时只有一位姓沈的即是沈尹默，一位姓马的即是马幼渔，别的几位都还没有进北大哩。还有些人硬去拉哲学系的马夷初来充数，殊不知这位“马先生”，——这是因为他发明一种“马先生汤”，所以在北京饭馆里一时颇有名，——乃是杭县人，不能拉他和鄞县的人做是一家，这尤其是可笑了。沈尹默与马幼渔很早就进了北大，还在蔡孑民长北大之前，所以资格较老，势力也比较的大，实际上两个人有些不同，马君年纪要大几岁，人却很是老实，容易发脾气，沈君则更沉着有思虑，因此虽凡事退后，实在却很起带头作用。朋友们送他一个徽号叫“鬼谷子”，他也便欣然承受，钱玄同尝在背地批评，

* 1961 年 10 月 18 日作，署名周作人，收入《知堂回想录》。

说这混名起得不妙，鬼谷子是阴谋大家，现在这样的说，这岂不是自己去找骂么？但就是不这样说，人家也总是觉得北大的中国文学系里是浙江人专权，因为沈是吴兴人，马是宁波人，所以有“某籍某系”的谣言，虽是“查无实据”，却也是“事出有因”，但是这经过闲话大家陈源的运用，移转过来说绍兴人，可以说是不虞之誉了。我们绍兴人在“正人君子”看来，虽然都是绍兴师爷一流人，性好舞文弄墨，但是在国文系里我们是实在毫不足轻重的。他们这样的说，未必是不知道事实，但是为的“挑剔风潮”，别有作用，却也可以说弄巧成拙，留下了这一个大话柄了吧。

如今闲话休题，且说那另外的两位沈君。一个是沈兼士，沈尹默的老弟，他的确是已经在北大里了，因为民六那一年我接受北大国史编纂处的聘书为纂辑员，共有两个人，一个便是沈兼士，不过他那时候不在城里，是在香山养病。他生的是肺病，可不是肺结核，乃是由于一种名叫二口虫的微生物，在吃什么生菜的时候进到肚里，侵犯肺脏，发生吐血，这是他在东京留学时所得的病，那时还没有全愈。他也曾从章太炎问学，他的专门是科学一面，在“物理学校”上课，但是兴味却是国学的“小学”一方面，以后他专搞文字学的形声，特别是“右文问题”，便是凡从某声的文字也含有这声字的意义。他在西山养病时，又和基督教的辅仁学社里的陈援庵相识，陈研究元史，当时著《一赐乐业考》《也里可温考》等，很有些新气象，逐渐二人互相提携，成为国学研究的名流。

沈兼士被任为北大研究所国学门主任，陈援庵则由导师转升燕京大学的研究所主任，再进而为辅仁大学校长，更转而为师范大学校长，至于今日。沈兼士随后亦脱离北大，跟陈校长任辅仁大学的文学院长，终于因同乡朱家骅的关系，给国民党做教育的特务工作，胜利以后匆遽死去。陈援庵同胡适之也是好朋友，但胡适之在解放的前夕乘飞机仓皇逃到上海，陈援庵却在北京安坐不动，当时王古鲁在上海，特地去访胡博士，劝他回北京至少也不要离开上海，可是胡适之却不能接受这个好意的劝告。由此看来，沈兼士和胡适之都不能及陈援庵的眼光远大，他的享有高龄与荣誉，可见不是偶然的事了。

另外一个是沈大先生沈士远，他的名气都没有两个兄弟的大，人却顶是直爽，有北方人的气概，他们虽然本籍吴兴，可是都是在陕西长大的。钱玄同尝形容他说，譬如有几个朋友聚在一起谈天，渐渐的由正经事谈到不很雅驯的事，这是凡在聚谈的时候常有的现象，他却在这时特别表示一种紧张的神色，仿佛在声明道，现在我们要开始说笑话了！这似乎形容的很是得神。他最初在北大预科教国文，讲解的十分仔细，讲义中有一篇《庄子》的《天下篇》，据说这篇文章一直要讲上一学期，这才完了，因此学生们送他一个别号便是“沈天下”。随后转任为北大的庶务主任，到后来便往燕京大学去当国文教授，时间大约在民国十五年（一九二六）吧，因为第二年的四月李守常君被捕的那天，大家都到他海甸家里去玩，守常的大儿子也同了同学们去，那天就住在他家里，及至次晨这才知道昨日发生的事情，便由尹默打电话告知他的老兄，叫暂留守常的儿子住在城外，因此可以知道他转往燕大的时期，这以后他就脱离了北大，解放后他来北京在故宫博物院任职，但是不久也就故去了。至今三位沈君之中，只有尹默还是健在，但他也已早就离开北大，在民国十八年北伐成功之后，他陆续担任河北省教育厅长，北平大学校长，女子文理学院院长，后到上海任中法教育职务，他擅长书法，是旧日朋友中很难得的一位艺术家。

三沈二马下 *

现在要来写马家列传了。在北大的虽然只有两位马先生，但是他家兄弟一共有九个，不过后来留存的只是五人，我都见到过，而且也都相当的熟识。马大先生不在了，但留下一个儿子，时常在九先生那里见着，二先生即是北大的马幼渔，名裕藻，本来他们各有一套标准的名号，很是整齐，大约还是他们老太爷给定下来的，即四先生名衡，字叔平，五先生名鉴，字季明，七先生名准，本字绳甫，后来曾一度出家，因改号太玄，九先生名廉，字隅卿，照例二先生也应是个单名，字为仲什么，但是他都改换掉了，大约也在考取"百名师范"，往日本留学去的时候吧。不晓得他的师范是哪一门，但他在北大所教的乃是章太炎先生所传授的文字学的音韵部分，和钱玄同的情形正是一样。他进北大很早，大概在蔡孑民长校之前，以后便一直在里边，与北大共始终，民国廿六年（一九三七）

* 1961 年 10 月 23 日作，署名周作人，收入《知堂回想录》。

学校迁往长沙随后又至昆明，他没有跟了去，学校方面承认几个教员有困难的不能离开北京，名为北大留校教授，凡有四人，即马幼渔，孟心史，冯汉叔和我，由学校每月给予留京津贴五十元，但在解放以前他与冯孟两位却已去世了。

马幼渔性甚和易，对人很是谦恭，虽是熟识朋友也总是称某某先生，这似乎是马氏弟兄的一种风气，因为他们都是如此的。与旧友谈天颇喜诙谐，唯自己不善剧谈，只是傍听微笑而已。但有时迹近戏弄的也不赞成，有一次刘半农才到北京不久，也同老朋友一样和他开玩笑，在写信给他的时候，信面上写作“鄞县马厩”，主人见了艴然不悦，这其实要怪刘博士的过于轻率的。他又容易激怒，在评议会的会场上遇见不合理的议论，特别是后来“正人君子”的一派，他便要大声叱咤，一点不留面子，与平常的态度截然不同。但是他碰见了女学生，那就要大倒其楣，他平时的那种客气和不客气的态度都没有用处。现在来讲这种轶事，似乎对于故人有点不敬的意思，其实是并不然的，这便是说他有特别的一样脾气，便是所谓誉妻癖。本来在知识阶级中间这是很寻常的事，居家相敬如宾，出外说到太太时，总是说自己不如，或是学问好，或是治家有方，有些人听了也不大以为然，但那毕竟与季常之惧稍有不同，所以并无什么可笑之处，至多是有点幽默味罢了。他有一个时候曾在女师大或者还是女高师兼课，上课的时候不知怎的说及那个问题，关于“内人”讲了些话，到了下星期的上课时间，有两个女学生提出请求道：

“这一班还请老师给我们讲讲内人的事吧。”这很使得他有点为难，大概只是嗨嗨一笑，翻开讲义夹来，模胡过去了吧。这班学生里很出些人物，即如那捣乱的学生就是那有名的黄瑞筠，当时在场的她的同学后来出嫁之后讲给她的“先生”听，我又是从那里转听来的，所以虽然是间接得来，但是这故事的真实性是十分可靠的。——说到这里，联想所及不禁笔又要岔了开去，来记刘半农的一件轶事了。这些如教古旧的道学家看来，就是“谈人闺阃”，是很缺德的事，其实讲这故事其目的乃是来表彰他，所以乃是当作一件盛德事来讲的。当初刘半农从上海来北京，虽然有志革新，但有些古代传来的“才子佳人”的思想还是存在，时常在谈话中间要透露出来，仿佛有羡慕“红袖添香”的口气，我便同了玄同加以讽刺，将他的号改为龚孝拱的“半伦”，因为龚孝拱不承认五伦，只馀下一妾，所以自认只有半个“伦”了。半农禁不起朋友们的攻击，逐渐放弃了这种旧感情和思想，后来出洋留学，受了西欧尊重女性的教训，更是显著的有了转变了。归国后参加《语丝》的工作，及张作霖入关，《语丝》被禁，我们两人暂避在一个日本武人的家里，半农有《记砚兄之称》一小文记其事云：

余与知堂老人每以砚兄相称，不知者或以为儿时同窗友也。其实余二人相识，余已二十七，岂明已三十三。时余穿鱼皮鞋，犹存上海少年滑头气，岂明则蓄浓髯，戴大绒帽，披马夫式大衣，俨然一俄国英雄也。越十年，红胡入关主政，北新封，《语丝》停，李丹忱捕，余与岂明同避菜厂胡同一友人家。小厢三楹，中为膳食所，左为寝室，席地而卧，右为书室，室仅一桌，桌仅一砚。寝，食，相对枯坐而外，低头共砚写文而已。居停主人不许多友来视，能来者余妻岂明妻而外，仅有徐耀辰兄传递外间消息，日或三四至也。时为民国十六年，以十月二十四日去，越一星期归，今日思之，亦如梦中矣。

我所说的便是躲在菜厂胡同的事，有一天半农夫人来访，其时适值余妻亦在，因避居右室，及临去乃见其潜至门后，亲吻而别，此盖是在法国学得的礼节，维持至今者也。此事适为余妻窥见，相与叹息刘博士之盛德，不敢笑也。刘胡二博士虽是品质不一样，但是在不忘故剑这一点上，却是足以令人钦佩的，胡适之尚健在，若是刘半农则已盖棺论定的了。

二马之馀 *

上边讲马幼渔的事，不觉过于冗长，所以其他的马先生只能写在另外的一章了。马四先生名叫马衡，他大约是民国八九年才进北大的吧，教的是金石学一门，始终是个讲师，于校务不发生什么关系，说的人也只是拼凑“二马”的人数，拉来充数的罢了。他的夫人乃是宁波巨商叶澄衷堂家里的小姐，却十分看不起大学教授的地位，曾对别人说：

“现在好久没有回娘家去了，因为不好意思，家里问起叔平干些什么，要是在银行什么地方，那也还说得过去，但是一个大学的破教授，教我怎么说呢？”可是在那些破教授中间，马叔平却是十分阔气的，他平常总是西服，出入有一辆自用的小汽车，胡博士买到福特旧式的“高轩”，恐怕还要在他之后哩。他待人一样的有礼貌，但好谈笑，和钱玄同很说得来，有一次玄同与我转托黎劭西去找齐白石刻印，因为黎齐有特

* 1961 年 10 月 26 日作，署名周作人，收入《知堂回想录》。

别关系，刻印可以便宜，只要一块半钱一个字，叔平听见了这个消息，便特地坐汽车到孔德学校宿舍里去找玄同，郑重的对他说：

“你有钱尽有可花的地方，为什么要去送给齐白石？”他自己也会刻印，但似乎是仿汉的一派，在北京的印人经他许可的只有王福庵和寿石工，他给我刻过一方名印，仿古人“庚公之斯”的例，印文云“周公之作”，这与陈师曾刻的省去“人”字的“周作”正是好一对了。他又喜欢喝酒，玄同前去谈天留着吃饭的时候，常劝客人同喝，玄同本来也会喝酒，只因血压高怕敢多吃，所以曾经写过一张“酒誓”，留在我这里，因为他写了同文的两张，一张是给我的，却不知道是什么缘故，都寄到这里来了。原文系用九行行七字的急就廎自制的红格纸所写，其文曰：

> 我从中华民国二十二年七月二日起，当天发誓，绝对戒酒，即对于马凡将周苦雨二氏，亦不敷衍矣。恐后无凭，立此存照。钱龟竞十。

下盖朱文方印曰龟竞，十字甚粗笨，则是花押也。给我的一纸文字相同，唯周苦雨的名字排在前面而已。看了这写给“凡将斋”的酒誓，也可以想见主人是个有风趣的人了。他于赏鉴古物也很有工夫，有一年正月逛厂甸，我和玄同叔平大家适值会在一起，又见黎子鹤张凤举一同走来，子鹤拿出新得来的“酱油青田”的印章，十分得意的给他看，他将石头拿得很远的一看，（因为有点眼花了，）不客气的说道：

“西贝，西贝！”意思是说“假”的。玄同后来时常学他的做法，这也是可以表现他的一种性格。自从一九二四年宣统出宫，故宫博物院逐渐成立以后，马叔平遂有了他适当的工作，后来正式做了院长，直到解放之后这才故去了。

此外还有几位马先生，虽然只有一位与北大有关系，也顺便都记在这里。马五先生即是马鉴季明，他一向在燕京大学任教，我在那里和他共事好几年，也是很熟习的朋友，后来转到香港大学，到近年才归道山。马七先生马准，法号太玄，也是一个很可谈话有风趣的人，在有些地方大学教书，只是因为曾有嗜好，所以不大能够得意，在他的兄弟处时常遇见，颇为谂熟。末了一个是马九先生隅卿，他曾在鲁迅之后任中国小说史的功课，至民国二十四年（一九三五）二月十九日在北京大学第一院课堂上因脑出血去世。隅卿的专门研究是明清的小说戏曲，此外又搜集四明的明末文献，这件事是受了清末的民族革命运动的影响，大抵现今的老年人都有过这种经验，不过表现略有不同，如七先生写到清乾隆必称曰弘历，亦是其一。因为这些小说戏曲从来是不登大雅之堂的，所以隅卿自称曰不登大雅文库，隅卿没后，听说这文库以万元售给北大图书馆了。后来得到一部二十回本的《平妖传》，又称平妖堂主人，尝复刻书中插画为笺纸，大如册页，分得一匣，珍惜不敢用，又别有一种画笺，系《金瓶梅》中插图，似刻成未印，今不可得矣。居南方时得话本二册，题曰《雨窗集》《欹枕集》，审定为清平山堂同型之本，旧藏天一阁者也，因影印行世，请沈兼士书额云雨窗欹枕室，友人或戏称之为雨窗先生。隅卿用功甚勤，所为札记甚多，平素过于谦退不肯发表，尝考冯梦龙事迹著作甚详备，又抄集遗文成一卷，屡劝其付印亦未允。二月十八日是阴历上元，他那时还出去看街上的灯，一直兴致很好，不意到了第二天便尔溘然了。我送去了一副挽联，只有十四个字：

月夜看灯才一梦，
雨窗欹枕更何人。

中年以后丧朋友是很可悲的事，有如古书，少一部就少一部。此意惜难得恰好的达出，挽联亦只能写得像一副挽联就算了。当时写一篇纪念文，是这样的结末的。

关于沈尹默*

说到沈尹默，我也来补充几句话。沈君原籍吴兴，乃是在陕西生长，老太太是四川人吧，所以也带点川音，他爱吃面食中的硬面锅块，全是北方影响，但他又不吃四只脚的肉，则不知是什么来源了。二马之中，马幼渔说话稍有江北口音，但仍是宁波人的话，马叔平也同样的不见得有什么变化，他们九昆仲之中我认识五个，（其馀已不在人间世了，所以没有机会遇见。）都是这样印象，这一点我与余苍先生仁智之见略有不同。沈士远我觉得是老实人，他在考试院里混过几年事，还不大能算官僚。沈兼士靠了朱家骅，胜利后充当教育部专员，来接收平津区的教育文化机关，却发挥国民党的作风，第一去接收棉业改进会等，被经济部追讨回去，成为笑柄。

尹默于旧诗词原来很有工夫，五四时曾做过些新诗，登在《新青年》上，后来刘半农影印的《初期白话诗稿》中收

---

* 1950 年 8 月 18 日刊《亦报》，署名鹤生，未收入自编文集。

存了好几篇，可是他觉得新诗不好做，以后就停止了。去年夏天我到横浜河北岸去看他一回，他拿出近几年的诗稿来，着实不少，可惜我匆匆没有细读。他眼睛不好，从前只写行草，可是近时却能奋发写小楷，可见眼疾也好起来了。他比我年纪要大一岁，去年相见，觉得他的容貌与二十年前无甚差异，头发也还是那么黑而多，望之如四十许人，这也是难得的。

他本号君默，因为有人名叫默君，便把君字的口削除了，以示区别，但老朋友叫惯了，如马幼渔后来也还有时叫他君默。

李守常君之死*

李守常君于四月二十八日被执行死刑了。李君以身殉主义，当然没有什么悔恨，但是在与他有点戚谊乡谊世谊的人总不免感到一种哀痛，特别是关于他的遗族的困穷，如有些报纸上所述，就是不相识的人看了也要悲感。——所可异者，李君据说是要共什么的首领，而其身后萧条乃若此，与毕庶澄马文龙之拥有数十百万者有月鳖之殊，此岂非两间之奇事与哑谜欤?

同处死刑之二十人中还有张挹兰君一人也是我所知道的。在她被捕前半个月，曾来见我过一次，又写一封信来过，叫我为《妇女之友》做篇文章，到女师大的纪念会去演说，现在想起来真是抱歉，因为忙一点的缘故这两件事我都没有办到。她是国民党员还是共产党员，她有没有该死的罪，这些问题现在可以不谈，但这总是真的，她是已被绞决了，抛弃

* 1927 年 5 月 14 日刊《语丝》第 131 期，原题《偶感》，署名岂明。收入《谈虎集》，为《偶感》四则之一。

了她的老母。张君还有两个兄弟，可以侍奉老母，这似乎可以不必多虑，而且，——老母已是高年了，（恕我忍心害理地说一句老实话，）在世之日有限，这个悲痛也不会久担受，况且从洪杨以来老人经过的事情也很多了，知道在中国是什么事都会有的，或者她已有练就的坚忍的精神足以接受这种苦难了罢？

〔附记〕我记起两本小说来，一篇是安特来夫的《七个绞犯的故事》，一篇是梭罗古勃的《老屋》。但是虽然记起却并不赶紧拿来看，因为我没有这勇气，有一本书也被人家借去了。

（十六年五月三日）

半农纪念 *

七月十五日夜我们到东京，次日定居本乡菊坂町。二十日我同妻出去，在大森等处跑了一天，傍晚回寓，却见梁宗岱先生和陈女士已在那里相候。谈次陈女士说在南京看见报载刘半农先生去世的消息，我们听了觉得不相信，徐耀辰先生在座也说这恐怕是别一个刘复吧，但陈女士说报上记的不是刘复而是刘半农，又说北京大学给他照料治丧，可见这是不会错的了。我们将离开北平的时候，知道半农往绥远方面旅行去了，前后相去不过十日，却又听说他病死了已有七天了。世事虽然本来是不可测的，但这实在来得太突然，只觉得出于意外，惘然若失而外，别无什么话可说。

半农和我是十多年的老朋友，这回半农的死对于我是一个老友的丧失，我所感到的也是朋友的哀感，这很难得用笔墨纪录下来。朋友的交情可以深厚，而这种悲哀总是淡泊而

---

* 1934 年 12 月 20 日刊《人间世》第 18 期，署名知堂，收入《苦茶随笔》。

平定的，与夫妇子女间沉挚激越者不同，然而这两者却是同样地难以文字表示得恰好。假如我同半农要疏一点，那么我就容易说话，当作一个学者或文人去看，随意说一番都不要紧。很熟的朋友却只作一整个的人看，所知道的又太多了，要想分析想挑选了说极难着手，而且褒贬稍差一点分量，心里完全明了，就觉得不诚实，比不说还要不好。荏苒四个多月过去了，除了七月二十四日写了一封信给半农的长女小蕙女士外，什么文章都没有写，虽然有三四处定期刊物叫我做纪念的文章，都谢绝了，因为实在写不出。九月十四日，半农死后整两个月，在北京大学举行追悼会，不得不送一副挽联，我也只得写这样平凡的几句话去：

十七年尔汝旧交，追忆还从卯字号。
廿馀日驰驱大漠，归来竟作丁令威。

这是很空虚的话，只是仪式上所需的一种装饰的表示而已。学校决定要我充当致辞者之一，我也不好拒绝，但是我仍是明白我的不胜任，我只能说说临时想出来的半农的两种好处。其一是半农的真。他不装假，肯说话，不投机，不怕骂，一方面却是天真烂漫，对什么人都无恶意。其二是半农的杂学。他的专门是语音学。但他的兴趣很广博，文学美术他都喜欢，做诗，写字，照相，蒐书，讲文法，谈音乐。有人或者嫌他杂，我觉得这正是好处，方面广，理解多，于处世和治学都有用，不过在思想统一的时代自然有点不合式。我所能说者也就是极平凡的这寥寥几句。

前日阅《人间世》第十六期，看见半农遗稿《双凤凰专斋小品文》之五十四，读了很有所感。其题目曰《记砚兄之称》，文云：

余与知堂老人每以砚兄相称，不知者或以为儿时同窗友也。其实余二人相识，余已二十七，岂明已三十三。时余穿鱼皮鞋，犹存上海少年滑头气，岂明则蓄浓髯，戴大绒帽，披马夫式大衣，俨然一俄国英雄也。越十年，红胡入关主政，北新封，《语丝》停，李丹忱捕，余与岂明同避菜厂胡同一友人家。小厢三楹，中为膳食所，左为寝室，席地而卧，右为书室，室仅一桌，桌仅一砚。寝，食，相对枯坐而外，低头共砚写文而已，砚兄之称自此始。居停主人不许多友来视，能来者余妻岂明妻而外，仅有徐耀辰兄传递外间消息，日或三四至也。时为民国十六年，以十月二十四日去，越一星期归，今日思之，亦如梦中矣。

这文章写得颇好，文章里边存着作者的性格，读了如见半农其人。民国六年春间我来北京，在《新青年》中初见到半农的文章，那时他还在南方，留下一种很深的印象，这是几篇《灵霞馆笔记》，觉得有清新的生气，这在别人笔下是没有的。现在读这遗文，恍然记及十七年前的事，清新的生气仍在，虽然更加上一点苍老与着实了。但是时光过得真快，鱼皮鞋子的故事在今日活着的人里只有我和玄同还知道吧，而菜厂胡同一节说起来也有车过腹痛之感了。前年冬天半农同我谈到蒙难纪念，问这是那一天，我查旧日记，恰巧民国十六年中有几个月不曾写，于是查对《语丝》末期出版月日等等，查出这是在十月二十四，半农就说下回我们要大举请客来作纪念，我当然赞成他的提议。去年十月不知道怎么一混大家都忘记了，今年夏天半农在电话里还说起，去年可惜又忘记了，今年一定要举行。然而半农在七月十四日就死了，计算到十月二十四恰是一百天。

昔时笔祸同蒙难，菜厂幽居亦可怜。
算到今年逢百日，寒泉一盏荐君前。

这是我所作的打油诗，九月中只写了两首，所以在追悼会上不曾用，今见半农此文，便拿来题在后面。所云菜厂在北河沿之东，是土肥原的旧居，居停主人即土肥原的后任某少佐也，秋天在东京本想去访问一下，告诉他半农的消息，后来听说他在长崎，没有能见到。

还有一首打油诗，是拟近来很时髦的浏阳体的，结果自然是仍旧拟不像，其辞曰：

漫云一死恩仇泯，海上微闻有笑声。

空向刀山长作揖，阿旁牛首太狰狞。

半农从前写过一篇《作揖主义》，反招了许多人的咒骂。我看他实在并不想侵犯别人，但是人家总喜欢骂他，仿佛在他死后还有人骂。本来骂人没有什么要紧，何况又是死人，无论骂人或颂扬人，里边所表示出来的反正都是自己。我们为了交谊的关系，有时感到不平，实在是一种旧的惯性，倒还是看了自己反省要紧。譬如我现在来写纪念半农的文章，固然并不想骂他，就是空虚地说了好些好话，于半农了无损益，只是自己出乖露丑。所以我今日只能说这些闲话，说的还是自己，至多是与半农的关系罢了，至于目的虽然仍是纪念半农。半农是我的老朋友之一，我很悼惜他的死。在有些不会赶时髦结识新相好的人，老朋友的丧失实在是最可悼惜的事。

（民国二十三年十一月三十日，于北平苦茶庵记）

隅卿纪念 *

隅卿去世于今倏忽三个月了。当时我就想写一篇小文章纪念他，一直没有能写，现在虽然也还是写不出，但是觉得似乎不能再迟下去了。日前遇见叔平，知道隅卿已于上月在宁波安厝，那么他的体魄便已永久与北平隔绝，真有去者日以疏之惧。陶渊明《拟挽歌辞》云：

向来相送人，各自还其家。
亲戚或馀悲，他人亦已歌。

何其言之旷达而悲哀耶。恐隅卿亦有此感，我故急急地想写了此文也。

我与隅卿相识大约在民国十年左右，但直到十四年我担任了孔德学校中学部的两班功课，我们才时常相见。当时系与玄

---

* 1935 年 5 月 19 日刊《大公报》，署名知堂，收入《苦茶随笔》。

同尹默包办国文功课，我任作文读书，曾经给学生讲过一部《孟子》《颜氏家训》和几卷《东坡尺牍》。隅卿则是总务长的地位，整天坐在他的办公室里，又正在替孔德图书馆买书，周围堆满了旧书头本，常在和书贾交涉谈判。我们下课后便跑去闲谈，虽然知道很妨害他的办公，可是也总不能改，除我与玄同以外还有王品青君，其时他也在教书，随后又添上了建功耀辰，聚在一起常常谈上大半天。闲谈不够，还要大吃，有时也叫厨房开饭，平常大抵往外边去要，最普通的是森隆，一亚一，后来又有玉华台。民十七以后移在宗人府办公，有一天夏秋之交的晚上，我们几个人在屋外高台上喝啤酒汽水谈天一直到夜深，说起来大家都还不能忘记，但是光阴荏苒，一年一年地过去，不但如此盛会于今不可复得，就是那时候大家的勇气与希望也已消灭殆尽了。

隅卿多年办孔德学校，费了许多的心，也吃了许多的苦。隅卿是不是老同盟会我不曾问过他，但看他含有多量革命的热血，这有一半盖是对于国民党解放运动的响应，却有一大半或由于对北洋派专制政治的反抗。我们在一起的几年里，看见隅卿好几期的活动，在“执政”治下有三一八时期与直鲁军时期的悲苦与屈辱，军警露刃迫胁他退出宗人府，不久连北河沿的校舍也几被没收，到了“大元帅”治下好像是疔疮已经肿透离出毒不远了，所以减少沉闷而发生期待，觉得黑暗还是压不死人的。奉军退出北京的那几天他又是多么兴奋，亲自跑出西直门外去看姗姗其来的山西军，学校门外的青天白日旗恐怕也是北京城里最早的一张吧。光明到来了，他回到宗人府去办起学校来，我们也可以去闲谈了几年。可是北平的情形愈弄愈不行，隅卿于二十年秋休假往南方，接着就是九一八事件，通州密云成了边塞，二十二年冬他回北平来专管孔德图书馆，那时复古的浊气又已弥漫国中，到了二十四年春他也就与世长辞了。孔德学校的教育方针向来是比较地解放的向前的，在现今的风潮中似乎最难于适应，这是一个难问题，不过隅卿早死了一年，不及见他亲手苦心经营的学校里学生要从新男女分了班去读经做古文，使他比在章士钊刘哲时代更为难过，那也可以说是不幸中之大幸了罢。

隅卿的专门研究是明清的小说戏曲，此外又搜集四明的明末文献。末了的这件事是受了清末的民族革命运动的影响，大抵现今的中年人都有过这种经验，不过表现略有不同，如七先生写到清乾隆帝必称曰弘历亦是其一。因为这些小说戏曲从来是不登大雅之堂的，所以隅卿自称曰不登大雅文库，后来得到一部二十回本的《平妖传》，又称平妖堂主人。尝复刻书中插画为笺纸，大如册页，分得一匣，珍惜不敢用，又别有一种画笺，似刻成未印，今不可得矣。居南方时得话本二册，题曰《雨窗集》《欹枕集》，审定为清平山堂同型之本，旧藏天一阁者也，因影印行世，请兼士书额云雨窗欹枕室，友人或戏称之为雨窗先生。隅卿用功甚勤，所为札记及考订甚多，平素过于谦退不肯发表，尝考冯梦龙事迹著作甚详备，又抄集遗文成一卷，屡劝其付印亦未允。吾乡朱君得冯梦龙编《山歌》十卷，为《童痴二弄》之一种，以抄本见示令写小序，我草草写了一篇。并嘱隅卿一考证之，隅卿应诺，假抄本去影写一过，且加丹黄，乃亦未及写成，惜哉。龙子猷殆亦命薄如纸不亚于袁中郎，竟不得隅卿为作佳传以一发其幽光耶。

隅卿行九，故尝题其札记曰《劳久笔记》。马府上的诸位弟兄我都相识，二先生幼渔是国学讲习会的同学，民国元年我在浙江教育司的楼上"卧治"的时候他也在那里做视学，认识最早，四先生叔平，五先生季明，七先生太玄居士，也都很熟，隅卿因为孔德学校的关系，见面的机会所以更特别的多。但是隅卿无论怎样地熟习，相见还是很客气地叫启明先生，这我当初听了觉得有点局促，后来听他叫玄同似乎有时也是如此，就渐渐习惯了，这可以见他性情上拘谨的一方面，与喜谈谐的另一方面是同样地很有意思的。今年一月我听朋友说，隅卿因怕血压高现在戒肉食了，我笑说道，他是老九，这还早呢。但是不到一个月光景，他真死了，二月十七日蓝少铿先生在东兴楼请吃午饭，在那里遇见隅卿幼渔，下午就一同去看厂甸，我得了一册木板的《訄书》，此外还有些黄虎痴的《湖南风物志》与王西庄的《练川杂咏》等，傍晚便在来薰阁书店作别。听说那天晚上同了来薰阁主人陈君去看戏，第二天是阴历上元，他还出去看街上的灯，一直兴致很好，到了十九日下午往北京大学去上小说史的课，以脑出血卒。当天夜里我得到王淑周先生的电话，同丰一雇了汽车到协和医院去看，已经来不及了。次日大殓时又去一看，二十一日在上官菜园观音院接三，送去一副挽联，只有十四个字：

> 月夜看灯才一梦，
> 雨窗欹枕更何人。

中年以后丧朋友是很可悲的事，有如古书，少一部就少一部，此意惜难得恰好地达出，挽联亦只能写得像一副挽联就算了。

（二十四年五月十五日，在北平）

玄同纪念 *

玄同于一月十七日去世，于今百日矣。此百日中，不晓得有过多少次，摊纸执笔，想要写一篇小文给他作纪念，但是每次总是沉吟一回，又复中止。我觉得这无从下笔。第一，因为我认识玄同很久，从光绪戊申在《民报》社相见以来，至今已是三十二年，这其间的事情实在太多了，要挑选一点来讲，极是困难。——要写只好写长篇，想到就写，将来再整理，但这是长期的工作，现在我还没有这馀裕。第二，因为我自己暂时不想说话。《东山谈苑》记倪元镇为张士信所窘辱，绝口不言，或问之，元镇曰，一说便俗。这件事我向来是很佩服，在现今无论关于公私的事有所声说，都不免于俗，虽是讲玄同也总要说到我自己，不是我所愿意的事。所以有好几回拿起笔来，结果还是放下。但是，现在又决心来写，只以玄同最后的十几天为限，不多讲别的事，至于说话人本

---

* 1939 年 5 月 26 日刊《实报》，署名周作人，收入《药味集》。《实报》原题《最后的十七日——钱玄同先生纪念》。

来是我，好歹没有法子，那也只好不管了。

廿八年一月三日，玄同的大世兄秉雄来访，带来玄同的一封信，其文曰：

> 知翁：元日之晚，召诒坌息来告，谓兄忽遇狙，但幸无恙，骇异之至，竟夕不宁。昨至丘道，悉铿诒炳扬诸公均已次第奉访，兄仍从容坐谈，稍慰。晚，铁公来详谈，更为明了。唯无公情形，迄未知悉，但祝其日趋平复也。事出意外，且闻前日奔波甚剧，想日来必感疲乏，愿多休息，且本平日宁静乐天之胸襟加意排解摄卫！弟自己是一个浮躁不安的人，乃以此语奉劝，岂不自量而可笑，然实由衷之言，非劝慰泛语也。旬日以来，雪冻路滑，弟懔履冰之戒，只好家居，惮于出门，丘道亦只去过两三次，且迂道黄城根，因怕走柏油路也。故尚须迟日拜访，但时向奉访者探询尊况。顷雄将走访，故草此纸。龥闇白。廿八，一，三。

这里需要说明的只有几个名词。丘道即是孔德学校的代称，玄同在那里有两间房子，安放书籍兼住宿，近两年觉得身体不好，住在家里，但每日总还去那边，有时坐上小半日。龥闇是其晚年别号之一，去年冬天曾以一纸寄示，上钤好些印文，都是新刻的，有肄龥，觚叟，龥庵居士，逸谷老人，忆菰翁等。这大都是疑古二字变化来，如逸谷只取其同音，但有些也兼含意义，如觚瓠本同一字，此处用为小学家的表征，菰乃是吴兴地名，此则有敬乡之意存焉。玄同又自号鲍山疒叟，据说鲍山亦在吴兴，与金盖山相近，先代坟墓皆在其地云。曾托张樾丞刻印，八月六日有信见告云：

> 日前以三孔子赠张老丞，蒙他见赐疒叟二字，书体似颇不恶，盖颇像百衲本《廿四史》第一种宋黄善夫本《史记》也。唯看上一字，似应云，像人高踞床阑干之颠，岂不异欤！老兄评之以为何如？

此信原本无标点，印文用六朝字体，疒字左下部分稍右移居画下之中，故云然，此盖即鲍山疒叟之省文也。

十日下午玄同来访，在苦雨斋西屋坐谈，未几又有客至，玄同遂避入邻室，旋从旁门走出自去。至十六收来信，系十五日付邮者，其文曰：

> 起孟道兄：今日上午十一时得手示，即至丘道交与四老爷，而祖公即于十二时电四公，于是下午他们（四与安）和它们(《九通》)共计坐了四辆洋车将这书点交给祖公了。此事总算告一段落矣。日前拜访，未尽欲言，即挟《文选》而走。此《文选》疑是唐人所写，如不然，则此君模唐可谓工夫甚深矣。……（案，此处略去五句三十五字）。研究院式的作品固觉无意思，但鄙意老兄近数年来之作风

颇觉可爱，即所谓“文抄”是也。“儿童……”（不记得那天你说的底下两个字了，故以虚线号表之）也太狭（此字不妥），我以为“似尚宜”用“社会风俗”等类的字面（但此四字更不妥，而可以意会，盖即数年来大作那类性质的文章，——愈说愈说不明白了），先生其有意乎？……（案，此处略去七句六十九字）。旬日之内尚拟拜访面罄，但窗外风声呼呼，明日似又将雪矣，泥滑滑泥，行不得也哥哥，则或将延期矣。先公病状如何？有起色否？甚念！弟师黄再拜。廿八，一，十四，灯下。

这封信的封面上写鲍缄，署名师黄则是小时候的名字，黄即是黄山谷。所云《九通》，是李守常先生的遗书，其后人窘迫求售，我与玄同给他们设法卖去，四祖诸公都是帮忙搬运过付的人。这件事说起来话长，又有许多感慨，总之在这时候告一段落，是很好的事。信中略去两节，觉得很是可惜，因为这里讲到我和他自己的关于生计的私事，虽然极有价值有意思，却亦就不能发表。只有关于《文选》，或者须稍有说明。这是一个长卷，系影印古写本的一卷《文选》，有友人以此见赠，十日玄同来时便又转送给他了。

我接到这信后即发了一封回信去，但是玄同就没有看到。十七日晚得钱太太电话，云玄同于下午六时得病，现在德国医院。九时顷我往医院去看，在门内廊下去遇见稻孙少铿令扬炳华诸君，知道情形已是绝望，再看病人形势刻刻危迫，看护妇之仓皇与医师之紧张，又引起十年前若子死时的情景，乃于九点三刻左右出院径归，至次晨打电话问少铿，则玄同于十时半顷已长逝矣。我因行动不能自由，十九日大殓以及二十三日出殡时均不克参与，只于二十一日同内人到钱宅一致吊奠，并送去挽联一副，系我自己所写，其词曰：

戏语竟成真，何日得见道山记；
同游今散尽，无人共话小川町。

这挽对上本撰有小注，临时却没有写上去。上联注云：

前屡传君归道山，曾戏语之曰，道山何在，无人能说，君既曾游，大可作记以示来者。君殁之前二日有信来，覆信中又复提及，唯寄到时君已不及见矣。

下联注云：

余识君在戊申岁，其时尚号德潜，共从太炎先生听讲《说文解字》，每星期日集新小川町《民报》社。同学中龚宝铨朱宗莱家树人均先殁，朱希祖许寿裳现在川陕，留北平者唯余与玄同而已。每来谈，常及尔时出入《民报》社之人物，窃有开天遗事之感，今并此绝响矣。

挽联共作四副，此系最后之一，取其尚不离题，若太深切便病晦或偏，不能用也。

关于玄同的思想与性情有所论述，这不是容易的事，现在亦还没有心情来做这种难工作，我只简单的一说在听到凶信后所得的感想。我觉得这是一个大损失。玄同的文章与言论，平常看去似乎颇是偏激，其实他是平正通达不过的人。近几年和他商量孔德学校的事情，他总是最能得要领，理解其中的曲折，寻出一条解决的途径，他常诙谐的称为贴水膏药，但在我实在觉得是极难得的一种品格，平时不觉得，到了不在之后方才感觉可惜，却是来不及了，这是真的可惜。老朋友中间玄同和我见面时候最多，讲话也极不拘束而且多游戏，但他实在是我的畏友。浮泛的劝诫与嘲讽虽然用意不同，一样的没有什么用处。玄同平常不务苛求，有所忠告必以谅察为本，务为受者利益计，亦不泛泛徒为高论，我最觉得可感，虽或未能悉用而重违其意，恒自警惕，总期勿太使他失望也。今玄同往矣，恐遂无复有能规诫我者。这里我只是少讲私人的关系，深愧不能对于故人的品格学问有所表扬，但是我于此破了二年来不说话的戒，写下这一篇小文章，在我未始不是一个大的决意，姑以是为故友纪念可也。

（民国廿八年四月廿八日）

钱玄同（一）*

钱玄同君去世，倏忽已将十二周年了。他的遗著其大世兄虽有搜集，总无编印的机会，其一部分为《新青年》杂感类的文章，一部分系讲学问。曾经付印者只有《文字学音篇》及《新学伪经考》的序文，这虽说是序文，实在乃是他对于经学的意见的总结，至今还是有参考的价值的。他的传有黎锦熙所作的一大册，实在却只讲的是国语运动，不小心的看去，会得弄不清这是黎传附钱呢，还是钱传附黎，此传也只见过油印未完本，所以流传的恐不甚广。

玄同喜讲话，却不太随便臧否人物，故颇有世故之称。虽不冒险，却也并不怎么怕危险，但不知为什么缘故各方面都讥评他的怕死，实在是很奇怪的。林琴南小说中说金心异被荆生一吓唬，“畏死如猬”，这是民国六七年的事。二十四年马隅卿在北大上课中骤然中风而死，有人传说他便从此不

---

* 1950 年 12 月 15 日刊《亦报》，署名鹤生，未收入自编文集。此序号为编者所加。

上课，怕步马隅卿的后尘，鲁迅根据此说还在《太白》上写过短评。其实他一直在教书，至芦沟桥事件发生为止，这是师大的若干工友学生所都知道的，还要传讹，可见谣言比实话更有传播的力量了。

钱玄同（二）*

我近来常想能够有工夫写几节《畸人所知录》下来，因为我知道有不少的人，在社会上很有点声名，当作是个奇人，但是据我所知的事实，却实在是平平常常的，觉得有说明的必要。第一个我便举出钱玄同来。

钱夏字玄同，后来又名疑古玄同。我们认识他最初在光绪戊申（一九〇八）年，从太炎先生《民报》社听讲《说文》，那时他还用旧号曰“德潜”，及民国六年在北京相见，已改字曰玄同了。他的初期的特色是复古。文字他主张用小篆，事实上不可能，则改用楷书的笔势写篆书，给太炎先生写刻《小学答问》，后来还有《三体石经考》，也是用的这笔法。写信也是“某人足下，近候何若，……”末了说“某顿首”。至于文章之拟古，那更不用说了。辫子去掉了固然很好，但也不固执的要梳头，只是这袍子马褂的胡服总是不好，要复

* 1957 年 11 月 27 日刊《羊城晚报》，署名启明，收入《木片集》。此序号为编者所加。

古一下来穿“深衣”。这根据古书来复制，乃是白布斜领，着起来很有点像“孝袍”，看去有点触目。他却不顾一切，做了一件，穿了到教育司办公，不过这个我并没亲见，只是传闻如此罢了。

第一期的“复古”做得很彻底。第二期便来个“反复古”运动，同样的彻底，不过传播得更广远了。自从“洪宪帝制”以后，一般有心的人都觉得中国这样情形是很危险的，非有一个大的变更不可，接着是欧战结束，便引起了中国的那新文化运动来了。《新青年》便当了这运动的代言人，标榜民主和科学，对于国内事物凡是旧的都在反对之列，举凡人家所称为国粹的，国学、国文、国医、国术、国剧，都被看作“国滓”，一律予以痛击。他的两句口号——“选学妖孽，桐城谬种”，一直为旧学者所痛心疾首，尤其是对于旧道德“纲常”之攻击，更被人视为“洪水猛兽”，欲得而甘心。最有名的林琴南的两篇小说，在《荆生》里假借了荆生这一个旧礼教的保护人，对这班人加以惩创，小说里的“金心异”这人，便是玄同，所以鲁迅后来的文章中，就以金心异作玄同的外号。现在看起来，他对于中国文化遗产的某些方面缺乏理解，这是缺点，但在他那时也是无怪的，当时如稍一让步，便是对于旧派承认妥协，再也不能坚持攻击了。正如征求“青年必读书”的时候，鲁迅坚决地主张现代青年不必读旧书，一部也没有开，所以玄同也赞成将旧书扔进毛厕去。这极端的反复古主义，玄同坚持到底，虽然他在学术上仍旧弄他的文字学。至于经学，则仍然遵从老师崔觯甫的教训，相信今文说，别号“饼斋”，表示乃是“卖饼家”何邵公之徒。关于这一方面的学术问题，著有《重论经今古文学问题》一篇，最有价值，作为标点本《新学伪经考》的序文，登在原书上面。

“经今古文学”的论争乃是反复古运动之一面，发见于经学方面的，在这问题上他坚持下去，一直没有变更，虽然在别的艺术上多少有些让步。他把自己的别号改作“疑古”，表示他的态度。照道理说来，康有为那种《新学伪经考》也是从疑古思想出发的，但是他更推得远一点，不但是经，便是史的方面，也都处处显得可疑罢了。他的思想显得“过激”，往往有人误解，觉得脾气一定乖僻，不好对付吧，其实是不然的。他对人十分和平，总是笑嘻嘻的。诚然他有他的特殊脾气，假如要他去见“大人先生”，那么他听见名字，便要老实不客气的骂起来，叫人下不来台，若是平常作为友人往来，那是和平不过的。他论古严格，若和他讨论现代问题，却又是最通人情世故的。他反对国文和艺术，可是他藏书极多，对于古诗文亦多了解，又善书法，晚年写唐人写经，时时给人家书题封面。说起他来，常把他当作怪人，其实是很平常的，知识广博，趣味丰富，朋友间不可多得的人。

钱玄同的复古与反复古*

现在我自己拿起笔来，写关于钱玄同的文章，这是我所觉得很是喜欢，却也是十分为难的事。这个为难也已经感觉了有二十多年了，自从民国己卯（一九三九）年玄同去世以后，我就想来写一篇文章纪念他，因为自己觉得对于他相当有点认识，或者至少不会像别人的误解，所以比较适宜。但是每回摊纸执笔，沉吟一回，又复中止，觉得无从下笔。主要原因是我认识玄同很久，从光绪戊申（一九〇八）年在东京《民报》社相见以来，到他去世，那时已是三十二年，这期间的事情实在太多了，要挑选一点来讲，实在困难，要写只好写长编，想到就写，将来再整理，但这是长期的工作，就是到现在也还没有这工夫来做。可是尽拖下去也不是个办法，于今决心来写这篇文章，便想到了一个简便的办法，将他的一生约略照着他改名字的时期，分为几个段落，简单地记下他的言行来，

---

* 1963 年 11 月 26 日作，署名周作人，未收入自编文集。本文后来曾于 1984 年 4 月刊《文史资料选辑》第 94 辑。

因为这是表明他思想变换的一个转折。这个办法或者不很适宜也未可知，但是我只有照这来写，因为此外实在是没有办法了。

钱玄同生于前清光绪十三年丁亥（一八八七），初名师黄，字德潜，是他父亲振常（字笣仙）的第二个儿子。因为他是庶出的，所以他的年纪较他的长兄念劬（恂）要差一大段，乃是和他的侄儿稻孙同岁，不过月份在前罢了。关于他的身世不大听见他说起过。只记得说是他母亲是四川人，所以从小能吃辣火。钱振常和他哥哥振伦（号楞仙）都很有名，曾经当过京官部曹，据说同他上官意见不和，乃辞职归乡，半生当书院的山长过日子。钱玄同为什么叫师黄，意思不能知道了。据稻孙的推测，说是或者大约是师黄梨洲吧，至于德潜的意思，那简直无从去推测了。

玄同于庚子（一九〇〇）以后到日本自费留学，改名为钱怡。这个改名是有一段历史的，据他在书信里说过，在他六岁的时候，住在常熟的伯母去世，要发讣文，不知他叫什么名字，因为他的老兄名“恂”，所以就替他起了一个竖心旁的名字叫作钱怡，就这样的刊了出来了。这个是他的而又不是他的名字，就这样的搁着，一直过了十年，到了往日本留学的时候，这才复活了，因为是进洋学堂，照例是不用本名的，须得另起一个，这回便废物利用了。在东京时期，他已接受民族革命的思想，自己起了一个号曰汉一，但是朋友们都还叫他德潜，如马幼渔（裕藻）便是一直到后来也没改。

及至后来章太炎先生从上海的西牢里出来，到得东京接办《民报》，并在大成学校借地开国学讲习会讲学，他前去听讲，立定他的研究国学的基础，也是他复古思想的第一步。他听太炎说古人名号皆有相连的意义，乃将钱怡的名字改作钱夏，取其与汉一相连。“夏”字据《说文》上说乃“中国之人也，从页首也，臼两臂也，夂两足也。”他这时候却似乎不很用汉一的号，因为他同时还有一个别号叫作中季，所以我们于一九〇八年在《民报》社的讲席上看见他时，认识他是叫作钱夏号中季，而在学校的名字是钱怡的。

那时国学讲习会正式在大成学校开讲，但是后来因为龚未生（宝铨）特别介绍，太炎答应于星期日上午在《民报》社开一班，先讲《说文解字》。听讲的人是鲁迅与我，许寿裳和他的同学钱家治，因为正和我们同住，所以也一起前去。此外是龚未生以及两三个在讲习会的人，因为热心听太炎讲学，所以也赶来听，这便是钱夏、朱希祖（逖先[①]）和朱宗莱（蓬仙）。当时玄同着实年少气盛，每当先生讲了闲谈的时候，就开始他的“话匣子”（这是后来朋友们送他的一个别号，形容他话多而急的状态），而且指手划脚的，仿佛是在坐席上乱爬，所以鲁迅和许寿裳便给他起了“爬来爬去”的雅号。此外的人没有什么别的称号，只是未生有一个“悠悠我思”的别名，这是他自己起的。在陶成章（焕卿）著《中

①又作“逷先”。

国民族权力消长史》的时候，校对是由未生和陈百年办理的，未生用了这个名字，而百年则写的是“独念和尚”，但是这个典故现在也恐怕已经没有人知道了吧？后来据玄同自己说，他有时和太炎谈论，在大家散了之后仍旧不走，谈到晚上便留在《民报》社里住宿，接着谈论。谈些什么呢？说来是很可笑的，无非是讨论怎样复古罢了。盖当时民族主义的革命思想的主张是光复旧物，多少是复古思想，这从《国粹学报》开始，后来《民报》也是从这条路上发展。太炎所做的论文除了《中华民国解》，因为反对《新世纪》的主张用万国新语，提倡简化反切，为后来注音字母的始基，有过建设性以外，大抵多是发思古之幽情，追溯汉唐文明之盛。当时玄同的老兄念劬与古代史的作者夏穗卿在日本，常一同上街，看见店铺的招牌和店面，辄啧啧称叹，说有唐代遗风，即此可以想见一斑了。《民报》上登载过一篇《五朝法律索隐》，力说古法律的几点长处，我们看了很受影响。其一点是贱视商人，说晋朝称为“白帖额人”，大概是额上贴有标志，又说穿鞋是一只白一只黑的。这事在后来写信里还是提起，其时已在三十年后了。至于当时在《民报》社所反复讨论的，大约不是这种问题，只是关于文字言语的罢了。这就是说名物云谓，凡字必须求其“本字”，并且应该用最正确的字体把它写出来。这字体问题因为当时甲骨文还未发现，钟鼎文又是太炎所不相信的，那么只好用小篆了，而小篆见于《说文》的字数太少，又照例不能用偏旁凑合自己来创造，那么这就技穷了，便是“老夫子”也没有办法。清朝的学者也有人试办过，江鲸涛（声）用小篆刻书，平常通用隶书，但是仍旧不能通行。有一天他叫仆人买东西，开单用隶书所写，店家看不懂不曾买来。他惊诧说：“这隶书本来是给胥隶用的，怎么会连这也不认识呢？”这笑话当然老夫子也知道，那一回师弟问难，虽然很是顶真，大约也只能以不了了之而已。

玄同于文字复古的问题上面，留下了三种痕迹，证明他的归根失败。其一是在民国之初，写过一部周文之（沐润）的《说文窥管》，这个写本在浙江图书馆，不知道现在尚存在否？但是我得到一份照相片，于一九四二年以石印法印了二百部。原文后面有馆员陆祖谷的校记，末云：

> 钱君中季录此卷，用小篆精写，意欲备刊，顾其中犹有阙字未补，误字未正，盖当日厥功未竟而中辍者，兹特摘出记于右方，冀他日中季复来，足成之云。丁卯七月陆祖谷记。

其所以厥功未竟的缘故虽然不详，但小篆的不够用总是最大的障碍吧。其二是《章氏丛书》里的四卷《小学答问》，也是浙江图书馆出版的，是玄同所写，系依照小篆用楷书笔势写之，写起来倒并不难看，虽然不大好认。圆笔变方了，反而面生，一也；改正讹俗，须用本字，一见难识，如“认”之作“仞”，二也。但经过苦心研究，终于写成了。其三是已经隔了二十年之后，在北京的弟子们醵资刻《章氏丛书续篇》，由他和吴检斋主持其事。其中有《新出三体石经考》一书，是他所手书的，写法又有些变化了。太炎特地手书题跋其后云：

> 吴兴钱夏，前为余写《小学答问》，字体依附正篆，裁别至严，胜于张力臣之写《音学五书》。忽忽二十馀岁，又为余书是考。时事迁蜕，今兹学者能识正篆者渐希，于是降从《开成石经》，去其泰甚，勒成一编，斯亦酌古准今，得其中道者矣。稿本尚有数事未谛，夏复为余考核，就稿更正，故喜而识之。夏今名玄同云。

这是文字复古的经验，从极右的写小篆起手，经过种种实验，终于归结到利用今隶、俗字简体，其极左的反动则是疑古，主张破坏过去的一切，即是线装书扔进毛厕坑，四十岁的人应该枪毙等说，这且等下文再说。他的复古经验初不限于文字，即于衣冠亦有试验，据他自己说大概在辛亥前后，他在故乡尝做《深衣冠服说》一文，考究深衣的制度，后来曾做了一套，据说在杭州教育司当科员时，穿了这衣服办过公。不过我在民国元年（一九一二）夏天也曾在那里当过视学，却不曾看见他穿深衣。其实这也是无怪的，因为时在盛暑，穿了那件白布长袍是有点受不住的。后来我在北京历史博物馆中看到一件深衣样本，不晓得是否系照他说法所做，还是就是那一件，可惜不曾问得，但觉得这深衣虽然古，却实在不好看，因为它完全是一件斜领孝袍，便是乡下叫作“大蓬”，是穿重丧的人所着，不过它是缝边而不是所谓“斩衰”就是了。

就是在民国初元，他在杭州的时候，于经学上开始有了一个新的发展，即是他接受了康有为的学说——《新学伪经考》的说法。笼统说一句康氏学说，很有语病，因为他有许多主张都有政教的作用，如孔子托古改制啦，春秋笔削大义微言啦，与他的实际主张有关，唯独这《伪经考》，乃纯是学术的立场，他证实刘歆伪造古文经，所以这些是不可信的。太炎讲经学是古文学派的，但是玄同从崔觯甫（适）那里习受到这一派，成了今文学派，虽然他并不信公羊，但他此后自称“饼斋”，到晚年没有改变。根据他在所写《〈新学伪经考〉序》(一九三一年，北平出版方国瑜标点本，但在次年又改写重刊，改题为《重论经今古文学问题》，登在北大《国学季刊》第三卷）里所自述的经过如下：

> 崔君受业于俞曲园先生之门，治经本宗郑学，不分古今；后于俞氏处得读康氏这书，大为佩服，说它字字精确，古今无比，于是力排伪古，专宗今文。他于一九一一年(辛亥）二月廿五日第一次给我的信中说：
>
> “《新学伪经考》字字精确，自汉以来未有能及之者”。三月中又来信说：
>
> “康君《伪经考》作于二十年前，专论经学之真伪。弟向服膺纪、阮、段、俞诸公书，根据确凿，过于国初诸儒，

然管见所及，亦有可驳者，康书则无之，故以为古今无比。若无此书，则弟亦兼宗今古文，至今尚在梦中也。”

崔君著《史记探原》《春秋复始》《论语足征记》《五经释要》诸书，皆引伸康氏之说，益加邃密。一九一一年二月廿五日的信中还有这样一段话：

“知汉古文亦伪，自康君始。下走之于康，略如攻东晋古文《尚书》者惠定宇于阎百诗之比。虽若五德之说，与《穀梁传》皆古文学，文王称王，周公摄政之义并今文说，皆康所未言，譬若自秦之燕，非乘康君之舟车至赵，亦不能徒步至燕也。”

玄同于一九一一年二月谒崔君请业，始得借读《新学伪经考》，细细籀绎，觉得崔君对于康氏之推崇实不为过，玄同自此亦笃信古文经为刘歆所伪造之说，认为康、崔两君推翻伪古的著作在考证学上价值，较阎若璩的《尚书古文疏证》犹远过之。自一九一一(辛亥)至一九一三(民国二年)，此三年中玄同时向崔君质疑请益，一九一四(民国三年)二月，以札问安，遂自称弟子。

这里关于信奉《伪经考》的经过，说的很是详尽，虽然他对于公羊学派那一套微言大义并不相信，但是他总以今文学派自居，定别号曰“饼斋”，刻有一方“饼斋钱夏”的印章，就是到了晚年也仍旧很爱这个称号的。上边所说乃是他的“复古”经验的大略，但是这里边也就存在着他后来“疑古”即是反复古的根源。因为既然开始知道了可疑的一端，就容易怀疑到别处，而且复古愈彻底，就愈明白这条路之走不通，所以弄到底只好拐弯，而这条拐弯的机会也就快到来了。

这使得他拐弯的机会是什么呢？民国初年的政教反动的空气，事实上表现出来的是民四（一九一五）的洪宪帝制，民六（一九一七）的复辟运动，是也。经过这两件事情的轰击，所有复古的空气乃全然归于消灭，结果发生了反复古。这里表面是两条路，即一是文学革命，主张用白话；一是思想革命，主张反礼教，而总结于毁灭古旧的偶像这一点上，因为觉得一切的恶都是从这里发生的。当时发表这派论调的是《新青年》杂志，首由胡适之、陈独秀两人开始，玄同继之而起，最为激烈，有青出于蓝之概。现今从《新青年》的通信里，抄录一部分于后。民国六年（一九一七）八月出版的三卷六号里云：

> 玄同对于用白话说理抒情，极端赞成独秀先生之说。亦以为其“是非甚明，必不容反对者有讨论之馀地，必是吾辈所主张者为绝对之是，而不容他人之匡正”。此种论调虽若过悍，然对于迂谬不化之选学妖孽、桐城谬种，实不能不以如此严厉面目加之。因此辈对于文学之见解，正与反对开学堂，反对剪辫子，说洋鬼子脚（腿）直跌倒爬不起者，其见解相同。知识如此幼稚，尚有何种商量文学之话可说乎。

在三卷四号里有云：

一月以来种种怪事纷现目前，他人以为此乃权利心之表现，吾则谓根本上仍是新旧之冲突，故共和时代尚有欲宣扬“辨上下，定民志”，“人伦明于上，小民亲于下”之学说者。大抵中国人脑筋二千年沉溺于尊卑名分纲常礼教之教育，故平日做人之道，不外乎骄、谄二字。富贵而骄虽不合理，尚不足奇，最奇者，方其贫贱之时，苟遇富贵者临于吾上，则赶紧磕头请安，几欲俯伏阶下，自请受笞。一若彼不凌践我，便是损彼之威严，彼之威严损则我亦觉得没有光彩者然。故一天到晚，希望有皇帝，希望复拜跪，仔细想想，岂非至奇极怪之事。

在这时候文章方在排印，可是奇事乃实在发生了。这便是那复辟事件。虽然只有十天工夫事件便已解决，但是这影响就尽够深远的，在玄同自己使他往反复古的方面更坚定的前进，一面劝说鲁迅开始写作，也是一件有重大意义的事情。

鲁迅的《狂人日记》作于复辟事件后的一年（一九一八）的四月，玄同也于三月十四日写了《中国今后之文字问题》这篇通信，发表他的废汉文的主张。这是写给独秀的，起头说：

先生前此著论，力主推翻孔教，改革伦理，以为倘不从伦理问题上根本解决，那就这块共和招牌一定挂不长久。玄同对于先生这个主张，认为救现在中国的唯一办法。然因此又想到一事，则欲废孔学，不可不先废汉文，欲驱除一般人之幼稚的野蛮的顽固的思想，尤不可不先废汉文。

他的这种因噎废食的办法虽然现在看来有点可笑，但他当时却是说的很有理由的，因为他说：

玄同之意，以为汉字虽发生于黄帝之世，然春秋战国以前，本无所谓学问，文字之用甚少。自诸子之学兴，而后汉字始为发挥学术之用。但儒家以外之学，自汉即被罢黜。二千年来所谓学问，所谓道德，所谓政治，无非推衍孔二先生一家之学说。所谓《四库全书》者，除晚周几部非儒家的子书之外，其馀则十分之八都是教忠教孝之书。经不待论，所谓史者，不是大民贼的家谱，就是小民贼的杀人放火的账簿，如所谓平定什么方略之类。子集的书大多数都是些王道圣功，文以载道的妄谈。还有那十分之二，更荒谬绝伦，说什么关帝显圣，纯阳降坛，九天玄女，黎山老母的鬼话。其尤甚者，则有婴儿姹女，丹田泥丸宫等说，发挥那原人时代生殖器崇拜的思想。所以二千年来用汉字写的书籍，无论那一部，打开一看，不到半页，必有发昏做梦的话。此等书籍，若使知识正确，头脑清晰的人看了，自然不至堕其玄中，若令初学之童子读之，必至终身蒙其大害而不可救药。

欲祛驱三纲五伦之奴隶道德，当然以废孔学为唯一之办法；欲祛驱妖精鬼怪、炼丹画符的野蛮思想，当然以剿灭道教——是道士的道，不是老庄的道——为唯一之办法。欲废孔学，欲剿灭道教，惟有将中国书籍一概束之高阁之一法。何以故？因中国书籍千分之九百九十九都是这两类之书故，中国文字自来即专用于发挥孔门学说及道教妖言故。

这里说话虽然稍为偏激一点，但意思是完全好意的。

玄同的主张看似多歧，其实总结归来只是反对礼教，废汉文乃是手段罢了。他这意思以后始终没有再改变，虽然他的专攻仍旧是中国文字学中的音韵部分，对于汉文汉字的意见随后也有转变，不复坚持彻底的反对的意见了。一九三四年的春天，我偶然做了“前世出家今在家”的两首打油诗，经《人间世》发表，题作《五十自寿》。当时友人们赐予和作，玄同也有诗寄来，虽然他平常是不做诗的。附有通信云：

苦茶上人：我也诌了五十六字自嘲，火气太大，不像诗而像标语，真要教人齿冷。第六句只是凑韵而已，并非真有不敬之意，合并声明。癸酉腊八，无能。

诗题云《改腊八日作》：

但乐无家不出家，不归佛法没袈裟。
推翻桐选驱邪鬼，打倒纲伦斩毒蛇。
读史敢言无舜禹，谈音尚欲析遮麻。
寒宵凛冽怀三友，蜜橘酥糖普洱茶。

第六句的典故，因为我对于文字学的音韵觉得难以理解，尝称之为未来派，诗语尚欲辨析，故云不敬。作此诗的时候已在《新青年》通信十六七年之后，意见却还是一样。第五句说“读史敢言无舜禹”，则是怀疑古史不实，改号“疑古”，已经有好几年了。在这以后，我引用他仅存的几封信里的话，做一个旁证。在民国十二年（一九二三）七月一日的信里，特别注明是张大帅复辟之纪念日，有云：

我近来很动感情，觉得二千年来的国粹，不但科学没有，哲学也玄得利害，理智的方面毫无可满足之点，即感情方面的文学除了那颂圣、媚上、押韵、对仗、用典等等“非文学”以外，那在艺术上略有地位的，总不出乎——

a. 歌咏自然，

b. 发牢骚，

c. 怡情酒色，三种思想。自然 a 似乎最高些，但崇拜天然，菲薄人为，正是老庄学说的流毒，充其极量，非以穴居野处茹毛饮血结绳而治等等为人类最正当之生活不可。b则因为没有人给他官做，给他钱用（其实就不过如此而已，并没有怎样的虐待他），便说他如何如何的痛苦，如何如何的受人欺侮，世界上除了他以外，别人都是王八旦，都是该千刀万剐的。何以故？因对不起他故。c派更不足道，二言以蔽之，不拿人当人，并且不拿自己当人而已。——我近来很有“新卫道”的心理，觉得彼等（按指上边的三种文学）实在不宜于现在的青年，实在也是一种“受戒的文学”。因此觉得说来说去，毕竟还是民国五六年间的《新青年》中陈仲甫的那些西方化的话最为不错，还是德谟克拉西和赛恩斯两先生最有道理。“新孔夫子”我们固然不欢迎，“新黄仲则”我们也不欢迎。我始终是一个功利主义者，这个意思你以为然否？

又七月九日的信里说：

近来的怪论渐又见多，梅光迪诸人不足怪，最近那位落华生忽然也有提倡孔教之意，我未免有“意表之外”之感焉。我因此觉得中国古书确是受戒的书物。这些书不曾经过整理就绪（即将它们的妖怪化、超人化打倒）以前，简直是青年人读不得的东西。我近来犯动感情，以为“东方化”终于是毒药。不但圣人道士等等应与之绝缘，即所有一切，总而言之，统而言之，总非青年人血气未定时所可研究者。老实说吧，至少也要像钱玄同这样宗旨醇正的人才可看得。这话你道可笑吗？但我自己觉得我的见解和识力比起这班“老头子的儿子孙子”来，确乎要高明些也矣。

昨晚写到这里，便睡了。今天早晨看报（七月七日《时事新报》）又发见好的复古的材料，即徐志摩忽然大倡废止标点符号之论，竟说什么“无辜的圣经贤传，《红楼》《水浒》，也教一班无事忙的先生支离宰割”。又说，“在国际文学界的名气恐怕和蓝宁（按疑即列宁）在国际政治界上差不多”的爱尔兰人James Joyce做的Ulysis是——

“那真是纯粹的Prose，像牛酪一样润滑，像教堂里石坛一样光洁，非但大写字母没有，连，？！等可厌的符号一齐灭迹，也不分章句篇节，只有一大股清利浩瀚的文章，排奡而前，像一大匹白罗披泻，一大卷瀑布倒挂，丝毫不露痕迹，真大手笔！”

你看这话妙也不妙！原来“大手笔”的长技就在会不用标点，不分章节。我才恍然大悟，中原文章非外夷所及，文治派如是之多的原故，原来如此。

我近来耳闻目睹有几件事，觉得梁启超壬寅年的《新民丛报》虽然已成历史上的东西，而陈独秀一九一五年——一九一七年的《新青年》中的议论，现在还是救时的圣药。现在仍是应该积极去提倡“非圣”“逆伦”，应该积极去铲除“东方化”。总而言之，非用全力来“用夷变夏”不可。我之烧毁中国书之偏谬精神又渐有复活之象，即张勋败后，我和你们兄弟两人在绍兴会馆的某院子中槐树底下所谈的偏激话的精神又渐有复活之象焉。

《新青年》刊行了二三年，赞成者固然并不很多，可是反对者却实在不少，逐渐地显示了出来。这班热心于拥护旧礼教的卫道的人，以清室举人林纾为代表，乃于民国七年（一九一八）春间发起进攻，其形式为质问当时的北京大学校长蔡元培，意思是要大学来撤换文科学长陈独秀、文科教员胡适和钱玄同等人。这是有名的林蔡论争事件，但是很轻易地被蔡校长挡过去了。可是林纾不甘失败，变更方针，在《新申报》上登载小说，肆意谩骂诸人以泄愤，这是所谓《蠡叟丛谈》的事件了。据我上边所说，林纾所攻击的两点，即是“尽废古书，行用土语为文字”，和“覆孔孟，铲伦常”，实在都是玄同的主张。独秀虽主废孔，却还没有说到废汉文。至于胡适之，始终只是主张白话文学，没有敢对于纲常名教说过什么不敬的话。但是林纾却始终注重陈胡，最初在《荆生》这篇小说里，设田必美和狄莫影射他们，虽然也有一个金心异，却在第三位了。至于随后在《恶梦》里，写陈恒与胡亥正在谈非圣无法的话的时候，被怪物吞吃了，则专说他们，却把首要反而放过了。因为据我所知道，在所谓新文化运动中间，主张反孔教最为激烈，而且到后来没有变更的，莫过于他了。

思想既然如此“偏激”，这是他自己所承认的，那么他的脾气一定很是乖僻吧？可是事实乃大大不然。他对人十分和平，相见总是笑嘻嘻的。诚然他有他的特殊脾气，假如要他去叩见“大人先生”，那么他听见名字，便会老实不客气地骂起来，叫说话的人下不来台。若是平常作为友人来往，那是和平不过的。他论古严格，若是和他商量现实问题，却又是最通人情世故，了解事情的中道的人。我曾经在沈尹默离开北京（那时还叫作北平）以后，代理孔德学校校务委员会主席好几年，玄同也是一个委员，同事很久。和他商议学校的事，他总是最能得要领，理解其中的曲折，寻出一条解决的途径。他常诙谐地称为贴水膏药，但在我实在觉得是极难得的一种品格。平时不觉得，到了不在之后方才感觉可惜，却是来不及了，这是真的可惜。

玄同善于谈天，也喜欢谈天，常说上课很困倦了，下来与朋友们闲谈，便又精神振作起来，一直谈上几个钟头，不复知疲倦。其谈话庄谐杂出，用自造新典故，说转弯话，或开小玩笑，说者听者皆不禁发笑，但生疏的人往往不能索解。这种做法在尺牍中尤甚，搁置日久重复取阅，有时亦不免有费解处，因新典故与新名词暂时不用，也就不容易记起来了。这里抄录他两封信，都是关于他的别号的。因为他正式号称“疑古”，却因此取了许多同音的别号，如夷罟、逸谷、怡谷，和忆菰翁等，后来又有鲍山病叟。这些信都是他去世前一两年中所写的。其一云：

苦雨翁：多年不见了，近来颇觉蛤蜊很应该且食也，想翁或亦以为然乎！我近来颇想添一个俗不可耐的雅号，曰鲍山疒叜。鲍山者确有此山，在湖州之南门外，实为先六世祖（再以上则是逸斋公矣）发祥之地，历经五世祖、高祖、曾祖，皆宅居此山，以渔田耕稼为业。逮先祖始为士而离该山而至郡城。故鲍山中至今尚有一钱家浜，先世故墓皆在该浜之中。我近来忽然抒怀旧之蓄念，发思古之幽情，故拟用此二字。至于疒叜二字，系用《说文》及其更古（实是新造伪托）之义也。考《说文》，疒，倚也，人有疾痛，象倚着之形。叜，古甲骨文，象人手持火炬在屋下也。盖我虽躺在床上，而尚思在室中寻觅光明，故觉此字甚好。至于此字之今义，以我之年龄而言，虽若稍僭，然以我之体质言，实觉衰朽已甚，大可以此字自承矣。况宋有刘羲叟、孙莘老、魏了翁诸人，古已有之乎？（此三公之大名恐是幼时所命也。）又疒叟二字合之为一瘦字。瘦雅于胖，故前人多喜以癯字为号，是此字亦颇佳也。且某压高亢之人，总宜茹素使之消瘦，则我对于瘦之一字亦宜渴望之也。因惮于出门，而今夕既想谈风月，又喜食蛤蜊，故遣管城子作鳞鸿，（天下竟有如此之俗句，安得不作三日呕乎！）以求正于贵翁，愿贵翁有以教之也。又《易经》中有包有鱼一语，以拟援叔存氏之高祖之先例，（皖公山中之一人称为完白山人）称为——包鱼山人，此则更俗矣。饼斋和南。一九三七、八、二十。

信中云“某压高亢”，即谓血压，仿前人回避违碍字样之例，以某字代之，说话时常如此，此即其一例。到第二年七月里，信中又提及此事道：

> 上周为苦雨周，路滑屋漏，皆由苦雨之故也。然曾于其时至中华书局之对过或有正书局之隔壁，知张老丞已来，仍可刻印，且仍可刻苦雨斋式之印也，岂不懿欤。弟将请其刻疒㝹一印也。（双行注，但省鲍山二字，因每字需一元五毛也。）弟烨顿首。

张老丞即同古堂主人张越丞，因其子名少丞，故云然。过了十天之后来信云：

> 日前以三孔子赠张老丞，蒙他见赐疒㝹二字，书体似颇不恶，盖颇像百衲本廿四史第一种（宋黄善夫本《史记》）也。惟看上一字应云，像人高踞床阑干之颠，岂不异欤。老兄评之以为如何。

所云三孔子即是三元，因为当时华北的伪币一元券上印刷一个很难看的孔子像。是年十一月里来信，又说起以二角五分钱刻了一个假象牙的印章，文曰逸谷老人，因为刻的不中意，所以又改刻了：

那个值二角五分的逸谷老人（按逸字原作篆文，而兔字末笔卷曲），我觉得那兔子的脚八丫子太悲哀了，颇不舒服，且逸谷之名我尚爱之，尚不愿对于不相干的人随便去用他，故所以改为怡谷老人也。非欲对于汪老爷做文抄公，其实还是该老爷做了文抄公。因为在我六岁之时，我的伯母死了，常熟方面不知我名，妄意红履公名恂，则我当名怡，讣文上遂刻曰功服夫侄怡抆泪稽首，彼时我尚不知该钱怡为谁也。查此是光绪十九年事，而汪老爷则本名仪，宣统元年乃改名怡，岂非他做了文抄公乎。后阅十年，忽然要来用它，（按此指钱怡二字，玄同在东京留学时，学籍上系用此名。）遂用了三四年。彼时取光复派之号曰汉一，与怡之义固无关也。自谒先老夫子，乃知古人名字相应，又从汉一而想到夏字，而怡遂废矣（实是不喜此名也）。此名既为我所不喜，而又不能不算是我，故今即用怡谷老人四字以对付不相干之人来叫我写字时之用。不能不算是我，亦不能就算是我，此不即不离之办法，似乎颇妙也。于是前日跑到东安市场之文华阁，嘱其磨去重刻，又花了我一角五分之多也。然而这回却上当了，因为刻了来仔细一看，原来他拿了刻四个字的钱而只刻了一个字也。盖刻者想得很巧妙，他只磨去逸字，改写怡字，而谷老人三字就把它再刻深了一点，细看谷字之口便窥破其秘密矣。呜呼，此商人两鞋之所以应该一只白色一只黑也欤！歊欤，休哉！妙在此章本不要其好，因为用给不相干的人也。介子推曰，身将隐，焉文之。吾谓名将隐，焉用工之也。兹将该蹩脚（其实脚倒不蹩了）图章打一个奉上，请烦查照，至纫玺谊。但请勿将立心旁改为竹头也。

所谓汪老爷，是汪怡庵，单名一个怡字，是大字典编纂处的一个同事。因为在前清做过什么地方官，所以有此别号。商人两鞋一白一黑，见于太炎的《五朝法律索隐》，初登《民报》上，后来收入《太炎文录》。据晋令云，侩卖者皆当着巾，白帖额，言所侩卖及姓名。我们后来谈话亦常说白帖额人，此典故在三数《民报》社学生外殆少有人使用也。

玄同所主张常涉两极端，因为求彻底，故不免发生障碍，犹之直站不动与两脚并跳，济不得事，欲前进还只有用两脚前后走动。他的言行因此不免有些矛盾地方，如他主张废汉字，用罗马字拼法，而自己仍旧喜欢写“唐人写经”体的字。他的性格谨严峻烈，平易诙谐，都集在一起。虽然这里他有自己人与“不相干”的人的区分，但或者也可以说是一例。他的性情奇特，因此常被人误解，或加以谩骂攻击。这里最有名的便是林纾的那一次。在《荆生》那篇假小说里，以金心异的别名出现，为“义士”荆生所打，聊以泄卫道家心中的积忿。其次则是黄季刚在讲堂上的谩骂。这事大概发生很早，不过在报上发表则是在黄死后罢了。这在《立报》上登载，总名《黄侃遗事》。第一则副题云《钱玄同讲义是他一泡尿》，原文云：

> 黄以国学名海内，亦以骂人名海内，举世文人除章太炎先生，均不在其目中也。名教授钱玄同先生与黄同师章氏，同在北大国文系教书，而黄亦最瞧钱不起，尝于课堂上对学生曰，汝等知钱某一册文字学讲义从何而来？盖由余溲一泡尿得来也。当日钱与余居东京时，时相过从。一日彼至余处，余因小便离室，回则一册笔记不见。余料必钱携去，询之钱不认可。今其讲义，则完全系余笔记中文字，尚能赖乎？是余一尿，大有造于钱某也。此语北大国文系多知之，可谓刻毒之至。

我当时曾经将遗事全文寄给他看，复信里说：

> 披翁（按黄侃在旧同门中，别号为披肩公）轶事颇有趣，我也觉得这不是伪造的，虽然有些不甚符合，总也是事出有因吧。例如他说拙著是撒尿时偷他的笔记所成的，我知道他说过，是我拜了他的门而得到的。夫拜门之与撒尿，盖亦差不多的说法也。

写信的年月是一九三五年二月二十二日。

玄同所写的文章没有结集过，这是很可惜的事。他的讲学问的只有一薄本《文字学音篇》，乃是学校的讲义，也即是黄季刚所骂的。此外《重论经今古文学问题》，乃是《国学季刊》的抽印本，其馀散文都散见于《新青年》和别的刊物上。民国十七年（一九二八）的二月里，曾有一度计划编刊文集。因为在《语丝》周刊上写过些文章，名曰《废话》，所以假定文集的名字是《疑古废话》，并且也讨论过编辑的方法。他在二月五日信里说：

> 我现在对于它想定办法，便是所收之文用“历史的”的办法，即中季兄时代梦想三代之谬论，与夫钱玄同时代梦想欧化之谬论，均如其实相而登之。觉得太糟糕者全篇不存，自然存者有些地方也不能不略加删改，然总以不背“时代精神”（这四字说得阿要肉麻介！）为职志。故所以连黄帝纪元四千六百零九年到中华民国元年之际在湖州所做的《深衣冠服说》及民六主张中国用万国新语之文，两皆揭载，藉可证实“今日之我与昔日之我挑战”，岂不懿欤！卷首拟冠以《卅一自述》一篇，报告鄙人之历史。

只可惜是计划并没有实行。不然有这一册《疑古废话》刊行，就是今天来讲钱玄同，也要省力的多了。玄同去世在华北沦陷期中，所以不大见有纪念文字，只看到在重庆的黎锦熙所做的传一大册，实在却只讲的是国语运动，不小心的看去会得弄不清这是黎传附钱呢，还是钱传附黎，此传也只见过油印的未完本，所以流传的恐不甚广。

许寿裳之死 *

许寿裳君是我的小同乡，在日本留学时曾经和他同住过两年（一九〇八至〇九），所以很是熟悉。他在台湾被暗杀，已经有十年多了，很想给他写一篇纪念，一直没有写好，因为那边的情形不详，只靠一点传闻，做不得根据。一九五〇年春天有一个朋友来访，他是许的后辈同事，在重庆同住很久，又一直同在台湾，才于去年跑回来的。我问他许君一案，他说在那边谁都知道是政治的暗杀，我就根据他所说的记录一点下来，写了这篇文章。

许寿裳批评国民党政府，很不客气，在重庆考试院时便是如此，久为特务所侧目，在“戴家胡里胡涂”（戴传贤好弄玄虚，捧章嘉活佛，当时有人造对句曰，“章嘉呼图克图，戴家胡里胡涂”）当院长的时候，还有一点庇护，及至换了人之后，形势却是不行了。陈公洽往台湾便拉他同去，设立台湾编译馆，

* 1963 年 7 月 30 日刊香港《新晚报》，署名岂明，未收入自编文集。

叫他当馆长，那时台湾长官好像是个诸侯，底下特工虽然密布，总还有点投鼠忌器，因此许得以暂且安身。陈公洽走开之后，魏道明一到任，立即把编译馆裁撤，这是明显的给他一点颜色看，叫他以后可以识相点了吧，但是他毫不在乎，改在台湾大学教书，依旧对了学生大放厥词，即使因语言关系打一个折扣，但在国民党帮里总是极不痛快的。许又常写文章，有好些关于鲁迅的，陆续的在《台湾青年》上发表，这也是国民党所很讨厌的事。国民党要除去许君的意思是很明白的，可是用的手段却很复杂，他们不是明显的由内地来的特务行动，却转个弯叫本地人来下手，结果还是把他牺牲了事，可是在巧的里面也显露出拙来，所以搜查犯人这一节也反而成为政府主动的一种旁证了。

许案发生后，国民党政府手忙脚乱的有一番布置，却是到处显出破绽来。第一是宣传说是桃色案件，因为许不赞成他女儿与某大学生的恋爱，所以被杀，丧心病狂的想锻炼成逆案，可是毫无实据，当然不成功。其次断定是窃盗杀事主，“中央通讯社”靠了造谣，宣传台湾人生性野蛮，受了日本感化，动不动就要杀人，其实那里的人原是闽广移民，并无特别的地方，在本地窃盗杀伤事件也不多见，这些宣传自以为是妙计，其实正是欲盖弥彰罢了。至于后来破案的手段用的很是离奇，大有龙图公案风味。官方既然认定是盗伤事主，可是凶手也找不到，于是忽发奇想，由警官到许的灵前磕头，叩求死者显灵，指示破案。结果是怎样？果然大有应验，过了一两日之后，突然从外边隔墙扔进一把破扫帚来，警官们便说是许显灵指示，因为扫帚是仆人所拿的东西，断定凶手是许用的旧听差，不知从哪里抓了一个人来，认是他干的事，那人也招认了，但是判了死罪，那人还要说什么，却不让他说了，含糊的执行了事。

这一案的详细内容，许君长子自然知道清楚，但是因为在台湾教书，一句也不敢说，若问他时也只好唯唯诺诺，说是窃贼，别人更不必提了。其实许君以批评国民党政府而被暗杀，与陈公洽对蒋介石进直言而被杀，这情形很有点相似，他们都是太忠厚了。对蒋直言劝退，这明明是爱护蒋的意思，许君的批评国民党也并不是破坏的方面，结果却都是以怨报德，这里可以看见蒋帮的阴狠可怕了。

孟心史*

孟心史先生在北京大学教书多年，廿六年冬留北平，已卧病矣。十一月十六日访诸协和医院，赠以《风雨谈》一册，以其中引及孟先生著作也，廿九日又一至孟宅，后遂不相见，至次年一月十四日乃归道山，年七十二。三月十三日开追悼会于法源寺，到者可二十人，只默默行礼而已，不佞撰一联挽之曰：

野记偏多言外意；
遗诗应有井中函。

因字数太少不好写，亦不果用。孟先生著作甚多，但我所最记得最喜欢读的，还是民国五六年所出《心史丛刊》三集。偶阅《屑玉丛谈》，见许元仲著《绪南笔谈》中有一则云：

---

* 1939 年 10 月 24 日作，署名周作人，收入《书房一角》。

乾隆六年扬州王张氏代其夫入闱作文，为夫弟告讦，夫被斥，张氏亦谴戍。此事督臣本拟正法，上恩旨免之，得减死。

因记《心史丛刊》记科场案，多感慨语，如云：

凡汲引人材，从古无以刀锯斧钺随其后者。至清代乃兴科场大案，草菅人命，无非重加其罔民之力，束缚而驰骤之。

又云：

汉人陷溺于科举至深且酷，不惜假满人屠戮同胞，以泄多数侥幸未遂之人年年被摈之愤，此所谓天下英雄入我彀中者也。

所说均甚的当。今观《绪南笔谈》所记，则尤有甚者，如古人言，正是人伦之变，而其端由于八股科举，此事实可以深长思也。

（十月廿四日记）

黄晦闻 *

翻阅明清人所作地方名胜诗集，看到高青丘的《姑苏杂咏》二卷，乃是黄晦闻先生遗物。《杂咏》诗凡一百三十一首，已散编入《大全集》，此尚系原本，后有洪武三十一年周傅跋，盖是青丘被害后二十四年也。前在隆福寺街得此集，卷首有印曰“沈以恭印”，“敬斋”，又曰“陈天爵印”，“天士”，两册首别有印曰“黄节读书之记”。晦闻卒于民国廿四年一月廿四日，次日余送一联挽之曰：

如此江山，渐将日暮途穷，不堪追忆索常侍；
及今归去，等是风流云散，差幸免作顾亭林。

附以小注云：

* 1939 年 10 月刊《中国文艺》1 卷 2 期，署名知堂，收入《书房一角》。

近来先生常钤一印曰“如此江山”。又在北京大学讲亭林诗，感念古昔，常对诸生慨然言之。

晦闻没后，藏书多散出，偶在书肆见此册，遂以六元买得之，惜因虫已蛀经裱过，稍嫌臃肿耳。青丘原书固不多见，无意中得到故人手泽，亦可纪念也。

冯汉叔*

北京大学老教授中间有一位冯汉叔，因为是理科方面的，所以不大有人知道他，却是一个畸人，与学校也是很有关系的。他在宣统年间与鲁迅许寿裳等同在浙江两级教书，后来转入北大，直到病死为止。他的数学很好，喜欢下棋和喝酒，看他的样子从早到晚都是醉醺醺的，说起话来也多是胡里胡涂，似乎不大清醒。

民十左右，鲁迅在路上遇见他，平常也只是招呼一声算了，这一回他乱招手，一定要停车下来，鲁迅不知道他有什么话说，也只得停住，却见他从皮包里取出二十元钞票来，问是什么，答说前天输给你的，说你并没有输钱给我，他这才恍然道，不是你么，乃各别去。民十五六他在东北大学教书，待遇很好，十七年奉军退出关，他就回到北京来，有旧同事在公园看见他，问他今年回北大么，答说不，又问去师大么，上别处么，

---

* 1950 年 6 月 4 日刊《亦报》，署名鹤生，未收入自编文集。

都说不，那么预备怎样呢？他正正经经的回答道，我预备喝酒。其实他积蓄下来的几千块钱也禁不起怎么喝，所以不久他仍来到北大师大教书了。

可是大家尽管笑他酒糊涂，这也只限于学校的外边，若是一脚踏上了讲台。即使他还是那么醉醺醺的，对于数学上的任何问题都能讲得清做得出，学生无不觉得奇怪。冯汉叔也是很有血性的人，他对于学校颇忠心，很尽些力，但是这事情知道的人就不多了。

北大感旧录一——辜鸿铭*

我于民国六年（一九一七）初到北大，及至民国十六年暑假，已经十足十年了，恰巧张作霖称大元帅，将北大取消，改为京师大学，于是我们遂不得不与北京大学暂时脱离关系了。但是大元帅的寿命也不长久，不到一年光景，情形就很不像样，只能退回东北去，于六月中遇炸而死，不久东三省问题也就解决，所谓北伐遂告成功了。经过一段曲折之后，北京大学旋告恢复，外观虽是依然如故，可是已经没有从前的“古今中外”的那种精神了，所以将这十年作为一段落，算作北大的前期，也是合于事实的。我在学校里是向来没有什么活动的，与别人接触并不多，但是在文科里边也有些见闻，特别这些人物是已经去世的，记录了下来作为纪念，而且根据佛教的想法，这样的做也即是一种功德供养，至于下一辈的人以及现在还健在的老辈悉不阑入，但是这种老辈现今也是不多，真正可以说是寥落有如晨星了。

* 1962 年 2 月 10 日作，署名周作人，收入《知堂回想录》。

辜鸿铭　北大顶古怪的人物，恐怕众口一词的要推辜鸿铭了吧。他是福建闽南人，大概先代是华侨吧，所以他的母亲是西洋人，他生得一副深眼睛高鼻子的洋人相貌，头上一撮黄头毛，却编了一条小辫子，冬天穿枣红宁绸的大袖方马褂，上戴瓜皮小帽，不要说在民国十年前后的北京，就是在前清时代，马路上遇见这样一位小城市里的华装教士似的人物，大家也不免要张大了眼睛看得出神的吧。尤其妙的是他那包车的车夫，不知是从哪里乡下去特地找了来的，或者是徐州辫子兵的馀留亦未可知，也是一个背拖大辫子的汉子，正同课堂上的主人是好一对，他在红楼的大门外坐在车兜上等着，也不失为车夫队中一个特出的人物。辜鸿铭早年留学英国，在那有名的苏格阑大学毕业，归国后有一时也是断发西装革履，出入于湖广总督衙门，（依据传说如此，真伪待考，）可是后来却不晓得什么缘故变成那一副怪相，满口“春秋大义”，成了十足的保皇派了。但是他似乎只是广泛的主张要皇帝，与实际运动无关，所以洪宪帝制与宣统复辟两回事件里都没有他的关系，他在北大教的是拉丁文等功课，不能发挥他的正统思想，他就随时随地想要找机会发泄。我只在会议席上遇到他两次，每次总是如此，有一次是北大开文科教授会讨论功课，各人纷纷发言，蔡校长也站起来预备说话，辜鸿铭一眼看见首先大声说道：“现在请大家听校长的吩咐！”这是他原来的语气，他的精神也就充分的表现在里边了。又有一次是五四运动时，六三事件以后，大概是一九一九年的六月五日左右吧，北大教授在红楼第二层临街的一间教室里开临时会议。除应付事件外有一件是挽留蔡校长，各人照例说了好些话，反正对于挽留是没有什么异议的，问题只是怎么办，打电报呢，还是派代表南下。辜鸿铭也走上讲台，赞成挽留校长，却有他自己的特别理由，他说道："校长是我们学校的皇帝，所以非得挽留不可。"《新青年》的反帝反封建的朋友们有好些都在坐，但是因为他是赞成挽留蔡校长的，所以也没有人再来和他抬杠。可是他后边的一个人出来说话，却于无意中闹了一个大乱子，也是很好笑的一件事。这位是理科教授姓丁，是江苏省人，本来能讲普通话，可是这回他一上讲台去，说了一大串叫人听了难懂，而且又非常难过的单句。那时天气本是炎热，时在下午，又在高楼上一间房里，聚集了许多人，大家已经很是烦躁的了，这丁先生的话是字字可以听得清，可是几乎没有两个字以上连得起来的，只听得他单调的断续的说，我们，今天，今天，我们，北大，今天，北大，我们，如是者约略有一两分钟，不，或者简直只有半分钟也说不定，但是人们仿佛觉得已经很是长久，在热闷的空气中，听了这单调的断续的单语，有如在头顶上滴着屋漏水，实在令人不容易忍受。大家正在焦燥，不知道怎么办才好的时候，忽然的教室的门开了一点，有人伸头进来把刘半农叫了出去。不久就听得刘君在门外顿足大声骂道："混账！"里边的人都愕然出惊，丁先生以为是在骂他，也便匆匆的下了讲台，退回原位去了。这样会议就中途停顿，等到刘半农进来报告，才知道是怎么的一回事，这所骂的当然并不是丁先生，却是法科学长王某，他的名字忘记了，仿佛其中有一个祖字。六三的那一天，北京的中小学生都列队出来讲演，援助五四被捕的学生，北京政府便派军警把这些中小学生一队队的捉了来，都监禁在北大法科校舍内。各方面纷纷援助，赠送食物，北大方面略尽地主之谊，预备茶水食料之类，也就在法科支用了若干款项。这数目记不清楚了，大约也不会多，或者是一二百元吧，北大教授会决定请学校核销此款，归入正式开销之内。可是法科学长不答应，于是事务员跑来找刘半农，因为那时他是教授会的干事负责人，刘君听了不禁发起火来，破口大喝一声，后来大概法科方面也得了着落，而在当时解决了丁先生的纠纷，其功劳实在也是很大的。因为假如没有他这一喝，会场里说不定会要发生很严重的结果。看那时的形势，在丁先生一边暂时并无自动停止的意思，而这样的讲下去，听的人又忍受不了，立刻就得有铤而走险的可能。当日刘文典也在场，据他日后对人说，其时若不因了刘半农的一声喝而停止讲话，他就要奔上讲台去，先打一个耳光，随后再叩头谢罪，因为他实在再也忍受不下去了。——关于丁君因说话受窘的事，此外也还有些传闻，然而那是属于“正人君子”所谓的“流言”，所以似乎也不值得加以引用了。

北大感旧录二——刘申叔等 *

刘申叔 北大教授中的畸人，第二个大概要推刘申叔了吧。说也奇怪，我与申叔很早就有些关系，所谓“神交已久”，在丁未（一九〇七）前后他在东京办《天义报》的时候，我投寄过好些诗文，但是多由陶望潮间接交去，后来我们给《河南》写文章，也是他做总编辑，不过那时经手的是孙竹丹，也没有直接交涉过。后来他来到北大，同在国文系里任课，可是一直没有见过面，总计只有一次，即是上面所说的文科教授会里，远远的望见他，那时大约他的肺病已经很是严重，所以身体瘦弱，简单的说了几句话，声音也很低微，完全是个病夫模样，其后也就没有再见到他了。申叔写起文章来，真是“下笔千言”，细注引证，头头是道，没有做不好的文章，可是字却写的实在可怕，几乎像小孩子的描红相似，而且不讲笔顺，——北方书房里的学童写字，辄叫口号，例如“永”字，

* 1962年2月13日作，署名周作人，收入《知堂回想录》。

叫道："点，横，竖，钩，挑，劈，剔，捺，"他却是全不管这些个，只看方便有可以连写之处，就一直连起来，所以简直不成字样。当时北大文科教员里，以恶札而论申叔要算第一，我就是第二名了，从前在南京学堂里的时候，管轮堂同学中写字的成绩我也是倒数第二，第一名乃是我的同班同乡而且又是同房间居住的柯采卿，他的字也毕瑟可怜，像是寒颤的样子，但还不至于不成字罢了。倏忽五十年，第一名的人都已归了道山，到如今这榜首的光荣却不得不属于我一个人了。关于刘申叔及其夫人何震，最初因为苏曼殊寄居他们的家里，所以传有许多佚事，由龚未生转述给我们听，民国以后则由钱玄同所讲，及申叔死后，复由其弟子刘叔雅讲了些，但叔雅口多微词，似乎不好据为典要，因此便把传闻的故事都不著录了。只是汪公权的事却不妨提一提，因为那是我们直接见到的。在戊申（一九〇八）年夏天我们开始学俄文的时候，当初是鲁迅许季茀陈子英陶望潮和我五个人，经望潮介绍刘申叔的一个亲戚来参加，这人便是汪公权。我们也不知道他的底细，上课时匆匆遇见也没有谈过什么，只见他全副和服，似乎很朴实，可是俄语却学的不大好，往往连发音都不能读，似乎他回去一点都不预备似的。后来这一班散了伙，也就走散了事，但是同盟会中间似乎对于刘申叔一伙很有怀疑，不久听说汪公权归国，在上海什么地方被人所暗杀了。

黄季刚　要想讲北大名人的故事，这似乎断不可缺少黄季刚，因为他不但是章太炎门下的大弟子，乃是我们的大师兄，他的国学是数一数二的，可是他的脾气乖僻，和他的学问成正比例，说起有些事情来，着实令人不能恭维。而且上文我说与刘申叔只见过一面。已经很是希奇了，但与黄季刚却一面都没有见过，关于他的事情只是听人传说，所以我现在觉得单凭了听来的话，不好就来说他的短长。这怎么办才好呢？如不是利用这些传说，那么我便没有直接的材料可用了，所以只得来经过一番筛，择取可以用得的来充数吧。

这话须还得说回去，大概是前清光绪末年的事情吧，约略估计年岁当是戊申（一九〇八）的左右，还在陈独秀办《新青年》，进北大的十年前，章太炎在东京《民报》社里来的一位客人，名叫陈仲甫，这人便是后来的独秀，那时也是搞汉学，写隶书的人。这时候适值钱玄同（其时名叫钱夏，字德潜）黄季刚在坐，听见客来，只好躲入隔壁的房里去，可是只隔着两扇纸糊的拉门，所以什么都听得清清楚楚的。主客谈起清朝汉学的发达，列举戴段王诸人，多出在安徽江苏，后来不晓得怎么一转，陈仲甫忽而提起湖北，说那里没有出过什么大学者，主人也敷衍着说，是呀，没有出什么人。这时黄季刚大声答应道：

“湖北固然没有学者，然而这不就是区区，安徽固然多有学者，然而这也未必就是足下。”主客闻之索然扫兴，随即别去。十年之后黄季刚在北大拥皋比了，可是陈仲甫也赶了来任文科学长，且办《新青年》，搞起新文学运动来，风靡一世了。

这两者的旗帜分明，冲突是免不了的了，当时在北大的章门的同学做柏梁台体的诗分咏校内的名人，关于他们的两句恰巧都还记得，陈仲甫的一句是“毁孔子庙罢其祀”，说的很得要领，黄季刚的一句则是“八部书外皆狗屁”，也是很能传达他的精神的。所谓八部书者，是他所信奉的经典，即是《毛诗》,《左传》,《周礼》,《说文解字》,《广韵》,《史记》,《汉书》和《文选》，不过还有一部《文心雕龙》，似乎也应该加了上去才对。他的攻击异己者的方法完全利用谩骂，便是在讲堂上的骂街，它的骚扰力很不少，但是只能够煽动几个听他的讲的人，讲到实际的蛊惑力量没有及得后来专说闲话的“正人君子”的十一了。

北大感旧录三——林公铎*

林公铎 林公铎名损，也是北大的一位有名人物，其脾气的怪僻也与黄季刚差不多，但是一般对人还是和平，比较容易接近得多。他的态度很是直率，有点近于不客气，我记得有一件事，觉得实在有点可以佩服。有一年我到学校去上第一时的课，这是八点至九点，普通总是空着，不大有人愿意这么早去上课的，所以功课顶容易安排，在这时候常与林公铎碰在一起。我们有些人不去像候车似的挤坐在教员休息室里，却到国文系主任的办公室去坐，我遇见他就在那里，这天因为到得略早，距上课还有些时间，便坐了等着，这时一位名叫甘大文的毕业生走来找主任说话，可是主任还没有到来，甘君等久了觉得无聊，便去同林先生搭讪说话，桌上适值摆着一本北大三十几周年纪念册，就拿起来说道：

“林先生看过这册子么？里边的文章怎么样？”林先生

---

* 1962年2月16日作，署名周作人，收入《知堂回想录》。

微微摇头道：

“不通，不通。”这本来已经够了，可是甘君还不肯干休，翻开册内自己的一篇文章，指着说道：

“林先生看我这篇怎样？”林先生从容的笑道：

“亦不通，亦不通。”当时的确是说“亦”字，不是说“也”的，这事还清楚的记得。甘君本来在中国大学读书，因听了胡博士的讲演，转到北大哲学系来，成为胡适之的嫡系弟子，能作万言的洋洋大文，曾在孙伏园的《晨报副刊》上登载《陶渊明与托尔斯泰》一文，接连登了有两三个月之久，读者看了都又头痛又佩服。甘君的应酬交际工夫十二分的绵密，许多教授都为之惶恐退避，可是他一遇着了林公铎，也就一败涂地了。

说起甘君的交际工夫，似乎这里也值得一说。他的做法第一是请客，第二是送礼。请客倒还容易对付，只要辞谢不去好了，但是送礼却更麻烦了，他是要送到家里来的，主人一定不收，自然也可以拒绝，可是客人丢下就跑，不等主人的回话，那就不好办了。那时雇用汽车很是便宜，他在过节的前几天便雇一辆汽车，专供送礼之用，走到一家人家，急忙将货物放在门房，随即上车飞奔而去。有一回竟因此而大为人家的包车夫所窘，据说这是在沈兼士的家里，值甘君去送节礼，兼做听差的包车夫接收了，不料大大的触怒主人，怪他接受了不被欢迎的人的东西，因此几乎打破了他拉车的饭碗。所以他的交际工夫越好，越被许多人所厌恶，自教授以至工友，没有人敢于请教他，教不到一点钟的功课。也有人同情他的，如北大的单不庵，忠告他千万不要再请客再送礼了，只要他安静过一个时期，说是半年吧，那时人家就会自动的来请他，不但空口说，并且实际的帮助他，在自己的薪水提出一部分钱来津贴他的生活，邀他在图书馆里给他做事。但是这有什么用呢，一个人的脾气是很不容易改变的。论甘君的学力，在大学里教教国文，总是可以的，但他过于自信，其态度也颇不客气，所以终于失败。钱玄同在师范大学担任国文系主任，曾经叫他到那里教“大一国文”（即大学一年级的必修国文），他的选本第一篇是韩愈的《进学解》，第二篇以下至于第末篇都是他自己的大作，学期末了学生便去要求主任把他撤换了。甘君的故事实在说来话长，只是这里未免有点喧宾夺主，所以这里只好姑且从略了。

林公铎爱喝酒，平常遇见总是脸红红的，有一个时候不是因为黄酒价贵，便是学校欠薪，他便喝那廉价的劣质的酒。黄季刚得知了大不以为然，曾当面对林公铎说道，“这是你自己在作死了！”这一次算是他对于友人的道地的忠告。后来听说林公铎在南京车站上晕倒，这实在是与他的喝酒有关的。他讲学问写文章因此都不免有爱使气的地方。一天我在国文系办公室遇见他，问在北大外还有兼课么？答说在中国大学有两小时。是什么功课呢？说是唐诗。我又好奇的追问道，林先生讲哪些人的诗呢？他的答复很出意外，他说是讲陶渊明。大家知道陶渊明与唐朝之间还整个的隔着一个南北朝，可是他就是那样的讲的。这个缘因是，北大有陶渊明诗这一种功课，是沈尹默担任的，林公铎大概很不满意，所以在别处也讲这个，至于文不对题，也就不管了。他算是北大老教授中旧派之一人，在民国二十年顷北大改组时标榜革新，他和许之衡一起被学校所辞退了。北大旧例，教授试教一年，第二学年改送正式聘书，只简单的说聘为教授，并无年限及薪水数目，因为这聘任是无限期的，假如不因特别事故有一方预先声明解约，这便永久有效。十八年以后始改为每年送聘书，在学校方面生怕照从前的办法，有不讲理的人拿着无限期的聘书，要解约时硬不肯走，所以改了每年送新聘书的方法。其实这也不尽然，这原是在人不在办法，和平的人就是拿着无限期聘书，也会不则一声的走了，激烈的虽是期限已满也还要争执，不肯罢休的。许之衡便是前者的好例，林公铎则属于后者，他大写其抗议的文章，在《世界日报》上发表的致胡博士（其时任文学院长兼国文系主任）的信中，有“遗我一矢”之语，但是胡适之并不回答，所以这事也就不久平息了。

北大感旧录四——许守白等*

许守白 上文牵连的说到了许之衡，现在便来讲他的事情吧。许守白是在北大教戏曲的，他的前任也便是第一任的戏曲教授是吴梅，当时上海大报上还大惊小怪的，以为大学里居然讲起戏曲来，是破天荒的大奇事。吴瞿安教了几年，因为南人吃不惯北方的东西，后来转任南京大学，推荐了许守白做他的后任。许君与林公铎正是反对，对人是异常的客气，或者可以说是本来不必那样的有礼，普通到了公众场所，对于在场的许多人只要一总的点一点头就行了，等到发见特别接近的人再另行招呼，他却是不然。进得门来，他就一个一个找人鞠躬，有时那边不看见，还要从新鞠过。看他模样是个老学究，可是打扮却有点特别，穿了一套西服，推光和尚头，脑门上留下手掌大的一片头发，状如桃子，长约四五分，不知是何取义，有好挖苦人的便送给他一个绰号，叫做“馀桃

---

* 1962年2月23日作，署名周作人，收入《知堂回想录》。

公”，这句话是有历史背景的。他这副样子在北大还好，因为他们见过世面，曾看见过辜鸿铭那个样子，可是到女学校去上课的时候，就不免要稍受欺侮了。其实那里的学生倒也并不什么特别去窘他，只是从上课的情形上可以看出他的一点窘状来而已。北伐成功以后，女子大学划归北京大学，改为文学理学分院，随后又成为女子文理学院，我在那里一时给刘半农代理国文系主任的时候，为一二年级学生开过一班散文习作，有一回作文叫写教室里印象，其中一篇写得颇妙，即是讲许守白的，虽然不曾说出姓名来。她说有一位教师进来，身穿西服，光头，前面留着一个桃子，走上讲台，深深的一鞠躬，随后翻开书来讲。学生们有编织东西的，有写信看小说的，有三三两两低声说话的。起初说话的声音很低，可是逐渐响起来，教师的话有点不大听得出了，于是教师用力提高声音，于嗡嗡声的上面又零零落落的听到讲义的词句，但这也只是暂时的，因为学生的说话相应的也加响，又将教师的声音沉没到里边去了。这样一直到了下课的钟声响了，教师乃又深深的一躬，踱下了讲台，这事才告一段落。鲁迅的小说集《彷徨》里边有一篇《高老夫子》，说高尔础老夫子往女学校去上历史课，向讲堂下一望，看见满屋子蓬松的头发，和许多鼻孔与眼睛，使他大发生其恐慌，《袁了凡纲鉴》本来没有预备充分，因此更着了忙，匆匆的逃了出去。这位慕高尔基而改名的老夫子尚且不免如此慌张，别人自然也是一样，但是许先生却还忍耐得住，所以教得下去，不过窘也总是难免的了。

黄晦闻　关于黄晦闻的事，说起来都是很严肃的，因为他是严肃规矩的人，所以绝少滑稽性的传闻。前清光绪年间，上海出版《国粹学报》，黄节的名字同邓实（秋枚）刘师培（申叔）马叙伦（夷初）等常常出现，跟了黄梨洲吕晚村的路线，以复古来讲革命，灌输民族思想，在知识阶级中间很有些势力。及至民国成立之后，虽然他是革命老同志，在国民党中不乏有力的朋友，可是他只做了一回广东教育厅长，以后就回到北大来仍旧教他的书，不复再出。北伐成功以来，所谓“吃五四饭的”都飞黄腾达起来，做上了新官僚，黄君是老辈却那样的退隐下来，岂不正是落伍之尤，但是他自有他的见地。他平常愤世疾俗，觉得现时很像明季。为人写字常钤一印章，文曰“如此江山”。又于民国廿三年（一九三四）秋季在北大讲顾亭林诗，感念往昔，常对诸生慨然言之。一九三五年一月廿四日病卒，所注亭林诗终未完成，所作诗集曰《蒹葭楼诗》，曾见有仿宋铅印本，不知今市上尚有之否？晦闻卒后，我撰一挽联送去，词曰：

如此江山，渐将日暮途穷，不堪追忆索常侍。
及今归去，等是风流云散，差幸免作顾亭林。

附以小注云，“近来先生常用一印云，如此江山，又在北京大学讲亭林诗，感念古昔，常对诸生慨然言之。”

孟心史　与晦闻情形类似的，有孟心史。孟君名森，为北大史学系教授多年，兼任研究所工作，著书甚多，但是我所最为记得最喜欢读的书，还是民国五六年顷所出的《心史丛刊》，共有三集，搜集另碎材料，贯串成为一篇，对于史事既多所发明，亦殊有趣味。其记清代历代科场案，多有感慨语，如云：

> 凡汲引人材，从古无以刀锯斧钺随其后者。至清代乃兴科场大案，草菅人命，无非重加其罔民之力，束缚而驰骤之。

又云：

> 汉人陷溺于科举至深且酷，不惜借满人屠戮同胞，以泄其多数侥幸未遂之人年年被摈之愤，此所谓天下英雄入我彀中者也。

孟君耆年宿学，而其意见明达，前后不变，往往出后辈贤达之上，可谓难得矣。廿六年华北沦陷，孟君仍留北平，至冬卧病入协和医院，十一月中我曾去访问他一次，给我看日记中有好些感愤的诗，至次年一月十四日乃归道山，年七十二。三月十三日开追悼会于城南法源寺，到者可二十人，大抵皆北大同人，别无仪式，只默默行礼而已。我曾撰了一副挽联，词曰：

野记偏多言外意，
新诗应有井中函。

因字数太少不好写，又找不到人代写，亦不果用。北大迁至长沙，职教员凡能走者均随行，其因老病或有家累者暂留北方，校方承认为留平教授，凡有四人，为孟森，马裕藻，冯祖荀和我，今孟马冯三君皆已长逝，只剩了我一个人算是硕果仅存了。

北大感旧录五——冯汉叔 *

说到了“留平教授”，于讲过孟心史之后，理应说马幼渔与冯汉叔的故事了，但是幼渔虽说是极熟的朋友之一，交往也很频繁，可是记不起什么可记的事情来，讲到旧闻佚事，特别从玄同听来的也实在不少，不过都是琐屑家庭的事，不好做感旧的资料。汉叔是理科数学系的教员，虽是隔一层了，可是他的故事说起来都很有趣味，而且也知道得不少，所以只好把幼渔的一边搁下，将他的佚事来多记一点也罢。

冯汉叔留学于日本东京前帝国大学理科，专攻数学，成绩甚好，毕业后归国任浙江两级师范学堂教员，其时尚在前清光绪宣统之交，校长是沈衡山（钧儒）。许多有名的人都在那里教书，如鲁迅许寿裳张邦华等都是。随后他转到北大，恐怕还在蔡孑民长校之前，所以他可以说是真正的“老北大”了。在民国初年的冯汉叔大概是很时髦的，据说他坐的乃是

---

* 1962 年 2 月 24 日作，署名周作人，收入《知堂回想录》。

自用车，除了装饰崭新之外车灯也是特别，普通的车只点一盏，有的还用植物油，乌黙黙的很有点凄惨相，有的是左右两盏灯，都点上了电石，便很觉得阔气了，他的车上却有四盏，便是在靠手的旁边又添上两盏灯，一齐点上了就光明灿烂，对面来的人连眼睛都要睁不开来了。脚底下又装着响铃，车上的人用脚踏着，一路发出琤琮的响声，车子向前飞跑，引得路上行人皆驻足而视。据说那时北京这样的车子没有第二辆，所以假如路上遇见四盏灯的洋车，便可知道这是冯汉叔，他正往“八大胡同”去打茶围去了。爱说笑话的人便给这样的车取了一个别名，叫做“器字车”，四个口像四盏灯，两盏灯的叫“哭字车”，一盏灯的就叫“吠字车”。算起来坐器字车的还算比较便宜，因为中间虽然是个“犬”字，但比较吠哭二字究竟字面要好的多了。

汉叔喜欢喝酒，与林公铎有点相像，但不听见他曾有与人相闹的事情，他又是搞精密的科学的，酒醉了有时候有点糊涂了，可是一遇到上课讲学问，却是依然头脑清楚，不会发生什么错误。古人说，吕端小事糊涂，大事不糊涂，可见世上的确有这样的事情。鲁迅曾经讲过汉叔在民初的一件故事，有一天在路上与汉叔相遇，彼此举帽一点首后将要走过去的时候，汉叔忽叫停车，似乎有话要说。及至下车之后，他并不开口，却从皮夹里掏出二十元钞票来，交给鲁迅，说“这是还那一天输给你的欠账的。”鲁迅因为并无其事，便说“那一天我并没有同你打牌，也并不输钱给我呀。”他这才说道：“哦，哦，这不是你么？”乃作别而去。此外有一次，是我亲自看见的，在“六三”的前几天，北大同人于第二院开会商议挽留蔡校长的事，说话的人当然没有一个是反对者，其中有一人不记得是什么人了，说的比较不直截一点，他没有听得清楚，立即愤然起立道：“谁呀，说不赞成的？”旁人连忙解劝道：“没有人说不赞成的，这是你听差了。”他于是也说，“哦，哦。”随又坐下了。关于他好酒的事，我也有过一次的经验。不记得是谁请客了，饭馆是前门外的煤市街的有名的地方，就是酒不大好，这时汉叔也在坐，便提议到近地的什么店去要，是和他有交易的一家酒店，只说冯某人所要某种黄酒，这就行了。及至要了来之后，主人就要立刻分斟，汉叔阻住他叫先拿试尝，尝过之后觉得口味不对，便叫送酒的伙计来对他说，一面用手指着自己的鼻子道：“我，我自己在这里，叫老板给我送那个来。”这样换来之后，那酒一定是不错的了，不过我们外行人也不能辨别，只是那么胡乱的喝一通就是了。

北平沦陷之后，民国廿七年（一九三八）春天日本宪兵队想要北大第二院做它的本部，直接通知第二院，要他们三天之内搬家。留守那里的事务员弄得没有办法，便来找那“留平教授”，马幼渔是不出来的，于是找到我和冯汉叔。但是我们又有什么办法呢？走到第二院去一看，碰见汉叔已在那里，我们略一商量，觉得要想挡驾只有去找汤尔和，说明理学院因为仪器的关系不能轻易移动，至于能否有效，那只有临时再看了。便在那里由我起草写了一封公函，同汉叔送往汤尔和的家里。当天晚上得到汤尔和的电话，说挡驾总算成功了，可是只可牺牲了第一院给予宪兵队，但那是文科只积存些讲义类的东西，散佚了也不十分可惜。这是我最后一次见到冯汉叔，看他的样子已是很憔悴，已经到了他的暮年了。

北大感旧录六——刘叔雅等 *

刘叔雅 刘叔雅名文典，友人常称之为刘格阑玛，叔雅则自称狸豆乌，盖狸刘读或可通，叔与菽通，尗字又为豆之象形古文，雅则即是乌鸦的本字。叔雅人甚有趣，面目黧黑，盖昔日曾嗜鸦片，又性喜肉食，及后北大迁移昆明，人称之谓"二云居士"，盖言云腿与云土皆名物，适投其所好也。好吸纸烟，常口衔一支，虽在说话亦粘着唇边，不识其何以能如此，唯进教室以前始弃之。性滑稽，善谈笑，唯语不择言，自以籍属合肥，对于段祺瑞尤致攻击，往往丑诋及于父母，令人不能纪述。北伐成功后曾在芜湖，不知何故触怒蒋介石，被拘数日，时人以此重之。刘叔雅最不喜中医，尝极论之，备极诙谐谿刻之能事，其词云：

你们攻击中国的庸医，实是大错而特错。在现今的中

* 1962年2月25日作，署名周作人，收入《知堂回想录》。

> 国，中医是万不可无的。你看有多多少少的遗老遗少和别种的非人生在中国，此辈一日不死，是中国一日之祸害。但是谋杀是违反人道的，而且也谋不胜谋。幸喜他们都是相信国粹的，所以他们的一线死机，全在这班大夫们手里。你们怎好去攻击他们呢？

这是我亲自听到，所以写在一篇说“卖药”的文章里，收在《谈虎集》卷上，写的时日是“十年八月”，可见他讲这话的时候是很早的了。他又批评那时的国会议员道：

> 想起这些人来，也着实觉得可怜，不想来怎么的骂他们。这总之还要怪我们自己，假如我们有力量买收了他们，却还要那么胡闹，那么这实在应该重办，捉了来打屁股。可是我们现在既然没有钱给他们，那么这也就只好由得他们自己去卖身去罢了。

他的说话刻薄由此可见一斑，可是叔雅的长处并不在此，他实是一个国学大家，他的《淮南鸿烈解》的著书出版已经好久，不知道随后有什么新著，但就是那一部书也足够显示他的学力而有馀了。

朱逷先　朱逷先名希祖，《北京大学日刊》曾经误将他的姓氏刊为米遇光，所以有一个时候友人们便叫他作“米遇光”，但是他的普遍的绰号乃是“朱胡子”，这是上下皆知的，尤其是在旧书业的人们中间，提起“朱胡子”来，几乎无人不知，而且有点敬远的神气，因为朱君多收藏古书，对于此道很是精明，听见人说珍本旧抄，便揎袖攘臂，连说“吾要”，连书业专门的人也有时弄不过他。所以朋友们有时也叫他作“吾要”，这是浙西的方音，里边也含有幽默的意思，不过北大同人包括旧时同学在内普通多称他为“而翁”，这其实即是朱胡子的文言译，因为《说文解字》上说，“而，颊毛也”，当面不好叫他作朱胡子，但是称“而翁”，便无妨碍，这可以说是文言的好处了。因为他向来就留了一大部胡子，这从什么时候起的呢？记得在《民报》社听太炎先生讲《说文》的时候，总还是学生模样，不曾留须，恐怕是在民国初年以后吧。在元年（一九一二）的夏天他介绍我到浙江教育司当课长，我因家事不及去，后来又改任省视学，这我也只当了一个月，就因患疟疾回家来了。那时见面的印象有点麻胡记不清了，但总之似乎还没有那古巴英雄似的大胡子，及民六（一九一七）在北京相见，却完全改观了。这却令人记起英国爱德华理亚（Edward Lear）所作的《荒唐书》里的第一首诗来：

> 那里有个老人带着一部胡子，
> 他说，这正是我所怕的，
> 有两只猫头鹰和一只母鸡，
> 四只叫天子和一只知更雀，

都在我的胡子里做了窠了！

这样的过了将近二十年，大家都已看惯了，但大约在民国廿三四年的时候在北京却不见了朱胡子，大概是因了他女婿的关系移转到广州的中山大学去了。以后的一年暑假里，似乎是在民国廿五年（一九三六），这时正值北大招考阅卷的日子，大家聚在校长室里，忽然开门进来了一个小伙子，没有人认得他，等到他开口说话，这才知道是朱逷先，原来他的胡子剃得光光的，所以是似乎换了一个人了。大家这才哄然大笑，这时的逷先在我这里恰好留有一个照相，这照片原是在中央公园所照，便是许季茀，沈兼士，朱逷先，沈士远，钱玄同，马幼渔和我，一共是七个人，这里边的朱逷先就是光下巴的。逷先是老北大，又是太炎同门中的老大哥，可是在北大的同人中间似乎缺少联络，有好些事情都没有他加入，可是他对于我却是特别关照，民国元年是他介绍我到浙江教育司的，随后又在北京问我愿不愿来北大教英文，见于鲁迅日记，他的好意我是十分感谢的，虽然最后民六（一九一七）的一次是不是他的发起，日记上没有记载，说不清楚了。

北大感旧录七——胡适之*

胡适之　今天听说胡适之于二月二十四日在台湾去世了，这样便成为我的感旧录里的材料，因为这感旧录中是照例不收生存的人的，他的一生的言行，到今日盖棺论定，自然会有结论出来，我这里只想就个人间的交涉记述一二，作为谈话的资料而已。我与他有过卖稿的交涉一总共是三回，都是翻译。头两回是《现代小说译丛》和《日本现代小说集》，时在一九二一年左右，是我在《新青年》和《小说月报》登载过的译文，鲁迅其时也特地翻译了几篇，凑成每册十万字，收在商务印书馆的《世界丛书》里，稿费每千字五元，当时要算是最高的价格了。在一年前曾经托蔡校长写信，介绍给书店的《黄蔷薇》，也还只是二元一千字，虽说是文言不行时，但早晚时价不同也可以想见了。第三回是一册《希腊拟曲》，这是我在那时的唯一希腊译品，一总只有四万字，把稿子卖

* 1962年2月25日作，署名周作人，收入《知堂回想录》。

给文化基金董事会的编译委员会，得到了十元一千字的报酬，实在是我所得的最高的价了。我在序文的末了说道：

> 这几篇译文虽只是戋戋小册，实在也是我的很严重的工作。我平常也曾翻译些文章过，但是没有像这回费力费时光，在这中间我时时发生恐慌，深有“黄胖搡年糕，出力不讨好”之惧，如没有适之先生的激励，十之七八是中途搁了笔了。现今总算译完了，这是很可喜的，在我个人使这三十年来的岔路不完全白走，固然自己觉得喜欢，而原作更是值得介绍，虽然只是太少。谛阿克列多斯有一句话道，一点点的礼物捎着大大的人情。乡曲俗语云，千里送鹅毛，物轻人意重。姑且引来作为解嘲。

关于这册译稿还有过这么一个插话，交稿之前我预先同适之说明，这中间有些违碍词句，要求保留，即如第六篇拟曲《昵谈》里有“角先生”这一个字，是翻译原文抱朋这字的意义，虽然唐译《苾刍尼律》中有树胶生支的名称，但似乎不及角先生三字的通俗。适之笑着答应了，所以它就这样的印刷着，可是注文里在那“角”字右边加上了一直线，成了人名符号，这似乎有点可笑，——其实这角字或者是说明角所制的吧。最后的一回，不是和他直接交涉，乃是由编译会的秘书关琪桐代理的，在一九三七至三八年这一年里，我翻译了一部亚波罗陀洛斯的《希腊神话》，到一九三八年编译会搬到香港去，这事就告结束，我那《神话》的译稿也带了去不知下落了。

一九三八年的下半年，因为编译会的工作已经结束，我就在燕京大学托郭绍虞君找了一点功课，每周四小时，学校里因为旧人的关系特加照顾，给我一个“客座教授”（Visiting Professor）的尊号，算是专任，月给一百元报酬，比一般的讲师表示优待。其时适之远在英国，远远的寄了一封信来，乃是一首白话诗，其词云：

臧晖先生昨夜作一梦，
梦见苦雨庵中吃茶的老僧，
忽然放下茶钟出门去，
飘然一杖天南行。
天南万里岂不大辛苦？
只为智者识得重与轻。——
梦醒我自披衣开窗坐，
谁人知我此时一点相思情。
　　一九三八，八，四。伦敦。

我接到了这封信后，也做了一首白话诗回答他，因为听说他就要往美国去，所以寄到华盛顿的中国使馆转交胡安定先生，这乃是他的临时的别号。诗有十六行，其词云：

老僧假装好吃苦茶，

实在的情形还是苦雨，
近来屋漏地上又浸水，
结果只好改号苦住。
晚间拼好蒲团想睡觉，
忽然接到一封远方的信
海天万里八行诗，
多谢臧晖居士的问讯。
我谢谢你很厚的情意，
可惜我行脚却不能做到
并不是出了家特地忙，
因为庵里住的好些老小。
我还只能关门敲木鱼念经，
出门托钵募化些米面，——
老僧始终是个老僧，
希望将来见得居士的面。

廿七年九月廿一日，知堂作苦住庵吟，略仿臧晖体，却寄居士美洲。十月八日旧中秋，阴雨如晦中录存。

侥幸这两首诗的抄本都还存在，而且同时找到了另一首诗，乃是适之的手笔，署年月曰“廿八，十二，十三，臧晖”。诗四句分四行写，今改写作两行，其词云：

两张照片诗三首，今日开封一惘然。

无人认得胡安定，扔在空箱过一年。

诗里所说的事全然不清楚了，只是那寄给胡安定的信搁在那里，经过很多的时候方才收到，这是我所接到的他的最后的一封信。及一九四八年冬北京解放，适之仓皇飞往南京，未几转往上海，那时我也在上海，便托王古鲁君代为致意，劝其留住国内，虽未能见听，但在我却是一片诚意，聊以报其昔日寄诗之情，今日王古鲁也早已长逝，更无人知道此事了。

末了还得加上一节，《希腊拟曲》的稿费四百元，于我却有了极大的好处，即是这用了买得一块坟地，在西郊的板井村，只有二亩的地面，因为原来有三间瓦屋在后面，所以花了三百六十元买来，但是后来因为没有人住，所以倒塌了，新种的柏树过了三十多年，已经成林了。那里葬着我们的次女若子，侄儿丰三，最后还有先母鲁老太太，也安息在那里，那地方至今还好好的存在，便是我的力气总算不是白花了，这是我所觉得深可庆幸的事情。

郁达夫的书简*

我是南方人，但有大半生却住在北京，所以弄成两头不着杠，我于江南既然少有朋旧，在北方又鲜交游，到得老来更是块然独处，说不上有什么往事值得追怀的了。这回因整理故纸，找出郁达夫的几封信来，便联带的想起一点事情来一说。我对于创造社的人没有一个相识，除了郁达夫以外，虽然也有徐耀辰、陶晶孙诸君，但是他们仿佛若即若离的，后来似乎脱离该社了。达夫后来也没有参加到底，但当初却是社里的积极分子，我记得在他的批评文里，笔锋最是锐利，攻击也最是不留情面的。但是对他我觉得很熟，有一种多年老朋友的感觉，虽然实际上我和他的交往并不多，只于一九二三年他来北京时见过几面，后来他在沪杭通过多次的信，因为不会喝酒和做诗，没有同他深交的机会，但我们彼此之间却觉得很是熟习似的。这件事的始末还是和他的那本小说《沉沦》

---

* 1963 年 9 月 26 日刊香港《新晚报》，署名岂明，未收入自编文集。

有关系。一九二二年春天起，我开始我的所谓文学店，在《晨报副刊》上开辟《自己的园地》一栏，一总写了十八篇批评，第十五篇便是讲那《沉沦》的。不记得是从日本还是从上海寄来的了，书面写几行字，大意是说我写了这几篇小说，给人家骂的要命，说是不道德的文学，现在请你看一看，究竟是不是要不得的东西。末后还有两句话，因为抄存在那篇讲《沉沦》的文章里边，所以记得："不曾在日本住过的人，未必能知这书的真价。对于文艺无真挚的态度的人，没有批评这书的价值。"老实说我实在不懂得什么是文艺批评，但是不知怎的很热心于反对"卫道"，听见人家说什么是不道德的东西，一定要看它一看，借此发一通议论，就是没有材料，也要拉扯从前的拉伯雷和凯沙诺伐诸人的著作，说上一场。所以我就断定这《沉沦》不是什么不道德的，乃是纯粹的文艺作品，不过是一种"受戒者的文学"，正如有人评法国波特来耳的诗说，"他的著作的大部分颇不适合于少年与蒙昧者的诵读，但是明智的读者却能从这诗里得到真正希有的力。"这以后便没有什么消息，直到第二年的秋天他来到北京，住在阜成门内巡捕厅胡同他老兄的家里，我到那里去看他一遍，给北京大学送聘书去，初次见面却谈的很好，因为他虽是创造社的大将，但因彼此都有好感，所以没有什么警戒的必要了。可是他在北大教书没有几时，便又回到南方去了，看见的时候并不曾提起《沉沦》来过。但是达夫似乎永不忘记那回事，有一年他在世界书局刊行《达夫代表作》（仿佛是这个名称，因为这书已送给一个爱好达夫著作的同乡，连出版的书店也记不清了），寄给我的一本，在第一页题词上提到那回事情，这实在使我很是惶恐了。

这回找出来的信共是五封，是民国十二年（一九二三年）十月二十二日至十二月十三日，都是从巡捕厅胡同二十八号寄出的。十月二十二日的信里道：

> 仲密先生：《呐喊》一册，又蒙新潮社寄来，谢谢。我打算读完后做一篇《读〈呐喊〉因而论及批评》，在周报上发表。上海方面此书发售处不多，实为憾事，当思为鲁迅君尽一份宣传之力也。此请秋安。郁达夫敬上。
>
> 闻适之君又欲出一文艺月刊，此举亦有所闻否？我想国内文人寥寥无几，东分西裂，颇不合算，适之不知又要去拉拢几个来干也？近与陈君通伯谈及此事，颇想将南北文人溶合成一大汇，待进行后当求先生为援助耳。达夫又启。

第二天又寄来一封信道：

> 昨日写成一信，在路上丢了，不知拾得者亦为投入邮筒否？《呐喊》又蒙新潮社寄赠一册，谢谢。我想做一篇《读〈呐喊〉因而论及批评》，在周报上发表，成后当请指教。南方没有发售《呐喊》之处，是一大恨事，我想为鲁迅

君大大的宣传一下。就此请安。弟郁达夫敬上。

下署十月二十三日，其后是十一月一日所发的，信里说道：

前次买来的《自己的园地》，今日方才读完，大部分的意见非常赞服，里边有几处觉得与我个人的私见有些相左，不过此等地方并不是重要的地方，我想空的时候写一篇读后感出来。寄往上海的一本终于没有寄回来，大约郭、成二人拿去看了。

近来消沉得厉害，简直不愿意执笔，所以到北京来后，还没有做过东西，大约创作的时期已经过去了吧！《晨报》的特刊想来要点什么东西，我已答应他们一篇小说，但到今天腹稿没有整理完全，这一回你也有为他们做的稿子么？

文学合同大会的事情，我和凤举、耀辰二人提及，耀辰非常反对，我被他们一说，现在也觉得是不可能的了。尤其是志摩、适之等大人物最不可靠，不过我们少数者的发挥任性（此字原系用日本文）的集合，也许弄得成的。

我想过几天邀集凤举、耀辰及你来谈一谈，不识你的意见何如？此请撰祺。郁达夫顿首。

此外十二月七日和十三日两信，是说燕京大学的学生会请他讲演的，由我替他们接洽时日和题目，没有什么意思，所以从略了。上边信里所说的《呐喊》和《自己的园地》的读后感，后来都没有写，大小文学团体也没有一个实现，但是信中说的那些大人物最靠不住，却是十分有理，也是很有意思的事情。我还记得有一次，良友图书公司发起《中国新文学大系》，集刊五四以来十年间的成绩，叫我和达夫编辑散文部分，那时我与达夫通过好几回信接洽分配人选的问题，由我择取若干人为散文集一，馀下的凡是我所不很熟悉或是不便选择的人，全归他去编选，我的这种“任性”的办法居然为他所接受，这在我是觉得非常愉快而且应当感谢才是的。只可惜那时讨论编辑的信没有留存，所以现在无从说起了。

达夫的遗族只有住在富阳的老家一支，近来还知道一点消息，因为适值有一个富阳的同乡和我通信，告诉我的。据说达夫的前夫人还健在，和她的儿子住老屋里。这屋因邻居的豆腐房的锅炉炸了，所以受到损失，到近来也已修好了。达夫的兄弟是学医的，在那县里行医，听说也是古道可风的人。

许地山的旧话*

我与许地山君的相识是起源于组织“文学研究会”的事，那时候大概在一九二一年吧。首先认识的是瞿菊农，其时他在燕京大学念书，招我到燕大文学会讲演，题目是“圣书与中国文学”，随后他和郑振铎、许地山、耿济之等发起组织一个文学团体，在万宝盖胡同耿宅开会，这就是文学研究会的开头。我在那时与地山相识，以后多少年来常有来往，因为他没有什么崖岸，看见总是笑嘻嘻的一副面孔，时常喜欢说些诙谐话，所以觉得很可亲近，在文学研究会的朋友中特别可以纪念。

一九二二年的秋天我到燕京大学去教书，地山大概已经毕业了好几年了。那时我同老举人陈质甫瓜分燕大的国文课，他教的是古典国文，我担任现代国文，名称虽是“主任”，却是唱的独脚戏，学校里把地山分给我做助教，分任我的“国

* 1963年9月29日刊香港《新晚报》，署名岂明，未收入自编文集。

语文学”四小时的一半。这样关系便似乎更是密切了，但是后来第二三年他就不担任功课，因为以后添聘了讲师，仿佛是俞平伯。他住在燕大第一院便是神科的一间屋子里，我下了课有时就到那里去看他，常与董秋斯遇见，那时名董德明，还在燕大读书，和蔡咏裳当是同学吧。不过不晓得因为什么缘故，据说燕大不大喜用本校毕业生，或者须得到美国去镀了金才有价值吧，所以地山在燕大当然不大能得意。他似乎是宗教学院即是神科毕业的，但他的专业是佛教，搞的又是文学，那也无怪他无用武之地了。他也到外国去留过学，不过不是英美而是印度，虽然也是大英帝国的一部分，但是究竟不同了。他也给在燕大的“引得编纂处”工作过，记得编有两大册关于佛经的引得，从前他曾经送给我一部，可是经过国民党的劫收，书籍荡尽，这书也就不可问，就是书名现在也不记得了。近日于故纸堆中找到地山的书札两通，都是与佛书有点关系的，这是我所保存的他的手迹了。其一是民国十七年（一九二八）一月三十一日自海甸成府寄出的，其时燕大已经迁移在西郊了。

> 启明兄：胡君所说底《义净梵汉千字文》是弟□（一字不明）买底，有工夫请您费神代为邮购，多谢多谢。请问近安。弟许地山谨白。正月三十一日。

地山的字虽然并不难认，但用秃笔涂写，所以里边有一个字不能辨认，从文义上说该是托买，但在字形上看来有点像是寄字。其二云：

> 《梵语千字文》已经收到，谢谢。正欲作书问价，而来片说要相赠，既烦邮汇，复蒙慨赐，诚愧无以为报。
>
> 关于日本出版梵佛旧籍，如有目录，请于便中费神检寄一二，无任感荷。即颂文安。弟许地山，二月二十四。

地山从留学回来以后，记得有一次听他谈印度的情形，觉得很是好玩。他说印度的有些青年人很可以谈得来，但是你得小心，千万不要轻易相信，这并不是说他要欺骗你，其实他是蛮好的人，只是他们似乎有一种玄妙的空气，仿佛都是什么不在乎的样子，所以假如一个同学说定明天到他那里去，还约你吃中饭，最好还是不赴约，因为不但没有东西吃，他也不会在家里等你的。把世上的事情看得那么样的空虚，也的确是值得佩服，但是唯独有一件事决不看得轻微的，那便是他们特有的身份和阶级。印度于四姓之外还有“不可接触的贱民”，他们的隔离是非常严重的，可是在现代的商业上有不可免的交涉，于是便发生了很好玩的办法。譬如卖汽水的，这在印度夏天十分的必要，但是摊主是婆罗门，你却是首陀罗，怎么能成交呢？那时便有一个卖土器的摊，一定设在汽水摊的旁边，你要吃汽水，必须先去买一个土器，随后拿着去买汽水，可是千万不要把杯子搁到摊上去，要等那主人把汽水开了，远远的举着，将汽水倒在你的杯子里，这才可以吃，到了吃完以后便将杯一摔，所以在那汽水摊旁必定有一大堆土器的碎片在那里。现在虽已事隔三四十年了，社会情形不知道有了什么改变。那时在学的青年现今正好有为，我记起地山的旧话，又想到前些时客人们“辛尼印地巴依巴依”的呼声，禁不住要微笑起来了。印度自从释迦牟尼以来，甘地曾经敢于走入“不可触者”的部落去，一同生活，至于他的弟子们却仍旧是一班印度绅士罢了。

地山在母校不得意，终于跑到香港大学去了。不记得是哪一年，他忽然给我一封信来告别，并且附来了两件东西，一件是硬陶器所制的钟馗，右手拿着一把剑，左手里捉了一个小鬼，又一件则是一个浅的花盆，里边种着一种形似芋叶的常绿植物，这种植物一直种了十多年才死，也不知道它叫什么名字。到了香港以后就没有再得地山的消息，后来听说他去世了，却不记得是哪一年了。旧友马五先生马季明是从前燕大的国文系主任，燕大搬到西郊以后我去上课，每周两次，都在他家里吃中饭，这就是饼斋的术语所谓“骗饭”的，听说也继了地山之后任职于港大，旧时还因柳君通讯之便寄语问好，可是也已归了道山，我所认识的马氏五位弟兄于是已经没有一个存留了。

志摩纪念 *

面前书桌上放着九册新旧的书，这都是志摩的创作，有诗，文，小说，戏剧，——有些是旧有的，有些给小孩们拿去看丢了，重新买来的。《猛虎集》是全新的，衬页上写了这几行字："志摩飞往南京的前一天，在景山东大街遇见，他说还没有送你《猛虎集》，今天从志摩的追悼会出来，在景山书社买得此书。"

志摩死了，现在展对遗书，就只感到古人的人琴俱亡这一句话，别的没有什么可说。志摩死了，这样精妙的文章再也没有人能做了，但是，这几册书遗留在世间，志摩在文学上的功绩也仍长久存在。中国新诗已有十五六年的历史，可是大家都不大努力，更缺少锲而不舍地继续努力的人，在这中间志摩要算是唯一的忠实同志，他前后苦心地创办诗刊，助成新诗的生长，这个劳绩是很可纪念的，他自己又孜孜矻矻地从事于创作，自《志摩的诗》以至《猛虎集》，进步很是显然，

---

* 1931 年 12 月 13 日作，1932 年 8 月 1 刊《新月》4 卷 1 期，署名周作人，收入《看云集》。

便是像我这样外行也觉得这是显然。散文方面志摩的成就也并不小，据我个人的愚见，中国散文中现有几派，适之仲甫一派的文章清新明白，长于说理讲学，好像西瓜之有口皆甜，平伯废名一派涩如青果，志摩可以与冰心女士归在一派，仿佛是鸭儿梨的样子，流丽轻脆，在白话的基本上加入古文方言欧化种种成分，使引车卖浆之徒的话进而为一种富有表现力的文章，这就是单从文体变迁上讲也是很大的一个供献了。志摩的诗，文，以及小说戏剧在新文学上的位置与价值，将来自有公正的文学史家会来精查公布，我这里只是笼统地回顾一下，觉得他半生的成绩已经很够不朽，而在这壮年，尤其是在这艺术地“复活”的时期中途凋丧，更是中国文学的一大损失了。

但是，我们对于志摩之死所更觉得可惜的是人的损失。文学的损失是公的，公摊了时个人所受到的只是一份，人的损失却是私的，就是分担也总是人数不会太多而分量也就较重了。照交情来讲，我与志摩不算顶深，过从不密切，所以留在记忆上想起来时可以引动悲酸的情感的材料也不很多，但即使如此我对于志摩的人的悼惜也并不少。的确如适之所说，志摩这人很可爱，他有他的主张，有他的派路，或者也许有他的小毛病，但是他的态度和说话总是和蔼真率，令人觉得可亲近，凡是见过志摩几面的人，差不多都受到这种感化，引起一种好感，就是有些小毛病小缺点也好像脸上某处的一颗小黑痣，也是造成好感的一小小部分，只令人微笑点头，并没有嫌憎之感。有人戏称志摩为诗哲，或者笑他的戴印度帽，实在这些戏弄里都仍含有好意的成分，有如老同窗要举发从前吃戒尺的逸事，就是有派别的作家加以攻击，我相信这所以招致如此怨恨者也只是志摩的阶级之故，而决不是他的个人。适之又说志摩是诚实的理想主义者，这个我也同意，而且觉得志摩因此更是可尊了。这个年头儿，别的什么都有，只是诚实却早已找不到，便是爪哇国里恐怕也不会有了罢，志摩却还保守着他天真烂漫的诚实，可以说是世所希有的奇人了。我们平常看书看杂志报章，第一感到不舒服的是那伟大的说诳，上自国家大事，下至社会琐闻，不是恬然地颠倒黑白，便是无诚意地弄笔头，其实大家也各自知道是怎么一回事，自己未必相信，也未必望别人相信，只觉得非这样地说不可。知识阶级的人挑着一副担子，前面是一筐子马克思，后面一口袋尼采，也是数见不鲜的事，在这时候有一两个人能够诚实不欺地在言行上表现出来，无论这是哪一种主张，总是很值得我们的尊重的了。关于志摩的私德，适之有代为辩明的地方，我觉得这并不成什么问题。为爱惜私人名誉起见，辩明也可以说是朋友的义务，若是从艺术方面看去这似乎无关重要。诗人文人这些人，虽然与专做好吃的包子的厨子，雕好看的石像的匠人，略有不同，但总之小德逾闲与否于其艺术没有多少关系，这是我想可以明言的。不过这也有例外，假如是文以载道派的艺术家，以教训指导我们大众自任，以先知哲人自任的，我们在同样谦恭地接受他的艺术以前，先要切实地检察他的生活，若是言行不符，那便是假先知，须得谨防上他的当。现今中国的先知有几个禁得起这种检察的呢，这我可不得而知了。这或者是我个人的偏见亦未可知，但截至现在我还没有找到觉得更对的意见，所以对于志摩的事也就只得仍是这样地看下去了。

志摩死后已是二十几天了，我早想写小文纪念他，可是这从那里去着笔呢？我相信写得出的文章大抵都是可有可无的，真的深切的感情只有声音，颜色，姿势，或者可以表出十分之一二，到了言语便有点儿可疑，何况又到了文字。文章的理想境我想应该是禅，是个不立文字，以心传心的境界，有如世尊拈花，迦叶微笑，或者一声“且道”，如棒敲头，夯地一下顿然明了，才是正理，此外都不是路。我们回想自己最深密的经验，如恋爱和死生之至欢极悲，自己以外只有天知道，何曾能够于金石竹帛上留下一丝痕迹，即使呻吟作苦，勉强写下一联半节，也只是普通的哀辞和定情诗之流，那里道得出一分苦甘，只看汗牛充栋的集子里多是这样物事，可知除圣人天才之外谁都难逃此难。我只能写可有可无的文章，而纪念亡友又不是可以用这种文章来敷衍的，而纪念刊的收稿期限又迫切了，不得已还只得写，结果还只能写出一篇可有可无的文章，这使我不得不重又叹息。这篇小文的次序和内容差不多是套适之在追悼会所发表的演辞的，不过我的话说得很是素朴粗笨，想起志摩平素是爱说老实话的，那么我这种老实的说法或者是志摩的最好纪念亦未可知，至于别的一无足取也就没有什么关系了。

（民国二十年十二月十三日，于北平）

纪念戴望舒君 *

戴望舒君去世于今已有二年了。前年的旧历中秋前几天，戴君同了吴晓铃君来看我，今年元宵前夕吴君再来，却谈起他们几个旧友给戴君在整理遗稿的事。戴君的著述我手边只有一册罗马诗人沃维提乌思的《爱经》，还是一九二九年出版的，这部书现在说起来已少有人记得，但如要说接受世界文学遗产，译述古典作品时，这却是重要的一件成绩。

我曾留心过他的西班牙文艺的译本，前年还问及他的《唐吉呵德》译得怎么了，他说已经完成，交给了胡博士的编译委员会，如今大概已无可查考了。他自己虽然倒似乎没有什么，我们旁人却不免很为惋惜，因为这工作非他不可，而看来又未必有再来翻译之可能，林琴南曾经译过，名叫《魔侠传》，不但是古文，而且还随意乱批，在林译也是下乘，此外别人也有译本，但是理想的译本总是该从原文直接译才好。这回

* 1951 年 4 月 3 日刊《亦报》，署名十山，未收入自编文集。

听吴君说，他那底稿现今还存在，经过整理或者还可以用，这也是一个慰情胜无的消息吧。

戴君晚年的工作是在国际新闻局方面，那工作当然是很重要的，但是即在文艺方面，他的工作也很重要，一时还没有替人，因此我觉得这或者更是可惜了。

第三编

孙中山先生 *

孙中山先生终于故去了。料想社会上照例来盖棺论定，一定毁誉纷起，一时难得要领。我们于孙中山先生无恩无怨，既非此党亦非彼系的人，说几句话或者较为公平确实，所以我来写这几行质朴无华的纪念文字。

我不把孙中山先生当作神人，所以我承认他也有些缺点，——就是希腊的神人也有许多缺点，且正因此而令人感到亲近。我们不必苦心去想替他辩解，反正辩解无用，不辩解也无妨，因为我们要整个地去看出他的伟大来，不用枝枝节节地计较。武者小路实笃在诗集《杂三百六十五》中有一首小诗道：

一棵大树，
要全部的去看他，

* 1925 年 3 月 23 日刊《语丝》第 19 期，署名开明，收入《谈虎集》。

别去单找那虫蛀的叶！

呔，小子！

我们也应当这样地看。我们看孙中山先生第一感到的是他四十年来的革命事业。我们不必去细翻他的传记，繁征博引地来加以颂赞，只这中华民国四字便是最大的证据与纪念：只要这民国一日不倒，他的荣誉便一日存在，凡是民国的人民也就没有一人会忘记他。正确地说，中华民国的下二字现在还未实现，所做到的单是上二字，——辛亥时所谓“光复旧物”，虽然段芝泉先生打倒复辟却又放溥仪到大连去，于中国有什么后患尚不可知。我未曾见过孙中山先生一面，但始终是个民族主义者，因此觉得即使他于三民五权等别的政治上面没有主张及成就，即此从中国人的脑袋瓜儿上拔下猪尾巴来的一件事也就尽够我们的感激与尊重了。我上边说无恩无怨，其实也有语病，因为我们无一不受到光复之恩，事业固然要多人去实做才能成功，而多人之中非有一人号召主持则事也无成，孙中山先生便是中国民族解放运动上的这样的一个人。

孙中山先生年纪也不小了，重要事业的一部分也已完成了，此刻死去，正如别人所说可以算是“心安而理得”了；还有未完成的工作自应由后死者负担去继续进行，本来不能专靠着他老人家，要他活一百二十岁来替后生们谋幸福生活。不过仔细思想，有不能不为孙中山先生悲者，便是再老实地说，中国连民族革命也还实在没有完成。不必说溥仪在逃与遗老谋叛，就是多数国民也何尝不北望倾心，私祝松花江之妖鱼为“小皇”而来！孙中山先生在欢迎声中来，在哀悼声中死于中国的首都北京，可谓备受全国之尊崇，但“夷考其实”则商会反对欢迎而建议复尊号，市人以“孙文”为乱党一如满清时，甚至知识阶级亦在言论界上吐露敌视之意，于题目及语气间寄其祈望速死的微旨。呜呼，此是何等世界！昔者耶稣欲图精神的革命，卒为犹太人强迫罗马总督磔之于十字架上，孙中山先生以革命而受群众的仇恨，在习于为奴的中国民族中或者也是当然的吧。孙中山先生不以革命死于满清或洪宪政府之手，而得安然寿终于北京之一室，在爱惜先生者未尝不以为大幸，但由别一方面看来却又不能不为先生感到无限的悲哀也。

中国人所最欢迎的东西，大约无过于卖国贼，因为能够介绍他们去给异族做奴隶，其次才是自己能够作践他们奴使他们的暴君。我们翻开正史野史来看，实在年代久远了，奴隶的瘾一时难以戒绝，或者也是难怪的，——但是此后却不能再任其猖獗了。照现在这样下去，不但民国不会实现，连中华也颇危险，《孙文小史》不能说绝无再版的机会。我到底不是预言家保罗，本不必写出这样的《面包歌》来警世，不过“心所谓危不敢不告”，希望大家注意。崇拜孙中山先生的自然还从三民五权上去着力进行，我的意见则此刻还应特别注重民族主义，拔去国民的奴气惰性，百事才能进步，否则仍然是路柳墙花，卖身度日，孙中山先生把他从满人手中救出，不久他还爬到什么国的脚下去了。“不幸而吾言中，不听则国必亡！”

（十四年三月十三日）

秋瑾*

乙巳（一九〇五）年里我在南京有一件很可纪念的事，因为见到一位历史上有名的人物，虽然当时一点都看不出来，她会得有那伟大的气魄。此人非别，即是秋瑾是也。日记里三月十六日条下云：

> 十六日，封燮臣君函招，下午同朱浩如君至大功坊辛卓之君处，见沈翀，顾琪，孙铭及留日女生秋琼卿女士，夜至悦生公司会餐，同至辛处畅谈至十一下钟，往钟英中学宿，次晨回堂。

至二十一日项下，有记录云：

> 前在城南夜，见唱歌有愿借百万头颅句，秋女士笑云，

* 1961年2月13日作，署名周作人，收入《知堂回想录》。

但未知肯借否？信然，可知作者亦妄想耳。

据当时印象，其一切言动亦悉如常人，未见有慷慨激昂之态，服装也只是日本女学生的普通装，和服夹衣，下着紫红的裙而已。这以前她在东京，在留学生中间有很大的威信，日本政府发表取缔规则，这里当然也有中国公使馆的阴谋在内，留学生大起反对，主张全体归国，这个运动是由秋瑾为首主持的。但老学生多不赞成，以为“管束”的意思虽不很好，但并不限定只用于流氓私娼等，从这文字上去反对是不成的，也别无全体归国之必要，这些人里边有鲁迅和许寿裳诸人在内，结果被大会认为反动，给判处死刑。大会主席就是秋女士，据鲁迅说她还将一把小刀抛在桌上，以示威吓。当时还有章行严等人是中间派，主张调停其间，但是没有效，秋瑾的一派便独自回来了。她其时到了上海，但没有立刻回绍兴去，却溯江而上来到南京，那天的谈话似乎也没有谈到，看她的态度似乎很是明朗，仿佛那一件事的成功失败，都没有多少关系的样子。第二年丙午初夏我因为决定派往日本留学，先回到家里一走，这时秋女士已经在绍兴办起大通学堂来，招集越中绿林豪杰，实行东湖上预定的“大做”的计划，但是我那时不曾知道，所以没有到豫仓去访问。其时鲁迅回家来完婚，也在家里，谈起取缔规则风潮的始末，和那一班留学生们对于“鉴湖女侠”的恭顺的情形，也就把她那边的事情搁下了。及至安庆的枪声一举世震惊，秋女士只留下“秋雨秋风愁杀人”

的口供，在古轩亭口的丁字街上被杀。革命成功了六七年之后，鲁迅在《新青年》上发表了一篇《药》，纪念她的事情，夏瑜的名字这是很明显的，荒草离离的坟上有人插花，表明中国人不曾忘记了她。

王国维[①]之死 *

报载王静庵君投昆明湖死了。一个人愿意不愿意生活全是他的自由，我们不能加以什么褒贬，虽然我们觉得王君这死在中国幼稚的学术界上是一件极可惜的事。

王君自杀的缘因报上也不明了，只说是什么对于时局的悲观。有人说因为恐怕党军，又说因有朋友们劝他剪辫；这都未必确罢，党军何至于要害他，剪辫更不必以生死争。我想，王君以头脑清晰的学者而去做遗老弄经学，结果是思想的冲突与精神的苦闷，这或者是自杀——至少也是悲观的主因。王君是国学家，但他也研究过西洋学问，知道文学哲学的意义，并不是专做古人的徒弟的，所以在二十年前我们对于他是很有尊敬与希望，不知道怎么一来，王君以一了无关系之“征君”资格而忽然做了遗老，随后还就了“废帝”的师傅之职，一面在学问上也钻到“朴学家”的壳里去，全然抛弃了哲学文学去治经史，这在《静庵文集》与《观堂集林》上可以看出

---

* 1927 年 6 月 11 日刊《语丝》第 135 期，署名岂明，收入《谈虎集》。《语丝》原题《偶感之二》，《谈虎集 · 偶感四则》之二。此题为编者所加。

① 王国维，字静庵。

变化来。（譬如《文集》中有论《红楼梦》一文，便可以见他对于软文学之了解，虽在研究思索一方面或者《集林》的论文更为成熟。）在王君这样理知发达的人，不会不发见自己生活的矛盾与工作的偏颇，或者简直这都与他的趣味倾向相反而感到一种苦闷，——是的，只要略有美感的人决不会自己愿留这一支辫发的，徒以情势牵连莫能解脱，终至进退维谷，不能不出于破灭之一途了。一般糊涂卑鄙的遗老，大言辛亥“盗起湖北”，及“不忍见国门”云云，而仍出入京津，且进故宫叩见鹿“司令”为太监说情，此辈全无心肝，始能恬然过其秏子蝗虫之生活，绝非常人所能模仿，而王君不慎，贸然从之，终以身殉，亦可悲矣。语云，其作始也简，其将毕也巨，学者其以此为鉴：治学术艺文者须一依自己的本性，坚持勇往，勿涉及政治的意见而改其趋向，终成为二重的生活，身心分裂，趋于毁灭，是为至要也。

写此文毕，见本日《顺天时报》，称王君为保皇党，云“今夏虑清帝之安危，不堪烦闷，遂自投昆明湖，诚与屈平后先辉映”，读之始而肉麻，继而“发竖”。甚矣日本人之荒谬绝伦也！日本保皇党为欲保持其万世一系故，苦心于中国复辟之鼓吹，以及逆徒遗老之表彰，今以王君有辫之故而引为同志，称其忠荩，亦正是这个用心。虽然，我与王君只见过二三面，我所说的也只是我的想象中的王君，合于事实与否，所不敢信，须待深知王君者之论定：假如王君而信如日本人所说，则我自认错误，此文即拉杂摧烧之可也。

（民国十六年六月四日，旧端阳，于北京）

周玉山的印象*

我们在学堂里住了五年，从副额（即三班改称）升到头班，快要毕业，得到把总头衔的时候，清廷忽然要派人出洋留学，召集各处水师学生在北京练兵处会考，这是光绪乙巳（一九〇五）年冬天的事。我们同班三十馀人一榜及第，只有我同一位河南吴君因系近视没有被派出去，仍回学堂住在鱼雷堂空屋里，与关帝庙里的老更夫做邻居。我们两人催请学堂设法，却也没有法子，觉得很是烦闷。

有一天大概是次年二三月光景，学堂派人来叫去见制台去。其时两江总督是周馥，有事到城北，顺便来看学堂，又记起留校的两个学生，要叫来一看。周玉山站在体操场上，穿了棉袍马褂，棉鞋也很朴素，像是一个教书先生模样，看见我们便问什么代数几何三角都学过了么，答说学过了，又问了些话之后，即云那很好，回过头去吩咐道，给他们一个

* 1950 年 4 月 5 日刊《亦报》，署名鹤生，未收入自编文集。

局子办吧。在他后边跟着好些官，大概是藩臬府县之类吧，却都答应道："是！"吴君同我回答说不愿去办局子，请大帅还是派我们出去改学别的东西，他略一思索，便道："那么去学造房子也好。"我们谢了他的好意，实在那一天他给予我们一个很好的印象，可以说在五十年中所见新旧官吏中没有一个人及得他来的，并不因为他叫我们办局子，乃是为了他的朴素诚恳的态度，不忘记我们两个留校的学生，这在刘坤一张之洞魏光焘大概是不会得有的。

丁初我*

丁初我先生作古大概已经好久了。我最初认识他还是在光绪甲辰（一九零四）年，那时他主编《女子世界》，我从《天方夜谈》英文本中把《阿里巴巴和四十个强盗》的故事翻译了，改名《侠女奴》，寄给他看，承他采用了，在杂志上陆续发表出来。我又将亚伦坡的小说《金甲虫》生吞活剥的译成文言，也由他交给《小说林》出版，卷末还有他的一篇后跋，署云“乙巳暮春初我识于文明长寿室”。那时还够不上学林琴南，虽然《茶花女》与《黑奴吁天录》已经刊行，社会上顶流行的是《新民丛报》那一路笔调，所以多少受了这影响，上边还加上一点冷血气，现在自己看了也觉得有点可笑。

当时上海时常走过，却不曾去找过他一回，不过常有通信，一直到一九零七、八年，自己想译书卖钱，就没有稿子再送给《小说林》去了。这以后一直不通消息，十年前从旧书铺

* 1951 年 3 月 3 日刊《亦报》，署名鹤生，未收入自编文集。

得到一部《虞山丛刻》，虽系民国新刻却已很难得，翻开看时乃是丁初我编刻的，仿佛遇见了老朋友似的，但实在却是老前辈，直觉的恐怕他已是古人，虽是高兴又是寂寞，也不曾托苏州的友人去打听他的消息，其实他的年纪或者也只是七十之谱吧。

纪念蒋抑卮君 *

据章中先生报告，蒋抑卮君已于上海解放前去世，这实在是很可惋惜的事。虽然我认识的人也不多，在实业家中间像他这样的实不可再得。他固然很开通，假如没有他，《域外小说集》便不能出，而且雅俗调和，这句话不知别人看来以为是褒是贬，在我却是很好的赞词，因为二者如太有偏差，我就觉得这成分很要不得了。

大概是一九零八年，他同夫人到东京去就医，割治耳病，接待翻译等事是鲁迅给他办理的，那医生也是大家，却有点疏忽，手术时竟使他传染上了丹毒，多住了几天医院，后来也就好了，可是当时热度很高，看来也有点危险。有一日里他尽说谵语，说日本人因为他伟大所以毒死了他，死后叫鲁迅写文章替他宣布这事。他又提起了我，说某人孤傲像一只鹤，其实我只是不大会说话，那里有什么傲，可是因了他的这话，

---

* 1951 年 1 月 31 日刊《亦报》，署名鹤生，未收入自编文集。

就有了我的别号鹤生，现在也还拿出来用。他同鲁迅商谈什么事，有些要去找别人，鲁迅觉得稍有困难时，他总是那么说，我们拨伊铜钿好了。这在从前社会上本来是一种办法，而他说的又那么直率，所以鲁迅后来在背后常笑说他，将拨伊铜钿当作他的别号，不过在这里毫无什么不敬，只是算作他的一种癖性，觉得好玩罢了。许季茀是个进步人士，与鲁迅交情很深，可是他的别名还没有这么好，可见朋友中间有点玩笑空气，却胜于枯燥的整肃也。

关于范爱农*

偶然从书桌的抽屉里找出一个旧的纸护书来，检点里边零碎纸片的年月，最迟的是民国六年三月的快信收据，都是我离绍兴以前的东西，算来已经过了二十一年的岁月了。从前有一张太平天国的收条，记得亦是收藏在这里的，后来送了北京大学的研究所国学门，不知今尚存否。现在我所存的还有不少资料，如祖父少时所作艳诗手稿，父亲替人代作祭文草稿，在我都觉可珍重的，实在也是先人唯一的手迹了，除了书籍上尚有一二题字以外。但是这于别人有什么关系呢，可以不必絮说。护书中又有鲁迅的《哀范君三章》手稿，我的抄本附自作诗一首，又范爱农来信一封。（为行文便利起见，将诗写在前头，其实当然是信先来的。又鲁迅这里本该称豫才，却也因行文便利计而改称了。）这几页废纸对于大家或者不无一点兴趣，假如读过鲁迅的《朝华夕拾》的人不曾忘记，末了有一篇叫作《范爱农》的文章。

---

* 1938 年 5 月 1 日刊《宇宙风》第 67 期，署名知堂，收入《药味集》。

鲁迅的文章里说在北京听到爱农溺死的消息以后：

一点法子都没有。只做了四首诗，后曾在一种日报上发表，现在将要忘记了，只记得一首里的六句，起首四句是，“把酒论天下，先生小酒人。大圜犹酩酊，微醉合沉沦。”中间忘掉两句，末了是“旧朋云散尽，余亦等轻尘”。

日本改造社译本此处有注云：

此云中间忘掉两句，今《集外集》中有哭范爱农一首，其中间有两句乃云，“幽谷无穷夜，新宫自在春。”

原稿却又不同，今将全文抄录于下，以便比较。

哀范君三章

其一

风雨飘摇日，余怀范爱农。华颠萎寥落，
白眼看鸡虫。世味秋荼苦，人间直道穷。
奈何三月别，遽尔失畸躬。

其二

海草国门碧，多年老异乡。狐狸方去穴，
桃偶尽登场。故里彤云恶，炎天凛夜长。
独沉清洌水，能否洗愁肠。

其三

把酒论当世，先生小酒人。大圜犹酩酊，
微醉自沉沦，此别成终古，从兹绝绪言。
故人云散尽，我亦等轻尘。

题目下原署真名姓，涂改为黄棘二字，稿后附书四行，其文云：

我于爱农之死为之不怡累日，至今未能释然。昨忽成诗三章，随手写之，而忽将鸡虫做入，真是奇绝妙绝，辟历一声……今录上，希大鉴定家鉴定，如不恶乃可登诸《民兴》也。天下虽未必仰望已久，然我亦岂能已于言乎。二十三日，树又言。

这是信的附片，正张已没有了，不能知道是哪一月，但是在我那抄本上却有点线索可寻。抄本只有诗三章，无附言，因为我这是抄了去送给报馆的，末了却附了我自己的一首诗。

哀爱农先生

天下无独行，举世成萎靡。皓皓范夫子，
生此寂寞时。傲骨遭俗忌，屡见蝼蚁欺。
坎壈终一世，毕生清水湄。会闻此人死，
令我心伤悲。峨峨使君辈，长生亦若为。

这诗不足道，特别是敢做五古，实在觉得差得很，不过那是以前的事，也没法子追悔，而且到底和范君有点相干，所以录了下来。但是还有重要的一点，较有用处的乃是题目下有小注“壬子八月”四个字，由此可以推知上边的二十三日当是七月，爱农的死也即在这七月里吧。据《朝华夕拾》里说，范君尸体在菱荡中找到，也证明是在秋天，虽然实在是蹲踞而并非如书上所说的直立着。我仿佛记得他们是看月去的，同去的大半是《民兴报》馆中人；族叔仲翔君确是去的，惜已久归道山，现在留在北方的只有宋紫佩君一人，想他还记得清楚，得便当一问之也。所谓在一种日报上登过，即是这《民兴报》，又四首乃三首之误，大抵作者写此文时在广州，只凭记忆，故有参差，旧日记中当有记录可据，但或者诗语不具录亦未可知，那么这一张底稿也就很有留存的价值了。

爱农的信是三月二十七号从杭州千胜桥沈寓所寄，有杭省全盛源记信局的印记，上批“局资例”，杭绍间信资照例是十二文，因为那时是民国元年，民间信局还是存在。原信系小八行书两张，其文如下：

豫才先生大鉴：晤经子渊暨接陈子英函，知大驾已自南京回。听说南京一切措施与杭绍鲁卫，如此世界，实何生为。盖吾辈生成傲骨，未能随逐波流，惟死而已，端无生理。弟于旧历正月二十一日动身来杭，自知不善趋承，断无谋生机会，未能抛得西湖去，故来此小作勾留耳。现因承蒙傅励臣函邀担任师校监学事，虽未允他，拟阳月杪返绍一看，为偷生计，如可共事或暂任数月。罗扬伯居然做第一科课长，足见实至名归，学养优美。朱幼溪亦得列入学务科员，何莫非志趣过人，后来居上，羡煞羡煞。令弟想已来杭，弟拟明日前往一访。相见不远，诸容面陈，专此敬请著安。弟范斯年叩，廿七号。

《越铎》事变化至此，恨恨，前言调和，光景绝望矣。又及。

这一封信里有几点是很可注意的。绝望的口气，是其一。挖苦的批评，是其二。信里与故事里人物也有接触之处，如傅励臣即孔教会会长之傅力臣，朱幼溪即接收学校之科员，《越铎》即骂都督的日报，不过所指变化却并不是报馆案，乃是说内部分裂，《民兴》即因此而产生。鲁迅诗云，桃偶尽登场，又云，白眼看鸡虫，此盖为范爱农悲剧之本根，他是实实被挤得穷极而死也。鲁迅诗后附言中于此略有所说及，但本系游戏的廋辞，释明不易，故且从略，即如天下仰望已久一语，便是一种典故，原出于某科员之口头，想镜水稽山间曾亲闻此语者尚不乏其人欤。信中又提及不佞，则因尔时承浙江教育司令为视学，唯因家事未即赴任，所以范君杭州见访时亦未得相见也。

《朝华夕拾》里说爱农戴着毡帽，这是绍兴农夫常用的帽子，用毡制成球状，折作两层如碗，卷边向上，即可戴矣。

王府井大街的帽店中今亦有售者，两边不卷，状如黑羊皮冠，价须一圆馀，非农夫所戴得起，但其质地与颜色则同，染色不良，戴新帽少顷前额即现乌青，两者亦无所异也。改造社译本乃旁注毡字曰皮罗独，案查大槻文彦著《言海》，此字系西班牙语威路达之音读，汉语天鹅绒，审如所云，则爱农与绍兴农夫所戴者当是天鹅绒帽，此事颇有问题，爱农或尚无不可，农夫如闰土之流实万万无此雅趣耳。改造社译本中关于陈子英有注云："姓陈名浚，徐锡麟之弟子，当时留学东京。"此亦不甚精确。子英与伯荪只是在东湖密谋革命时的同谋者，同赴日本，及伯荪在安庆发难，子英已回乡，因此乃再逃往东京，其时当在争电报之后。又关于王金发有注云："真姓名为汤寿潜。"则尤大误。王金发本在嵊县为绿林豪客，受光复会之招加入革命，亦徐案中人物，辛亥绍兴光复后来主军政，自称都督，改名王逸，但越人则唯知有王金发而已。二次革命失败后，朱瑞为浙江将军，承袁世凯旨诱金发至省城杀之，人民虽喜得除一害，然对于朱瑞之用诈杀降亦弗善也。汤寿潜为何许人，大抵在杭沪的人总当知道一点，奈何与王金发相溷。改造社译本注多有误，如平地木见于《花镜》，即日本所谓薮柑子，注以为出于内蒙古某围场。又如揍字虽是北方方言，却已见于《七侠五义》等书，普通也只是打的意思耳，而注以为系猥亵语，岂误为草字音乎。因讲范爱农而牵连到译本的注，今又牵连到别篇上去，未免有缠夹之嫌，遂即住笔。

（廿七年二月十三日）

范爱农 *

范爱农是《越谚》著者范寅的本家，在日本留学大概是学理工的，起初与鲁迅并不认识，第一次相见乃是在同乡学生讨论徐案的会场上。其时蒋观云主张发电报给清廷，有许多人反对，中间有一个人蹲在屋角落头（因为会场是一间日本式房子，大家本是坐在席上的），自言自语的说道，“死的死掉了，杀的杀掉了，还打什么鸟电报。”他也是反对电报的，只是态度很是特别，鲁迅看他那神气觉得不大顺眼，所以并未和他接谈，也不打听他的姓名，便分散了。这是一九〇六年的事情，事隔五年之后，辛亥革命那年，绍兴光复，王金发设立军政分府，聘请鲁迅为师范学校校长，范某为副校长，就任之日一看原来即是那蹲在屋角落头的人，这时候才知道他叫范爱农，所用的官名大家都已不记得了。自此以后他们成为好友，新年前后常常头戴农夫的毡帽，钉鞋雨伞雪夜去

---

* 1950 年 12 月 27 日刊《亦报》，署名鹤生，收入《鲁迅的故家》。

访鲁迅，吃老酒谈天到二三更时候。不久鲁迅往南京进教育部，范爱农离开师校，很不得意，落水而死，鲁迅作五律二首哀之，今收在集里。

蒋观云 *

鲁迅在东京的朋友不很多，据我所知道的大概不过一打之数，有的还是平常不大往来的。现在我便来讲这样的两个人，即是蒋观云与范爱农。

观云名蒋智由，是那时的新党，避地东京，在《清议报》什么上面写些文章，年纪比鲁迅总要大上二三十岁了，因为他是蒋伯器的父亲，所以同乡学生都尊他为前辈，鲁迅与许季茀也常去问候他。可是到了徐锡麟案发作，他们对他就失了敬意了。当时绍兴属的留学生开了一次会议，本来没有什么善后办法，大抵只是愤慨罢了，不料蒋观云已与梁任公组织“政闻社”，主张君主立宪了，会中便主张发电报给清廷，要求不再滥杀党人，主张排满的青年们大为反对。蒋辩说猪被杀也要叫几声，又以狗叫为例，鲁迅答说，猪才只好叫叫，人不能只是这样便罢。当初蒋观云有赠陶焕卿诗，中云，“敢

* 1950 年 12 月 26 日刊《亦报》，署名鹤生，收入《鲁迅的故家》。

云吾发短，要使此心存，”鲁迅常传诵之，至此时乃仿作打油诗云，“敢云猪叫响，要使狗心存”，原有八句，现在只记得这两句而已。蒋著有《海上观云集》，在横滨出版，以旧诗论大概还有价值，可是现今知道的人恐怕已经不多了吧。

怀陶君焕卿 *

焕卿死三年矣。见陶社通告又将以重九日举行秋祭，感念今昔，可胜车过腹痛之感。君尽忠故国，炳烺大节，众所共晓。即其平居言行学业刻苦卓厉，亦在在足为景行之资。聊就所记述其一二，以为故人纪念云尔。

余初见焕卿在丙午夏，相遇上海，衣和服，草履左右异式，行马路上，见者疑为乞食沙门。丁未六月徐案发，君走东京，相见于本乡寓楼，落拓之状，固如旧也。

君奔走江浙，联络会党，据所自述及传说，其辛苦之状可想。尝出示所订约束，有一条云，不遵守规矩者以刀劈之，相与大笑。山林集会，其粗豪真率处殊不可及也。

君在东，恒与龚君未生偕行。每来谈，饮茶甚豪，盏有馀沥，辄交互注空盏中，或倾壶中，又入沸汤，仍注饮之，殊不自觉。天雨，赤足着皮靴，饭时探袂出巾，将以拭面，则引黑袜出，

* 1915 年 10 月 24 日刊《笑报》，署名长庚，未收入自编文集。

已破烂失其踵，复纳之，探袂底，始得巾焉。

太炎先生居民报社，见君辄呼为焕皇帝，或云焕强盗。君少愠，则下庭盘旋，曰太炎先生又作如是语矣。太炎先生垂发及肩，新世纪报社中人诋之曰长发老贼，太炎先生亦以自号，为笑乐焉。

君湛通经史，文章质朴而有奇气，闲论及春秋时形势，口讲手画，了若指掌，似其得意之学。所著书只《民族权力消长史》等二三种板刊于世，小篇散见《河南》及《教育今语》杂志，多半散佚，搜辑刊存，亦后死之责，陶社诸君子其亦有意乎？

君在东，生计颇刻苦，间或不给衣食，售所编著书以为补助。《消长史》尝暂存余等居舍，一日来取，两手各挟一巨捆，往复数四。云交番警察屡目送之，似以为疑，然微见其为书，故亦不果检索也。

焕强盗与蒋二秃子*

因徐锡麟案而亡命日本的人中间有一个是陶焕卿，名成章，可是清政府似乎只知道他的别号，所以通缉令中道："会稽先生一名，善催眠术。"看去很有点儿吴学究的气味了。

他家在乡间，开着一爿砖瓦店，可是他不乐商务，好游行运动革命。有一天替父亲管店，因为不知道梗灰市灰的区分，把好灰卖了次灰的价钱，大为父亲所不满，加以训斥，问他那么游荡是什么意思。他答说道，为的要使人人有饭吃。后来他的父亲告诉人说，他要使人人都有饭吃，我怎能反对他呢。

此后他便到处奔走，联合各地绿林豪客，作起义的准备，在江浙有相当的潜势力。逃到东京后，同龚未生住在小公寓里，穷得要命，衣服全是东洋瘪三的样子，可是意气还是一样，访问友朋总谈的是某处已经或可以"动"，即是起事。他到《民报》社去，章太炎先生看见总开他的玩笑，说焕强盗来了，

* 1949 年 12 月 16 日刊《亦报》，署名鹤生，未收入自编文集。

事实上他真是江东的盗魁，他的命令是可以动员若干山上的豪杰的。他深通史学，尤熟记春秋时事，著有《中国民族势力消长史》，只出版了第一册。他的特色是刻苦耐劳，做事认真，但是像范蠡一样，恐怕必要时手也是辣的，不过这只是推想而已。

陶焕卿与章太炎本是光复会的人，加入同盟会中，与孙中山手下有些人是不大融合得来的。辛亥革命成功，国民党分子设法取得了杭沪政权，可是觉得陶在上海终是障碍，于是他就在法租界医院里被人暗杀了。据一个老国民党说，当时陈其美偶说陶不死吾侪不得安，有人听了便径去办了，陈知道了大悦，即推荐于中山，加以信任。此人为谁，即蒋二秃子是也。

陈子英*

陈子英与徐伯孙当初计划“造反”，后来遇见陶焕卿乃改而从事革命，这是子英自己说的故事。他们三人想从军队入手，都到日本进振武学校，为汪大燮所破坏。于是变计，运动财主出资，徐捐了道员，陶陈各捐了知府，虽然据说二人曾公服去拜访大官（汪大燮？），侃侃而谈，自称兄弟，却不曾真弄下去。而徐则以道员在安徽候补，派为警察学堂总办，遂有刺恩铭之举。

子英当初拟学陆军时未见鲁迅，及第二次亡命至东京，才和他认识。次年发起学俄文，子英亦在内，后因财力不继中途散伙，他还独自继续去学，能够阅读书籍，虽然不曾出手翻译。

发起读俄文的人是陶望潮，他是陶焕卿的本家，与徐案虽无关，但也是这一派的人，他在学药剂，在散伙之前先离开了，

* 1950 年 12 月 29 日刊《亦报》，署名鹤生，未收入自编文集。

说要往长崎跟一个俄国人学制炸弹，可是不知怎的也未成行。

这两位平常也常来访鲁迅谈天，鲁迅在东京的老朋友中只有他们以及张邦华这三位还是健在，年纪大概也将近古稀了吧。

丁耀卿[*]

丁耀卿这名字，大概现今知道的人已经很少了吧。我当初也不认识他，辛丑八月中我同了封德三的一家从乡下来到南京，轮船在下关靠了趸船的时候，有几个人下来迎接，有一个据说是封君的母族长辈，年纪却很青，看他在讲话，可是我一句都听不出。原来他就是丁耀卿，绍兴人，矿路学堂本届毕业生，是鲁迅的同班至友，生了肺病，如今结核菌到了喉头，所以声带哑了，说起话来没有声音。这之后我就没有机会看见他，到了十二月初，就听见人说丁君已于上月廿六日去世，这一条写在旧日记上，还录有两副人家送给他的挽联。其一署名豫才周树人，文曰：

男儿死耳，恨壮志未酬，何日令威来华表；
魂兮归去，知夜台难瞑，深更幽魄绕萱帏。

---

* 1951 年 4 月 28 日刊《亦报》，署名十山，收入《鲁迅的故家》。

其二署名秋平蒋桂鸣，文曰：

> 使君是终军长吉一流，学业将成，三年呕尽心头血；
> 故乡在镜水稽山之地，家书未达，千里犹缝游子衣。

蒋君大概是陆师学堂的学生，记得年纪较大，在前清还有点功名，不知道是秀才还是廪生了，也是浙江人，或者是台州人也说不定（鲁迅在南京时的日记如尚保存，当有更多的资料可以找到）。

胡韵仙*

胡韵仙为铅山胡朝梁（诗庐）的兄弟，初名朝栋，进水师学堂，与鲁迅同学，及鲁迅退学，他也因事出来了。过了些时改名胡鼎，和我同考“云从龙风从虎论”，以第一名录取，补副额（即三班），洋汉文功课均佳。壬寅二月鲁迅将往东京，韵仙拿了三首诗来送他，今录于下：

忆昔同学，曾几何时，弟年岁徒增，而善状则一无可述，兹闻兄有东瀛之行，壮哉大志，钦慕何如，爰赋数语，以志别情，犹望斧正为荷。

英雄大志总难侔，夸向东瀛作远游。极目中原深暮色，回天责任在君流。

总角相逢忆昔年，羡君先着祖生鞭。敢云附骥云泥判，临别江干独怆然。

---

* 1951年6月14日刊《亦报》，署名十山，收入《鲁迅的故家》。

乘风破浪气豪哉，上国文光异地开。旧域江山几破碎，劝君更展济时才。

这几首在他的诗里不算是佳作，我请他写一个扇面，写的是自作的两首诗，一是彭蠡遇风，一是送兄之作，暑假时拿回去为祖父所见，询是同班学生，曾郑重的说，同学中有这样人才，不可大意，须要加倍用功。韵仙很有才气，能说话，能写文章，能做事，在我们少数的朋友中间，没有一个人及得他来。他曾自评云："落拓不羁，小有才具。"自谦之中也有自知之明。他在驾驶堂的宿舍，独占一间，末了一个时期忽将板床拆去，只留三张半桌，放在房子中间，晚上便在这上边睡觉，平常将衣服打成背包，背着绕了桌子走。问他是什么意思，答说中国这样下去非垮台不可，大家学习逃难要紧。听的人都以为狂，其实他自然是在锻炼吃苦，想去参加革命，转入陆师后环境较好，同志也可能多一点，但是他不久病故，所以并没有能够干得什么事，倒是他的老兄到民国初年尚在，在教育部做官，专门做江西派的诗，当年的志气也一点都没有了。

纪念寿石工*

寿石工于去年冬天翘了辫子了。我这样说，并不是对于石工有什么不敬之意，实在反是纪念他，因为他便是那么喜欢说玩话的。以前所写笔记中曾讲到周栎园的著作，有一节云：

> 《印人传》卷一，书许有介自用印章后云，君大腹，无一茎须，望之类乳媪，面横而肥，不似文人，字画诗文恒多逸致，见其手笔者疑其貌若美好妇人，亦异事也。又云，缗诸印章，如见君鼓大腹，以巨觥合面上时。此与印章或无甚关系，唯描写极妙，读之真觉得此中有人，呼之欲出矣。

我下笔当时心中便想着石工，因为他正是那么样，一丝都不差，这几句话可以一字不改的拿过来送他，天下事真有

* 1950年3月18日刊《亦报》，署名鹤生，未收入自编文集。

这样的巧合的。我们同他生疏一点的，看见时还是相当客气，若是遇到了老朋友，便嘲讽笑骂，一齐都来，不但是市井的“油口谴”，就是不登大雅之堂的话也无不出来了。

在这一方面他的敌手是一个同乡的画家兼印人陈半丁。有一回在同乡处遇见他们，两人见面便说道，“你也来骗饭”，这算是打招呼。我同石工攀谈，知道他不曾到过故乡，我说何妨几时去走一趟，半丁拦道说，“你不要劝他去，要吃人命官司的，绍兴人看见他，要吃一惊，说这是什么东西，快赶下河去，岂不把他淹死了”。这不过比他为乌龟，没有什么道理，即此却已可见他们酬对之一斑，至于石工自然也不肯默受，这样一来话就多了，若是不知道的人听来，恐怕要当他们是说相声的，只可惜这些话没有能够记了下来。

司徒乔*

日前在报上讲到司徒乔君的画，令我想起一九二五年夏天他在北京开展览会的事来，那时曾给他写过一篇小引，还有底稿，现在就抄录于下：

> 司徒君是燕京大学的学生。他性喜作画，据他的朋友说，他作画比吃饭还要紧。他自己说，他所以这样的画，自有他不得不画的苦衷，这便因为他不能闭着眼睛走路。我们在路上看见了什么，回来就想对朋友说说，他也就忍不住要把它画出来。我是全然不懂画的，但他这作画的动机我觉得还能了解，因为这与我们的写文章是一致的。
>
> 司徒君画里的人物大抵是些乞丐、驴夫和老头子，这是因为他眼中的北京是这样，虽然北京此外或者还有别的好东西，大家以为好的物与人。有一天，我到他宿舍里去，

* 1951年3月13日刊《亦报》，署名鹤生，未收入自编文集。

看见他正在作画，大乞丐小乞丐并排坐在他的床沿上，大的是瞎了眼的，但听见了我们的谈话，赶紧站了起来。我真不安，扰乱了他们的正经工作。我又见到一张画好了的老头儿的头，据说也是一个什么胡同里的老乞丐，在他的皱纹和须发里真仿佛藏着四千年的专制的历史。我是美术的门外汉，不知道司徒君的画的好坏，只觉得他这种作画的态度是很可佩服的。现在他将于六月某日在帝王庙展览他的绘画，我很愿意写几句话做个介绍，至于艺术上的成就如何，届时自有识者的批判，恕我不能赘一辞了。

卢冀野与赵南星 *

昨天刚在翻旧日记，见去年今日的四月廿二日项下记着，上午卢冀野君来访，以抄存《芳茹园乐府》定本赠之。过了一会儿《亦报》送到，却看见卢君去世的消息，吃了一惊，这其间不过短短的一年光阴罢了。以前我只知道卢君是研究戏曲的，前年在上海见到《南京文献》二十四册，才晓得他又很关心故乡文物掌故，心里很是佩服。若干年前，他曾校刊《清都散客二种》，即《芳茹园乐府》与《笑赞》，乃是明末赵南星（谥曰忠毅）所著，是很别致的东西，只可惜所据原本残缺太多，没有一半是完整的，读下去很觉得气闷。碰巧我借到一个较前印的本子，抄录一份，乐府中只缺半个字（因为剔手旁还可见），《笑赞》则赞缺一行，本文也是完全的。那天他来看我，说起这书来，他说还想将乐府好好地刻一下，他有《天京录》和《饮虹乐府》送给我过，都是木刻竹纸印的，

* 1951 年 4 月 29 日刊《亦报》，署名十山，未收入自编文集。

我就把那抄本赠他，怂恿他付刻。赵南星的铁如意，那是他做了十几柄，分给学生的，现在很为世人所珍重，这是他心血所注的作品，我们岂不更应重视么。这回卢君匆促去世，恐怕他那盛业没有能成就得，这是我觉得加倍的可以悼惜的事。

关于三月十八日的死者*

一

我是极缺少热狂的人，但同时也颇缺少冷静，这大约因为神经衰弱的缘故，一遇见什么刺激，便心思纷乱，不能思索更不必说要写东西了。三月十八日下午我往燕大上课，到了第四院时知道因外交请愿停课，正想回家，就碰见许家鹏君受了伤逃回来，听他报告执政府卫兵枪击民众的情形，自此以后，每天从记载谈话中听到的悲惨事实逐日增加，堆积在心上再也摆脱不开，简直什么事都不能做。

到了现在已是残杀后的第五日，大家切责段祺瑞贾德耀，期望国民军的话都已说尽，且已觉得都是无用的了，这倒使我能够把心思收束一下，认定这五十多个被害的人都是白死，交涉结果一定要比沪案坏得多，这在所谓国家主义流行的时代或者是当然的，所以我可以把彻底查办这句梦话抛开，单

* 1926 年 3 月 29 日刊《语丝》第 72 期，署名岂明，收入《泽泻集》。

独关于这回遭难的死者说几句感想到的话。——在首都大残杀的后五日，能够说这样平心静气的话了，可见我的冷静也还有一点哩。

二

我们对于死者的感想第一件自然是哀悼。对于无论什么死者我们都应当如此，何况是无辜被戕的青年男女，有的还是我们所教过的学生。我的哀感普通是从这三点出来，熟识与否还在其外，即一是死者之惨苦与恐怖，二是未完成的生活之破坏，三是遗族之哀痛与损失。这回的死者在这三点上都可以说是极量的，所以我们哀悼之意也特别重于平常的吊唁。

第二件则是惋惜。凡青年夭折无不是可惜的，不过这回特别的可惜，因为病死还是天行而现在的戕害乃是人功。人功的毁坏青春并不一定是最可叹惜，只要是主者自己愿意抛弃，而且去用以求得更大的东西，无论是恋爱或是自由。我前几天在茶话《心中》里说，“中国人似未知生命之重，故不知如何善舍其生命，而又随时随地被夺其生命而无所爱惜。”这回的数十青年以有用可贵的生命不自主地被毁于无聊的请愿里，这是我所觉得太可惜的事。

我常常独自心里这样痴想，“倘若他们不死……”我实在几次感到对于奇迹的希望与要求，但是不幸在这个明亮的世界里我们早知道奇迹是不会出来的了。——我真深切地感得不能相信奇迹的不幸来了。

三

这回执政府的大残杀，不幸女师大的学生有两个当场被害。一位杨女士的尸首是在医院里，所以就搬回了；刘和珍女士是在执政府门口往外逃走的时候被卫兵从后面用枪打死的，所以尸首是在执政府，而执政府不知怎地把这二三十个亲手打死的死体当作宝贝，轻易不肯给人拿去，女师大的职教员用了九牛二虎之力，到十九晚才算好容易运回校里，安放在大礼堂中。第二天上午十时棺殓，我也去一看；真真万幸我没有见到伤痕或血衣，我只见用衾包裹好了的两个人，只馀脸上用一层薄纱蒙着，隐约可以望见面貌，似乎都很安闲而庄严地沉睡着。

刘女士是我这大半年来从宗帽胡同时代起所教的学生，所以很是面善，杨女士我是不认识的，但我见了她们两位并排睡着，不禁觉得十分可哀，好像是看见我的妹子，——不，我的妹子如活着已是四十岁了，好像是我的现在的两个女儿的姊姊死了似的，虽然她们没有真的姊姊。当封棺的时候，在女同学出声哭泣之中，我陡然觉得空气非常沉重，使大家呼吸有点困难，我见职教员中有须发斑白的人此时也有老泪要流下来，虽然他的下颔骨乱动地想忍他住也不可能了。……

这是我昨天在《京副》发表的文章中之一节，但是关于刘杨二君的事我不想再写了，所以抄了这篇“刊文”。

四

二十五日女师大开追悼会，我胡乱做了一副挽联送去，文曰：

死了倒也罢了，若不想到二位有老母倚闾，亲朋盼信；
活着又怎么着，无非多经几番的枪声惊耳，弹雨淋头。

殉难者全体追悼会是在二十三日，我在傍晚才知道，也做了一联：

赤化赤化，有些学界名流和新闻记者还在那里诬陷；
白死白死，所谓革命政府与帝国主义原是一样东西。

惭愧我总是“文字之国”的国民，只会以文字来纪念死者。

（民国十五年三月十八日之后五日）

青年朋友之死*

听到自己所认识的青年朋友的横死，而且大都死在所谓最正大的清党运动里，这是一件很可怜的事。青年男女死于革命原是很平常的，里边如有相识的人，也自然觉得可悲，但这正如死在战场一样，实在无可怨恨，因为不能杀敌则为敌所杀是世上的通则。从国民党里被清出而枪毙或斩决的那却是别一回事了。燕大出身的顾陈二君，是我所知道的文字思想上都很好的学生，在闽浙一带为国民党出了好许多力之后，据《燕大周刊》报告，已以左派的名义被杀了。北大的刘君在北京被捕一次，幸得放免，逃到南方去，近见报载上海捕“共党”，看从英文译出的名字恐怕是她，不知吉凶如何。普通总觉得南京与北京有点不同，青年学生跑去不知世故地行动，却终于一样地被祸，有的还从北方逃出去投在网里，令人不能不感到怜悯。至于那南方的杀人者是何心理状态，我们不

* 1927 年 7 月 16 日刊《语丝》第 140 期，署名岂明，收入《谈虎集》，即《谈虎集・偶感四则》之三。《语丝》原题《偶感之三》。

得而知，只觉得惊异：倘若这是军阀的常态，那么惊异也将消失，大家唯有复归于沉默，于是而沉默遂统一中国南北。

（七月五日，于北京）

关于失恋*

王品青君是阴历八月三十日在河南死去的，到现在差不多就要百日了，春蕾社诸君要替他出一个特刊，叫我也来写几句。我与品青虽是熟识，在孔德学校上课时常常看见，暇时又常同小峰来苦雨斋闲谈，夜深回去没有车雇，往往徒步走到北河沿，但是他没有对我谈过他的身世，所以关于这一面我不很知道，只听说他在北京有恋爱关系而已。他的死据我推想是由于他的肺病，在夏天又有过一回神经错乱，从病院的楼上投下来，有些人说这是他的失恋的结果，或者是真的也未可知，至于是不是直接的死因我可不能断定了。品青是我们朋友中颇有文学的天分的人，这样很年青地死去，是很可惜也很可哀的，这与他的失不失恋本无关系，但是我现在却就想离开了追悼问题而谈谈他的失恋。

品青平日大约因为看我是有须类的人，所以不免有点歧视，不大当面讲他自己的事情，但是写信的时候也有时略略

---

* 1928 年 1 月 14 日刊《语丝》4 卷 5 期，署名岂明，收入《永日集》。

提及。我在信堆里找出品青今年给我的信，一共只有八封，第一封是用“隋高子玉造象碑格”笺所写，文曰：

> 这几日我悲哀极了，急于想寻个躲避悲哀的地方，曾记有一天在苦雨斋同桌而食的有一个朋友是京师第一监狱的管理员，先生可以托他设法开个特例把我当作犯人一样收进去度一度那清素的无情的生活么？不然，我就要被柔情缠死了呵！
>
> 品青，一月二十八日夜十二时。

我看了这封信有点摸不着头脑，不知所说的是凶是吉，当时就写了一点回复他，此刻也记不起是怎样说的了。不久品青就患盲肠炎，进医院去，接着又是肺病，到四月初才出来，寄住在东皇城根友人的家里。他给我的第二封信便是出医院后所写，日期是四月五日，共三张，第二张云：

> 这几日我竟能起来走动了，真是我的意料所不及。然到底像小孩学步，不甚自然。得闲肯来寓一看，亦趣事也。
>
> 在床上，我的世界只有床帐以内，以及与床帐相对的一间窗户。头一次下地，才明白了我的床的位置，对于我的书箱书架，书架上的几本普通的破书，都仿佛很生疏，还得从新认识一下。第二回到院里晒太阳，明白了我的房的位置，依旧是西厢，这院落从前我没有到过，自然

又得认识认识。就这种情形看来，如生命之主不再太给我过不去，则于桃花落时总该能去重新认识凤皇砖和满带雨气的苦雨斋小横幅了吧？那时在孔德教员室重新共吃瓦块鱼自然不成问题。

这时候他很是乐观，虽然末尾有这样一节话，文曰：

这信刚写完，接到四月一日的《语丝》，读第十六节的《闲话拾遗》，颇觉畅快。再谈。

所谓《闲话拾遗》十六是我译的一首希腊小诗，是无名氏所作，戏题曰《恋爱偈》，译文如下：

不恋爱为难，恋爱亦复难，一切中最难，是为能失恋。

四月二十日左右我去看他一回，觉得没有什么，精神兴致都还好，二十二日给我信说，托交民卫生试验所去验痰，云有结核菌，所以“又有点悲哀”，然而似乎不很利害。信中说：

肺病本是富贵人家的病，却害到我这又贫又不贵的人的身上。肺病又是才子的病，而我却又不像□□诸君常要把它写出来。真是病也倒楣，我也倒楣。

今天无意中把上头这一片话说给□□，她深深刺了我一下，说我的脾气我的行为简直是一个公子，何必取笑才子们呢？我接着说，公子如今落魄了，听说不久就要去作和尚去哩。再谈。

四月三十日给我的第六封信还是很平静的，还讲到维持《语丝》的办法，可是五月初的三封信（五日两封，八日一封）忽然变了样，疑心友人们（并非女友）对他不好，大发脾气。五日信的起首批注道，“到底我是小孩子，别人对我只是表面，我全不曾理会。”八日信末云，“人格学问，由他们骂去吧，品青现在恭恭敬敬地等着承受。”这时候大约神经已有点错乱，以后不久就听说他发狂了，这封信也就成为我所见的绝笔。那时我在《世界日报》附刊上发表一篇小文，论曼殊与百助女史的关系，品青见了说我在骂他，百助就是指他，我怕他更要引起误会，所以一直没有去看他过。

品青的死的原因我说是肺病，至于发狂的原因呢，我不能知道。据他的信里看来，他的失恋似乎是有的罢。倘若他真为失恋而发了狂，那么我们只能对他表示同情，此外没有什么说法。有人要说这全是别人的不好，本来也无所不可，但我以为这一半是品青的性格的悲剧，实在是无可如何的。我很同意于某女士的批评，友人“某君”也常是这样说，品青是一个公子的性格，在戏曲小说上公子固然常是先落难而后成功，但是事实上却是总要失败的。公子的缺点可以用圣人的一句话包括起来，就是“既不能令，又不受命”。在旧式的婚姻制度里这原不成什么问题，然而现代中国所讲的恋爱虽还幼稚，到底带有几分自由性的，于是便不免有点不妥：我想恋爱好像是大风，要当得她住只有学那橡树（并不如伊索所说就会折断）或是芦苇，此外没有法子。譬如有一对情人，一个是希望正式地成立家庭，一个却只想浪漫地维持他们的关系，如不在适当期间有一方面改变思想，迁就那一方面，我想这恋爱的前途便有障碍，难免不发生变化了。品青的优柔寡断使他在朋友中觉得和善可亲，但在恋爱上恐怕是失败之原，我们朋友中之□□大抵情形与品青相似，他却有决断，所以他的问题就安然解决了。本来得恋失恋都是极平常的事，在本人当然觉得这是可喜或是可悲，因失恋的悲剧而入于颓废或转成超脱也都是可以的，但这与旁人可以说是无关，与社会自然更是无涉，别无大惊小怪之必要；不过这种悲剧如发生在我们的朋友中间，而且终以发狂与死，我们自不禁要谈论叹息，提起他失恋的事来，却非为他声冤，也不是加以非难，只是对于死者表示同情与悼惜罢了。至于这事件的详细以及曲直我不想讨论，第一是我不很知道内情，第二因为恋爱是私人的事情，我们不必干涉，旧社会那种萨满教的风化的迷信我是极反对的；我所要说的只在关于品青的失恋略述我的感想，充作纪念他的一篇文字而已。——但是，照我上边的主张看来，或者我写这篇小文也是不应当的；是的，这个错我也应该承认。

（民国十六年十二月二十七日，于北京）

初恋*

那时我十四岁，她大约是十三岁罢。我跟着祖父的妾宋姨太太寄寓在杭州的花牌楼，间壁住着一家姚姓，她便是那家的女儿。她本姓杨，住在清波门头，大约因为行三，人家都称她作三姑娘。姚家老夫妇没有子女，便认她做干女儿，一个月里有二十多天住在他们家里，宋姨太太和远邻的羊肉店石家的媳妇虽然很说得来，与姚宅的老妇却感情很坏，彼此都不交口，但是三姑娘并不管这些事，仍旧推进门来游嬉。她大抵先到楼上去，同宋姨太太搭赸一回，随后走下楼来，站在我同仆人阮升公用的一张板桌旁边，抱着名叫“三花”的一只大猫，看我映写陆润庠的木刻的字帖。

我不曾和她谈过一句话，也不曾仔细的看过她的面貌与姿态。大约我在那时已经很是近视，但是还有一层缘故，虽然非意识的对于她很是感到亲近，一面却似乎为她的光辉所掩，

---

* 1922年9月1日刊《晨报副镌》，署名槐寿，收入《谈虎集》，亦单独收入《雨天的书》。

开不起眼来去端详她了。在此刻回想起来，仿佛是一个尖面庞，乌眼睛，瘦小身材，而且有尖小的脚的少女，并没有什么殊胜的地方，但在我的性的生活里总是第一个人，使我于自己以外感到对于别人的爱着，引起我没有明了的性的概念的对于异性的恋慕的第一个人了。

我在那时候当然是“丑小鸭”，自己也是知道的，但是终不以此而减灭我的热情。每逢她抱着猫来看我写字，我便不自觉的振作起来，用了平常所无的努力去映写，感着一种无所希求的迷濛的喜乐。并不问她是否爱我，或者也还不知道自己是爱着她，总之对于她的存在感到亲近喜悦，并且愿为她有所尽力，这是当时实在的心情，也是她所给我的赐物了。在她是怎样不能知道，自己的情绪大约只是淡淡的一种恋慕，始终没有想到男女夫妇的问题。有一天晚上，宋姨太太忽然又发表对于姚姓的憎恨，末了说道，

“阿三那小东西，也不是好东西，将来总要流落到拱辰桥去做婊子的。”

我不很明白做婊子这些是什么事情，但当时听了心里想道，

“她如果真是流落做了婊子，我必定去救她出来。”

大半年的光阴这样的消费过去了。到了七八月里因为母亲生病，我便离开杭州回家去了。一个月以后，阮升告假回去，顺便到我家里，说起花牌楼的事情，说道，

“杨家的三姑娘患霍乱死了。”

我那时也很觉得不快，想像她的悲惨的死相，但同时却又似乎很是安静，仿佛心里有一块大石头已经放下了。

（十年九月）

娱园 *

有三处地方，在我都是可以怀念的，——因为恋爱的缘故。第一是《初恋》里说过了的杭州，其二是故乡城外的娱园。

娱园是皋社诗人秦秋渔的别业，但是连在住宅的后面，所以平常只称作花园。这个园据王眉叔的《娱园记》说，是"在水石庄，枕碧湖，带平林，广约顷许。曲构云缭，疏筑花幕。竹高出墙，树古当户。离离蔚蔚，号为胜区。"园筑于咸丰丁巳（一八五七年），我初到那里是在光绪甲午，已在四十年后，遍地都长了荒草，不能想见当时"秋夜联吟"的风趣了。园的左偏有一处名叫潭水山房，记中称它"方池湛然，帘户静镜，花水孕縠，笋石饾蓝"的便是。《娱园诗存》卷三中有诸人题词，樊樊山的《望江南》云：

冰縠净，山里钓人居。花覆书床偎瘦鹤，

* 1923 年 3 月 28 日刊《晨报副镌》，署名槐寿，收入《雨天的书》。

波摇琴幌散文鱼：水竹夜窗虚。

陶子缜的一首云，

瀲潭莹，明瑟敞幽房。茶火瓶笙山蛎洞，
柳丝泉筑水凫床：古幢写秋光。

这些文字的费解虽然不亚于公府所常发表的骈体电文，但因此总可约略想见它的幽雅了。我们所见只是废墟，但也觉得非常有趣，儿童的感觉原自要比大人新鲜，而且在故乡少有这样游乐之地，也是一个原因。

娱园主人是我的舅父的丈人，舅父晚年寓居秦氏的西厢，所以我们常有游娱园的机会。秦氏的西邻是沈姓，大约因为风水的关系，大门是偏向的，近地都称作“歪摆台门”。据说是明人沈青霞的嫡裔，但是也已很是衰颓，我们曾经去拜访他的主人，乃是一个二十岁左右的青年，跛着一足，在厅房里聚集了七八个学童，教他们读《千家诗》。娱园主人的儿子那时是秦氏的家主，却因吸烟终日高卧，我们到傍晚去找他，请他画家传的梅花，可惜他现在早已死去了。

忘记了是那一年，不过总是庚子以前的事罢。那时舅父的独子娶亲，（神安他们的魂魄，因为夫妇不久都去世了，）中表都聚在一处，凡男的十四人，女的七人。其中有一个人和我是同年同月生的，我称她为姊，她也称我为兄：我本是一只“丑小鸭”，没有一个人注意的，所以我隐密的怀抱着对于她的情意，当然只是单面的，而且我知道她自小许给人家了，不容再有非分之想，但总感着固执的牵引，此刻想起来，倒似乎颇有中古诗人（Troubadour）的馀风了。当时我们住在留鹤盦里，她们住在楼上。白天里她们不在房里的时候，我们几个较为年少的人便“乘虚内犯”，走上楼去掠夺东西吃。有一次大家在楼上跳闹，我仿佛无意似的拿起她的一件雪青纺绸衫穿了跳舞起来，她的一个兄弟也一同闹着，不曾看出什么破绽来，是我很得意的一件事。后来读木下杢太郎的《食后之歌》，看到一首《绛绢里》，不禁又引起我的感触。

到龛上去取笔去，
钻过晾着的冬衣底下，
触着了女衫的袖子。
说不出的心里的扰乱，
“呀”的缩头下来：
南无，神佛也未必见罪罢，
因为这已是故人的遗物了。

在南京的时代，虽然在日记上写了许多感伤的话，（随后又都剪去，所以现在记不起它的内容了，）但是始终没有想及婚嫁的关系。在外边漂流了十二年之后，回到故乡，我们有了儿女，她也早已出嫁，而且抱着痼疾，已经与死当面立着了。以后相见了几回，我又复出门，她不久就平安过去。至今她只有一张早年的照相在母亲那里，因她后来自己说是母亲的义女，虽然没有正式的仪节。

自从舅父全家亡故之后，二十年没有再到娱园的机会，想比以前必更荒废了。但是它的影象总是隐约的留在我脑底，为我心中的火焰（Fiammetta）的馀光所映照着。

（十二年三月）

第四编

送爱罗先珂君*

爱罗君于三日出京了。他这回是往芬兰赴第十四次万国世界语大会去的，九月里还要回来，所以他的琵琶长靴以及被褥都留在中国，没有带走。但是这飘泊的诗人能否在中国的大沙漠上安住，是否运命不指示他去上别的巡礼的长途，觉得难以断定，所以我们在他回来以前不得不暂且认他是别中国而去了。

爱罗君是世界主义者，他对于久别的故乡却怀着十分迫切的恋慕，这虽然一见似乎是矛盾，却很能使我们感到深厚的人间味。他与家中的兄姊感情本极平常，而且这回只在莫思科暂时逗留，不能够下乡去，他们也没有出来相会的自由，然而他的乡愁总是很强，总想去一亲他的久别的“俄罗斯母亲”。他费了几礼拜之力，又得他的乡人柏君的帮助，二十

* 1922 年 7 月 17 日刊《晨报副镌》，署名仲密，曾收入晨报版《自己的园地》，为“杂文二十篇”之十三。收入《泽泻集》时改为《爱罗先珂君》之第一篇，同时删去了原有的附记（现仍保留）。

几条的策问总算及格，居然得到了在北京的苏俄代表的许可，可以进俄国去了。又因京奉铁道不通，改从大连绕道赴奉天，恐怕日本政府又要麻烦，因了北京的清水君的尽力，请日本公使在旅行券上签字，准其通过大连长春一带。赴世界语大会的证明书也已办妥，只有中国护照尚未发下，议定随后给他寄往哈尔滨备用，诸事都已妥帖，他遂于三日由东站出京了。

京津车是照例的拥挤，爱罗君和同行的两个友人因为迟到了一点，——其实还在开车五十分前，已经得不到一个坐位了。幸而前面有一辆教育改进社赴济南的包车，其中有一位尹君，我们有点认识，便去和他商量，承他答应，于是爱罗君有了安坐的地方，得以安抵天津，这是很可感谢的。到了天津之后，又遇见陈大悲君，得到许多照应，这京津一路在爱罗君总可说是幸运的旅行了。

他于四日乘长平丸从天津出发，次日下午抵大连。据十一日《晨报》上大连通讯，他却在那时遇着一点“小厄”。当船到埠的时候，他和同行友人上海的清水君，一并被带往日本警察署审问。清水君即被监禁，他只“拘留半日”，总算释放了。听说从天津起便已有日本便衣警察一路跟着他，释放以后也仍然跟着一直到哈尔滨去。他拿着日本全权公使的通过许可，所以在大连只被拘留半日，大约还是很侥幸的罢！清水君便监禁了三天，至七日夜里才准他往哈尔滨去，——当然也被警察跟着。他们几时到哈尔滨，路上和在那里是什么情形，我还没有得到信息，只能凭空的愿望他的平安罢。

爱罗君在中国的时候，政府不曾特别注意，这实在是很聪明的处置，虽然谢米诺夫派的“B 老爷”以及少数的人颇反对他。其实他决不是什么危险人物，这是从他作品谈话行动上可以看出来的。他怀着对于人类的爱与对于社会的悲，常以冷隽的言词，热烈的情调，写出他的爱与憎，因此遭外国资本家政府之忌，但这不过是他们心虚罢了。他毕竟还是诗人，他的工作只是唤起人们胸中的人类的爱与社会的悲，并不是指挥人去行暴动或别的政治运动；他的世界是童话似的梦的奇境，并不是共产或无政府的社会。他承认现代流行的几种主义未必能充分的实现，阶级争斗难以彻底解决一切问题，但是他并不因此而是认现社会制度，他以过大的对于现在的不平，造成他过大的对于未来的希望，——这个爱的世界正与别的主义各各的世界一样的不能实现，因为更超过了他们了。想到太阳里去的雕，求理想的自由的金丝雀，想到地面上来的土拨鼠，都是向往于诗的乌托邦的代表者。诗人的空想与一种社会改革的实行宣传不同，当然没有什么危险，而且正当的说来，这种思想很有道德的价值，于现今道德颠倒的社会尤极有用，即使艺术上不能与托尔斯泰比美，也可以说是同一源泉的河流罢。

以上是我个人的感想，顺便说及。我希望这篇小文只作为他的芬兰旅行的纪念，到了秋天，他回来沙漠上弹琵琶，歌咏春天的力量，使我们有再听他歌声的机会。

〔附记〕爱罗君这个名称，一个朋友曾对我说以为不妥，但我们平常叫他都是如此，所以现在仍旧沿用了。

（一九二二年七月十四日）

怀爱罗先珂君 *

十月已经过去了，爱罗君还未回来。莫非他终于不回来了么？他曾说过，若是回来，十月末总可以到京；现在十月已过去了。但他临走时在火车中又说，倘若不来，当从芬兰打电报来通知；而现在也并没有电报到来。

他在北京只住了四个月，但早已感到沙漠上的枯寂了。我们所缺乏的，的确是心情上的润泽，然而不是他这敏感的不幸诗人也不能这样明显的感着，因为我们自己已经如仙人掌类似的习惯于干枯了。爱罗君虽然被日本政府驱逐出来，但他仍然怀恋着那“日出的国，花的国”的日本。初夏的一天下午，我同他在沟沿一带，踏着柔细的灰沙，在柳阴下走着，提起将来或有机会可以重往日本的话，他力说日本决不再准他去，但我因此却很明了地看出他的对于日本的恋慕。他既然这样的恋着日本，当然不能长久安住在中原的平野上的了。

---

* 1922 年 11 月 7 日刊《晨报副镌》，署名作人，曾收入晨报版《自己的园地》，为“杂文二十篇”之十四。在《泽泻集》中为《爱罗先珂君》之第二篇。

（这是趣味上的，并不是政治上的理由。）

他是一个世界主义者，但是他的乡愁却又是特别的深。他平常总穿着俄国式的上衣，尤其喜欢他的故乡乌克拉因式的刺绣的小衫——可惜这件衣服在敦贺的船上给人家偷了去了。他的衣箱里，除了一条在一日三浴的时候所穿，缅甸的筒形白布袴以外，可以说是没有外国的衣服。即此一件小事，也就可以想见他是一个真实的“母亲俄罗斯”的儿子。他对于日本正是一种情人的心情；但是失恋之后，只有母亲是最亲爱的人了。来到北京，不意中得到归国的机会，便急忙奔去，原是当然的事情。前几天接到英国达特来夫人寄来的三包书籍，拆开看时乃是七本神智学的杂志，名《送光明者》（The Light-bringer），却是用点字印出的：原来是爱罗君在京时所定，但等得寄到的时候，他却已走的无影无踪了。

爱罗君寄住在我们家里，两方面都很是随便，觉得没有什么窒碍的地方。我们既不把他做宾客看待，他也很自然的与我们相处：过了几时，不知怎的学会侄儿们的称呼，差不多自居于小孩子的辈分了。我的兄弟的四岁的男孩是一个很顽皮的孩子，他时常和爱罗君玩耍。爱罗君叫他的诨名道，“土步公呀！”他也回叫道，“爱罗金哥君呀！”但爱罗君极不喜欢这个名字，每每叹道，“唉唉，真窘极了！”四个月来不曾这样叫，“土步公”已经忘记爱罗金哥君这一句话，而且连曾经见过一个“没有眼睛的人”的事情也几乎记不起来了。

有各处的友人来问我，爱罗君现在什么地方，我实在不能回答：在芬兰呢，在苏俄呢，在西伯利亚呢？有谁知道？我们只能凭空祝他的平安罢。他出京后没有一封信来过。或者因为没有人替他写信，或者因为他出了北京，便忘了北京了：他离去日本后，与日本友人的通信也很不多。——飘泊孤独的诗人，我想你自己的悲哀也尽够担受了，我希望你不要为了住在沙漠上的人们再添加你的忧愁的重担也罢。

（十一月一日）

再送爱罗先珂君 *

爱罗君又出京了。他的去留，在现在的青年或者已经没有什么意义，未必有报告的必要，但是关于他的有一两件事应该略说一下，所以再来写这一篇小文。

爱罗君是一个诗人，他的思想尽管如何偏激，但事实上向不参加什么运动，至少住在我们家里的这一年内我相信是如此的。我们平常看见他于上课读书作文之外，只吃葡萄干梨膏糖和香蕉饼，或者偶往三贝子花园听老虎叫而已。虽然据该管区署的长官告诉我，他到京后，在北京的外国人有点惊恐，说那个著名的不安分的人来了，唯中国的官厅却不很以为意，这是我所同意而且很佩服的。但是自从大杉荣失踪的消息传出以后，爱罗君不意的得到好些麻烦。许多不相干的日本人用了电报咧，信咧，面会咧，都来问他大杉的行踪，其实他又不是北京的地总，当然也不会知道，然而那些不相干的人们，

---

* 1923 年 4 月 21 日刊《晨报副镌》，署名作人，收入《泽泻集》，为《爱罗先珂君》之三。

认定他是同大杉一起的，这是很明了的了。过了一个月之后，北京的官厅根据了日本方面的通告说有俄国盲人与大杉在北京为过激运动，着手查办，于是我们的巷口听说有人拿着大杉照片在那里守候，而我们家里也来了调查的人。那位警官却信我的话，拿了我的一封保证信，说他并没有什么运动，而且也没有见到什么大杉，回去结案。我不解东京的侦探跟着大杉走了多少年，为什么还弄不清楚他是什么主义者，却会相信他到北京来做过激运动，真是太可笑了。现在好在爱罗君已经离京，巷口又抓不到大杉，中外仕商都可以请安心，而我的地主之责也总算两面都尽了。

爱罗君这回出发，原是他的预定计划，去年冬初回中国来路过奉天的时候，便对日本记者说起过的，不过原定暑假时去，现在却提前了两个月罢了。他所公表的提早回国的理由，是想到树林里去听故乡的夜莺，据说他的故乡哈耳珂夫的夜莺是欧洲闻名的，这或者真值得远路跑去一听。但据我的推想，还有一个小小的原因，便是世界语学者之寂寥。不怕招引热心于世界语运动的前辈的失望与不快，我不得不指点出北京——至少是北京——的世界语运动实在不很活泼。运动者尽管热心，但如没有响应，也是极无聊的。爱罗君是极爱热闹的人，譬如上教室去只听得很少的人在那里坐地，大约不是他所觉得高兴的事。世界语的俄国戏曲讲演，——《饥饿王》只讲了一次，——为什么中止了的呢，他没有说，但我想那岂不也为了教室太大了的缘故么。其实本来这在中国也算不得什么奇事，别的学者的讲演大约都不免弄到这样。爱罗君也说过，青年如不能在社会竖起脊梁去做事，尽可去吸麻醉剂去！所以大家倘若真是去吸鸦片吞金丹而不弄别的事情，我想爱罗君也当然决不见怪的，但在他自己总是太寂寞无聊了。与其在北京听沙漠的风声，自然还不如到树林中去听夜莺罢。因此对于他的出京，我们纵或不必觉得安心，但也觉得不能硬去挽留了。

寒假中爱罗君在上海的时候，不知什么报上曾说他因为剧评事件，被学生撵走了。这回恐怕又要有人说他因为大杉事件而被追放的罢。为抵当这些谣言起见，特地写了这一篇。

（一九二三年四月十七日）

爱罗先珂（一）*

《鸭的喜剧》是写俄国盲诗人爱罗先珂的。爱罗先珂名华西利，是乌克兰人，四岁时因出疹子失明，学过音乐，后来到缅甸、日本漫游，能说英语、日本语和世界语，曾用日文写过些童话小说，经鲁迅译为中文。大概在一九二一年的冬天，他被日本政府驱逐出国，来到上海，第二年春天应北京大学之招，担任教世界语，于二月二十四日到北京来。七月三日出发，经过苏联至芬兰首都，赴第十四次万国世界语大会，至十一月四日才又回来。本文作于一九二二年十月，正是他预定的期日已过，大家疑心他不再来了的时候，所以有点给他作纪念的意思的。但是在文章未曾印出之先，却又独自飘然的回京了。一九二三年一月二十九日，他利用寒假往上海杭州去旅行，至二月二十七日回北京，但到了四月十六日他由天津绕道大连到哈尔滨，一直回苏联，这以后就不再看见他了。

---

* 1952年3月作，署名周遐寿，收入《鲁迅小说里的人物》。此序号为编者所加。

我们看这些年月，可以知道他是喜动不喜静的人，虽然是瞎了眼，又是言语不自由，可是总喜欢赶热闹，鲁迅曾称他是“好事之徒”，这名称是颇适合的。他大抵是无政府共产主义的人，但后来终于决心回苏联去，他的意见大概也已改变了。他于一九二二年四月二日在北大第二平民夜校游艺会，唱哥萨克起义的英雄拉纯的歌，五月一日在孔德学校唱《国际歌》，照例弹着他的六弦琴，一面忙着宣传世界语，本文所说养蝌蚪与小鸭的事情，正也是在这时候了。

爱罗先珂（二）*

读鲁迅的文章，会碰见爱罗先珂的名字，还有一篇小说《鸭的喜剧》是说他的事的，所以来说明几句，或者是有用的事。

爱罗先珂是苏联的乌克兰人，本名耶罗先珂，因为先到日本，那里“野郎”读作耶罗，故而改用“爱”字，及来中国也就沿用了。他最初去到印度、缅甸，学了英文，后来到了日本学会日本语，来北京后曾经学过个把月的中国语，但是随即中止了，叹息道：“难得很！”中国话发音实在难，他那时盖没有久住中国的决心，所以鼓不起勇气来学这样难的语言。

他六岁的时候，因为出麻疹，祖母怕他有危险，抱他到阴冷的教堂里去祷告，以致发高热，人倒没有死，可是两只眼睛却从此瞎了。这个成了他终生的恨事。所以他痛恨宗教的迷信，并且渴慕光明，在他做的戏剧《桃色的云》（鲁迅曾有译本）里，那盲目的土拨鼠（也称地老鼠），即是著者的自身。

---

* 1958年4月1日刊《羊城晚报》，署名启明，收入《木片集》。此序号为编者所加。

他于英日文之外，尤擅长世界语，当他从日本被驱逐出来之后，来到上海，北京大学校长蔡孑民便请他来校，教授世界语，寄居在我们家里有一年多。鲁迅尤和他熟习，往往长谈至夜半，尝戏评之曰“爱罗君这捣乱派”。因为他热爱自由解放，喜赶热闹，无论有何集会，都愿意参加，并且爱听青年们热心的辩论，虽然他是听不懂。但在那时北京却听不到，因此他感觉非常寂寞。有一次北京大学开纪念会，学生演剧，他赶去旁听，觉得学生态度有欠诚实处，问鲁迅是什么缘故，鲁迅平常反对京剧，便说这是模仿旧戏的关系。他便写了一篇很尖锐的批评，提出意见，学生们不能接受，由魏建功出面写了《不敢盲从》一篇回答，于“盲”字特别加上引号，表示侮辱的意思。鲁迅因此大怒，加以回击，这篇文章后来收在“全集补遗”里面。后来爱罗先珂因为得到同乡的帮助，与苏联取得联络，便回国去了。

爱罗先珂在中国居住不到两年，留下的影响不多，但也有一点儿。第一，是在鲁迅著作上，上面已经说过，第二，是在世界语运动上边，这也是值得一提的。他在北京大学是专教世界语，并用世界语讲俄国文学。后来又在法政大学设了世界语班，由冯省三、陈声树几个学生主动，开办世界语学会，并设学校，鲁迅也到这里去讲过学。冯省三是北大法文系学生，跟他学世界语最有进步，已经可以讲话和作文了，可是因为“讲义风潮”受了嫌疑，却被学校除了名。他是很细致而热情的人，写的世界语像刻板一样的清楚，只是脾气有点粗豪的地方。

爱罗先珂（三）*

民国十一年（一九二二）里北京大学开了一门特殊的功课，请了一个特殊的讲师来教，可是开了不到一年，这位讲师却是忽然而来，又是忽然而去，像彗星似的一现不复见了。这便是所谓俄国盲诗人爱罗先珂，而他所担任的这门功课，乃是世界语。原来北大早就有世界语了，教师是孙国璋，不过向来没人注意，只是随意科的第三外国语罢了。爱罗先珂一来，这情形就大不相同，因为第一是俄国人，又是盲而且是诗人，他所作的童话与戏曲《桃色的云》，又经鲁迅翻译了，在报上发表，已经有许多人知道，恰巧那时因为他是俄国人的缘故，日本政府怀疑他是苏联的间谍，同时却又疑心他是无政府主义大杉荣的一派，便把他驱逐出国了。爱罗先珂从大连来到上海，大概是在一九二二年的春初，有人介绍给蔡校长，请设法安顿他，于是便请他来北大来教世界语。但是他一个外国人又是

---

* 1961 年 12 月 7 日作，署名周作人，收入《知堂回想录》，为《爱罗先珂上》。此序号为编者所加。

瞎了眼睛，单身来到北京，将怎么办呢？蔡孑民于是想起了托我们的家里照顾，因为他除了懂得英文和世界语之外，还在东京学得一口流利的日本语，这在我们家里是可以通用的，我与鲁迅虽然不是常住在家，但内人和他的妹子却总是在的，因为那时妻妹正是我的弟妇。是年二月的日记里说：

> 廿四日雪，上午晴，北大告假。郑振铎耿济之二君引爱罗先珂君来，暂住东屋。

这所谓东屋，是指后院九间一排的东头这三间，向来空着，自从借给爱罗君住后，便时常有人来居住，特别是在恐怖时代，如大元帅时的守常的世兄，清党时的刘女士等人。第二天我带了他去见北大校长，到了三月四日收到学校的聘书，月薪二百元，这足够他生活的需要了。以后各处的讲演，照例是用世界语，于是轮到我去跟着做翻译兼向导，侥幸是西山那几个月的学习，所以还勉强办得来。但是想象丰富，感情热烈，不愧为诗人兼革命家两重性格，讲演大抵安排得很好，翻译却也就不容易，总须预先录稿译文，方才可以，预备时间比口说要多过几倍，其中最费气力的是介绍俄国文学的演说，和一篇《春天与其力量》，那简直是散文诗的样子。最初到北大讲演的时候，好奇的观众很多，讲堂有庙会里的那样拥挤，只有从前胡适博士和鲁迅，随后还有冰心女士登台那个时候，才有那个样子，可是西洋镜看过也就算了，到得正式上课那便没有什么翻译，大约由讲师由英语说明，就没有我的分，所以情形也不大明白。世界语这东西是一种理想的产物，事实上是不十分适用的，人们大抵有种浪漫的思想，梦想世界大同，或者不如说消极的反对民族的隔离，所以有那样的要求，但是所能做到的也只是一部分的联合，即如“希望者”的世界语实在也只是欧印语的综合，取英语的文法之简易，而去其发音之庞杂，又多用拉丁语根，在欧人学起来固属便利，若在不曾学过欧语的人还是一种陌生的外国语，其难学原是一样的。不过写了“且夫”二字，大有做起讲之意，意思自可佩服，且在交通商业上利用起来，也有不少的好处。但在当时提倡世界语的人们大抵都抱有很大的期望，这也是时势使然，北京有一群学生受了爱罗先珂的热心鼓吹的影响，成立世界语学会，在西城兵马司胡同租了会所，又在法政大学等处开设世界语班，结果是如昙花一现，等爱罗先珂离京以后，也都关了门了。他又性喜热闹，爱发议论，不过这在中国是不很适宜的，是年十二月北大庆祝多少年纪念，学生发起演戏，他去旁听了，觉得不很满意，回来写了一篇文章批评他们，说学生似乎模仿旧戏，有欠诚恳的地方，由鲁迅译出登在报上。不意这率直的忠告刺痛了他们，学生群起抗议，魏建功那时还未毕业，做了一篇《不能盲从》的文章最是极讽刺之能事，而且题目于“盲”字上特加引号，尤为恶劣。鲁迅见报乃奋起反击，骂得他咕的一声也不响，那篇文章集子里没有收，只在全集拾遗可以见到。事情是这样下去了，但是第二年正月里，他往上海旅行的时候，不知什么报上说他因为剧评事件，被北大学生撵走了。到了四月他提前回国去了，什么原因别人没有知道，总之是他觉得中国与他无缘吧，那么在某种意义上，说是被撵走了，也未始不可。幸而他眼睛看不见，也不认得汉字，若是知道的话，他该明白中国青年的举动，比较他在离开日本时便衣侦探要挖开他的眼睛看他是不是真瞎，其侮辱不相上下，更将怎样的愤慨呢。

爱罗先珂（四）*

爱罗先珂（Eroshenko）这是他在日本时所使用的姓氏的音译，比较准确的写“厄罗申科”，因为找好看字眼所以用了那四个字，其实他本姓是“牙罗申科”，因译音与日本语的“野郎”相近，野郎本义只是汉子，后来转为侮辱的意义，并为男娼的名称，所以避忌了。他的名字是华西利，不过普通只用他的姓，沿用日本的称呼叫他做“爱罗君”（Ero-sang），——日本字母里没有“桑”字音，只有“三”字，但在称呼人的“样”字的发音上，却往往变作“桑”了。他是小俄罗斯人，便是现在的乌克兰，那里的人姓的末尾多用科字，有如俄国的斯奇，如有名的小说家科罗连珂，还有新近给他做逝世一百年纪念的谢甫琴科，都是小俄罗斯的人。——关于谢甫琴科，民国元年（一九一二）写《艺文杂话》十三则，登在绍兴的《民兴日报》上，其第二篇是讲他的，曾以文言译述其诗一首，今附录于下：

---

* 1961年12月7日作，署名周作人，收入《知堂回想录》，为《爱罗先珂下》。此序号为编者所加。

> 是有大道三岐，乌克兰兄弟三人分手而去。家有老母，伯别其妻，仲别其妹，季别其欢。母至田间植三树桂，妻植白杨，妹至谷中植三树枫，欢植忍冬。桂树不繁，白杨凋落，枫树亦枯，忍冬憔悴，而兄弟不归。老母啼泣，妻子号于空房，妹亦涕泣出门寻兄，女郎已卧黄土陇中，而兄弟远游，不复归来，三径萧条，荆榛长矣。

爱罗先珂于一九二二年二月廿四日到京，寄住我们的家里，至七月三日出京赴芬兰第十四回的万国世界语学会的年会，我同内弟重久和用人齐坤送他到东车站，其时离开车还有五十分钟，却已经得不到一个坐位了，幸而前面有一辆教育改进社赴济南的包车，其中有一位尹炎武君，我们有点认识，便去和他商量，承他答应，于是爱罗君有了安坐的地方，得以安抵天津，这是很可感谢的。到了十一月四日，这才独自回来了。十二月十七日北大纪念演戏，就发生了那剧评风潮。第二年一月廿九日利用寒假，又出发往上海去找胡愈之君，至二月廿七日回北京来，但是四月十六日重又出京回国，从此就再没有回到中国来了。爱罗先珂在中国的时期可以说是极短，在北京安住的时间一总不到半年，用句老话真是席不暇暖，在他的记忆上留下什么印象，还有他给青年们有多少影响，这都很是难说，但他总之是不曾白来了这一趟的。在鲁迅的小说《鸭的喜剧》里边，便明朗的留下他的影象，这是一九二二年发表于十二月号的《妇女杂志》的，可能写这篇小说的时期还要早一点吧。爱罗先珂嫌北京的寂寞，便是夏天夜里也没有什么昆虫吟叫，连虾蟆叫都听不到，便买了些科斗子来，放在他窗外的院子中央的小池里。那池的长有三尺，宽有二尺，是掘了来种荷花的，从这荷池里虽然从来没有见过养出半朵荷花来，然而养虾蟆却实在是一个极合式的处所。他又怂恿人买小鸡小鸭，都拿来养在院子里。

> 他于是教书去了，大家也走散。不一会，仲密夫人拿冷饭来喂它们时，在远处已听得泼水的声音，跑到一看，原来那四个小鸭都在荷池里洗澡了，而且还翻筋斗，吃东西呢。等到拦它们上了岸，全池已经是浑水，过了半天澄清了，只见泥里露出几条细藕来，而且再也寻不出一个已经生了脚的科斗了。
>
> “伊和希珂先，没有了，虾蟆的儿子。”傍夜的时候，孩子们一见他回来，最小的一个便赶紧说。
>
> “唔，虾蟆？”
>
> 仲密夫人也出来了，报告了小鸭吃完科斗的故事。
>
> “唉，唉！”……他说。

这一段是小说，但是所写的却是实事，这里边所有的诗便只是池里的细藕罢了。我也曾经做过三篇文章，总名《怀爱罗先珂君》，第一篇是七月十四日所写，在他出发往芬兰去之后，第二篇是十一月一日，大约与《鸭的喜剧》差不多同时之作，

第三篇则在他回国去的第二天所写，已是一九二三年的四月了。我在第二篇文章里有一节云：

> 他是一个世界主义者，但是他的乡愁却又是特别的深。他平常总穿着俄国式的上衣，尤其是喜欢他的故乡乌克兰的刺绣的小衫，——可惜这件衣服在敦贺的船上给人家偷了去了。他的衣箱里，除了一条在一日三浴的时候所穿的缅甸筒形白布袴以外，可以说是没有外国的衣服。即此一件小事，也就可以想见他是一个真实的“母亲俄罗斯”的儿子。他对于日本正是一种情人的心情，但是失恋之后，只有母亲是最亲爱的人了。来到北京，不意中得到归国的机会，便急忙奔去，原是当然的事情。前几天接到英国达特来夫人寄来的三包书籍，拆开看时乃是七本神智学的杂志名《送光明者》，却是用点字印出的，原来是爱罗君在京时所定，但等得寄到的时候，他却已走的无影无踪了。
>
> 爱罗君寄住在我们家里，两方面都很随便，觉得没有什么窒碍的地方。我们既不把他做宾客看待，他也很自然与我们相处，过了几时不知怎的学会侄儿们的称呼，差不多自居于小孩子的辈份了。我的兄弟的四岁的男孩是一个很顽皮的孩子，他时常和爱罗君玩耍。爱罗君叫他的诨名道，“土步公呀！”他也回叫道：“爱罗金哥君呀！”但爱罗君极不喜欢这个名字，每每叹气道：“唉，

唉，真窘极了！”四个月来不曾这样叫，“土步公”已经忘记爱罗金哥君这一句话，而且连曾经见过一个“没有眼睛的人”的事情也几乎记不起来了。

以上所记虽是微细小事，却很足以见他生平之一斑，所以抄录于此，这里只须说明一句，那小说里的最小的小孩也即是这个土步公，他的本名是一个“沛”字，但是从小就叫诨名，一直叫到现在。我的儿子本名叫“丰”，上学的时候加上了一个数目字，名叫“丰一”，到得土步公该上学了，我想反正将来长大了的时候自己要改换名字的，为的省事起见，现在就叫作“丰二”吧，在他底下还有一个“丰三”，不幸在二十岁时死去了。——可是奇怪的是，他们却并不改换名字，至今那么的用着。至于爱罗君为什么不喜欢爱罗金哥这个名字的呢，因为在日本语里男根这字有种种说法，小儿语则云钦科，与金哥音相近似。

有岛武郎*

阅七月九日的日本报纸，听说有岛武郎死了。我听了不禁大惊，虽然缘由不同，正与我十馀年前在神田路上买到一报号外，听说幸德秋水等执行死刑时同样的惊骇，因为他们的死不只是令我们惋惜。

有岛武郎（Arishima Takeo），生于明治十一年（1877），今年四十七岁。他在二十六岁时毕业于札幌农学校，往美国留学，归国后任母校的英文讲师八年，大正四年（1915）辞职，以后专致力于文学，他最初属于白桦一派，其后独立著作，所作汇刻为《有岛武郎著作集》，已出十四集，又独自刊行个人杂志曰《泉》。他曾经入基督教，又与幸德相识，受到社会主义思想。去年决心抛弃私有田产，分给佃户，自己空身一个人专以文笔自给！这都是过去的事情。六月八日外出旅行，以后便无消息，至七月七日，轻井泽管别庄的人才发

* 1923年7月17日刊《晨报副镌》，署名作人，收入《谈龙集》。

见他同着一个女子缢死在空屋中，据报上说她是波多野夫人，名秋子，但的确的事还不知道。

有岛君为什么情死的呢？没有人能知道，总之未必全是为了恋爱罢。秋田雨雀说是由于他近来的“虚无的心境”，某氏说是“围绕着他的四周的生活上的疲劳与倦怠”，大约都有点关系。他留给他的母亲和三个小孩的遗书里说：

> 我历来尽力的奋斗了。我知道这回的行为是异常的行为，也未尝不感到诸位的忿怒与悲哀。但是没有法子，因为无论怎样奋斗，我终不能逃脱这个运命。我用了衷心的喜悦去接近这运命，请宥恕我的一切。

又致弟妹等信中云：

> 我所能够告诉你们的喜悦的事，便是这死并不丝毫受着外界的压迫。我们极自由极欢喜的去迎这死。现在火车将到轻井泽的时候，我们还是笑着说着，请暂时离开了世俗的见地来评议我们。

我们想知道他们的死的缘由，但并不想去加以判断：无论为了什么缘由，既然以自己的生命酬报了自己的感情或思想，一种严肃掩住了我们的口了。我们固然不应玩弄生，也正不应侮蔑死。

有岛君的作品我所最喜欢的是当初登在《白桦》上的一篇《与幼小者》。这篇和《阿末之死》均已译出，编入《现代日本小说集》里，此外只有我所译的一篇《潮雾》，登在《东方杂志》上，附录有他的一节论文，今节录于此，可以略见他对于创作的要求与态度。

> 第一，我因为寂寞，所以创作。……
>
> 第二，我因为欲爱，所以创作。……
>
> 第三，我因为欲得爱，所以创作。……
>
> 第四，我又因为欲鞭策自己的生活，所以创作。如何蠢笨而且缺乏向上性的我的生活呵！我厌倦了这个了。应该蜕弃的壳，在我已有几个了。我的作品给我做了鞭策，严重的给我抽打那冥顽的壳。我愿我的生活因了作品而得改造。

有岛君死了，这实在是可惜而且可念的事情。日本文坛边的“海乙那”（Hyaena）将到他的墓上去夜叫罢，“热风”又将吹来罢，这于故人却都已没有什么关系。其实在人世的大沙漠上，什么都会遇见，我们只望见远远近近几个同行者，才略免掉寂寞与虚空罢了。

（一九二三年七月）

大杉荣之死 *

日本无政府主义者大杉荣与其妻伊藤野枝及其二子，被赤坂宪兵所甘粕大尉招至该所，由甘粕大尉指挥部下宪兵悉数杀害，这实在是日本大地震以后的最可惊心的事件。

我与大杉并无一面之交，他的著书，除了《民众艺术论》《互助论》和法布耳的《昆虫记》几种以外，也不大看见过；但我觉得他是一个思想明白的人，现代日本有他们存在，虽然是当然的，却不能不说是日本的光荣之一。现在被政府的军官公然的谋杀，而且据说宪兵司令戒严司令都有关系，那更是最可骇怪的了。我想，关于这件事如没有公平的办法，至少于日本的名誉上有若干关系。我不禁因此想起一九〇九年十月十三日的西班牙匪勒耳（Francesco Ferrer）被枪毙的事件来。虽然伪造证据，表面上总算经过军事裁判，但因此一举在世界有识者的心目中西班牙国家的名誉可以说是一落千

---

* 1923 年 9 月 25 日刊《晨报副镌》，署名荆生，未收入自编文集。

丈了。我们当然仍是爱重“西万提司”的文学和戈耶的艺术等等，然而这只是我们爱古希腊一样的心情，对于现在的政治体的西班牙不免没有什么好感了。我希望大杉一案不要变成匪勒耳事件第二，这不仅为日本计可以保存名誉，实在也为世界有识者计，省得大家又发生不快之感。

不过中国人大抵很缺少义愤，而且自己又还在半开化状态之下，所以或者不配去开口讥弹别人：杀害黄庞的赵恒惕会被尊为长沙爱国的首领，那么甘粕大尉怕不还是一个忠君爱国的英雄么。

与谢野先生纪念 *

在北平的报纸上见到东京电报，知道与谢野宽先生于三月二十六日去世了。不久以前刚听见坪内逍遥先生的噩耗，今又接与谢野先生的讣报，真令人不胜感叹。

我们在明治四十年前后留学东京的人，对于明治时代文学大抵特别感到一种亲近与怀念。这有种种方面，但是最重要的也就只是这文坛的几位巨匠，如以《保登登几寿》(义曰杜鹃)为本据的夏目漱石、高滨虚子，《早稻田文学》的坪内逍遥、岛村抱月，《明星》，《寿波留》(义曰昴星)，《三田文学》的森鸥外、上田敏、永井荷风、与谢野宽诸位先生。三十年的时光匆匆的过去，大正昭和时代相继兴起，各自有其光华，不能相掩盖，而在我们自己却总觉得少年时代所接触的最可留恋，有时连杂志也仿佛那时看见的最好，这虽然未免有点近于笃旧，但也是人情之常吧。我因为不大懂得戏剧，对于

* 1935 年 4 月 24 日刊《益世报》，署名知堂，收入《苦茶随笔》。

坪内先生毕生的业绩不曾很接近，其他各位先生的文章比较的多读一点，虽然外国文学里韵文原来不是容易懂的，我关于这些又只是一知半解而已。不过大约因为文化相近的缘故，我总觉得日本文学于我们中国人也比较相近，如短歌俳句以及稍富日本趣味的散文与小说也均能多少使我们了解与享受，这是我们想起来觉得很是愉快的。可是明治时代早已成为过去，那些巨匠也逐渐的去世，现今存在的已只有两三位先生，而与谢野先生则是最近离我们而去的一位了。

与谢野先生夫妻两位自创立新诗社后在日本诗歌上所留下的功绩，那是文学史上明显的事实，不必赘述，也不是外国的读者所能妄加意见的。但是我对于与谢野先生，在普通对于自己所钦佩的文学者之感激与悼叹外，还特别有一种感念，这便是关于与谢野先生日本语原研究的事业的。十年前在与谢野先生所印行的《日本古典全集》中看见狩谷掖斋全集，其第三卷内有一篇《转注说》，上边加上一篇与谢野先生的《转注说大概》，其末节有云：

> 远自有史以前与支那大陆有所交涉的我们日本人，在思想上，言语文字文章上，其他百般文化上，与彼国的言语文字典籍有最深切的关系。特别是在像自己这样要在支那各州的古音里求到国语的原委的一个学徒，这事更是痛切地感到，但这姑且不谈，就是为那研究东方的史学哲学文学想要了知本国的传统文化而溯其渊源的青年国

> 民计，支那字原之研究也是必要，这正如欲深究欧洲的学问艺术宗教及其他百般文物者非追求拉丁希腊的言语不可。但是在明治以来倾向于浅薄的便宜主义的国情上，遂有提倡汉字的限制与略字的使用，强制用那无视语原学的拼法这种现象发生，甚属遗憾。今见掖斋所遗的业绩，自己不得不望有继承这些先哲之学术的努力的挚实的后学之辈出了。

与谢野先生的语原研究的大业据报上说尚未完成，我们也只在《冬柏》等上边略闻绪论，与松村任三先生的意见异同如何亦非浅学所能审，此类千秋事业成就非易，固可惋惜，但我所觉得可以尊重者还是与谢野先生的这种努力，虽事业未成而意义则甚重大也。中日两国文化关系之深密诚如与谢野先生所言，因为这个缘故，我们中国人要想了解日本的文学艺术固然要比西洋人更为容易，就是研究本国的文物也处处可以在日本得到参照比较的资料，有如研究希腊古文化者之于罗马，此与上文所说正为表里。与谢野先生晚年的事业已不仅限于文艺范围，在学问界上有甚深意义，其所主张不特在日本即在中国亦有同样的重要，使两国人知道有互相研究与理解之必要，其关系决非浅鲜。这回与谢野先生的长逝所以不但是日本文坛的损失，还是失了中日学问上的一个巨大的连锁，我们对于与谢野先生也不单是为了少时读书景仰的缘故，还又为了中国学界的丧失良友而不能不加倍地表示悼惜者也。

明治四十年顷在东京留学，只诵读与谢野先生夫妻两位的书，未得一见颜色。民国十四五年时与谢野先生来游中国，值华北有战事，至天津而止，不曾来北京。去年夏天我到东京去，与谢野先生在海滨避暑，又未得相见，至今忽闻讣报，遂永不得见矣，念之怃然，辄写小文，聊为纪念。

（中华民国二十四年四月三日于北平）

市河先生 *

近十年来我在北京大学教日本文，似乎应该有好些的教学经验可以谈谈，其实却并不然。我对于教没有什么心得可谈，这便因为在学的时候本来也没有什么成绩。最重要的是经验，我的经验却是很不上轨道很无程序的，几乎不成其为经验。我学日文差不多是自修的，虽然在学校里有好几位教员，他们很热心地教，不过我很懒惰不用功，受不到多少实益。说自修又并不是孜孜矻矻地用苦功，实在是不足为法的，不过有些事情也不妨谈谈，或者有点足以供自修日文的诸君参考的地方也说不定。

讲起学日文来，第一还得先对我的几位先生表示感谢，虽然我自己不好好地学，他们对于我总是有益处的。我被江南督练公所派到日本去学土木工程时已是二十二岁，英文虽然在水师学过六年，日本语却是一句不懂的。最初便到留学生

* 1935 年 4 月作，署名周作人，收入《苦竹杂记》。

会馆的补习班里去学，教师是菊池勉，后来进了法政大学的预科，给我们教日文的教员共有三位，其一是保科孝一，文学士，国语学专家，著书甚多，今尚健在，其二是大岛压之助，其三是市河三阳。保科先生是一个熟练的教师，讲书说话都很得要领，像是预备得熟透的讲义似的，可是给我们的印象总是很浅。大岛先生人很活泼，写得一手的好白话，虽然不能说，黑板上写出来作译解时却是很漂亮，教授法像是教小学生地很有步骤，可以算是一个好教员，我却觉得总和他距离得远。市河先生白话也写得好，还能够说一点，但是他总不说，初次上课时他在黑板上写道“我名市河三阳”，使得大家发笑起来。他又不像大岛那样口多微辞，对于中国时有嘲讽的口气，功课不大行又欠聪明的学生多被戏弄，他只是诚恳地教书，遇见学生弄不清楚的时候，反而似乎很为难很没有办法的样子。我对于他的功课同样地不大用心，但对于他个人特别有好感，虽然一直没有去访问过。我觉得这三位先生很可以代表日本人的几种样式，是很有意思的事，只可惜市河先生这种近于旧式的好人物的模型现今恐怕渐渐地要少下去了。

我离开预科后还在东京住了四年，却不曾再见到市河先生，民国八年及廿三年又去过两次，也不去访问，实在并无从探听他的消息。今年春天偶读永井荷风的《荷风随笔》，其第十三篇题曰“市河先生之《烬录》”，不意地找到一点材料，觉得很可喜。其文有云：

纪述震灾惨状的当时文献中我所特别珍重不置的是市河泰庵先生之《烬录》。

先生今兹已于正月为了宿痾易箦于小石川之新居。我在先生前但有书翰往复，又因平生疏懒不曾一赴邸宅问病，遂至永失接謦欬的机会了。

《烬录》一书系先生以汉文记述在饭田町的旧居游德园为灾火所袭与其家人仅以身免时的事情，分编为避难纪事，杂事片片，神主石碑，烹茶樵书等十馀章，于罹灾后二年付印以分赠知人者也。卷尾记云：此稿于今兹九月十二日起草，旬日而阁笔，秋暑如毁，挥汗书之。词句拙陋杂驳，恰如出于烬中，因曰《烬录》，聊以供辱问诸君之一笑。

又云：

泰庵先生名三阳，江户时代著名书家市河米庵先生之孙，万庵先生之嗣子也，其学德才艺并不愧为名家之后，世所周知，不俟谫劣如予者之言矣。

文中引有《烬录》避难纪事一部分，今节录于下：

大正十二年九月一日，朝来小雨才霁，暑甚。将午，时予倚坐椅，待饭至，地忽大动。予徐起离褥启窗，先望库屋，意谓库去岁大加修缮，可以据焉。踌躇间震益大，见电灯摇动非常，乃仓卒旋踵至庭中。……时近闻爆音，忽又闻消防车之声，盖失火也。须臾消防车去，以为火熄，岂意乃水道坏，消火无术可施也。内子以铁叶桶盛水来，乃投盐于中连饮之，曰，桔槔倒，以手引绳而汲，故迟迟耳。予曰，荒野氏如何？曰，幸免，但对面之顷屋瓦皆坠，某头伤来乞水。予曰，何处失火？曰，齿科医学校也。予时立而四顾。……黑烟益低，火星之降者渐多，遂决意作逃计。内子曰，不携君物乎？予此时贪念全绝，忽忆及一书箧适在库外，皆曾祖父集类，乃曰，然则携此乎。内子遂挈之出，弃箧，以儿带缚之，此他虽几边一小物举不及顾。盖当时馀震至剧，予若命内子入内，万一有事，恐有不堪设想者，且事急，率迫之际得脱此一函，亦足多矣。逃计既定，虑门前路隘有堕瓦之危，乃破庭前之篱以出。吾庭与邻园接，邻园为崖而多树，故吾庭平日眺望旷敞，知友皆羡焉。今予等缒枝排莽而下，下至半途右顾，忽见火焰，盖在吾庭之右有人家楼屋，故庭中不见火也。……至晓星小学校前，满街狼狈，有跣足者，有袜而巾者，有于板上舁笃疾者，偶有妇人盛装而趋者，红裳翩飘，素足露膝不知也。予病中不喜着裈，此时一衣一带一眼镜耳，以故徐步之间尚颇恐露丑，心中独苦笑。

想像市河先生那时的情景，我亦不禁苦笑，其时盖已在给我们教书十五年之后，据荷风说先生于昭和二年病故，则为地震后四年，即民国十六年也。

《烬录》原书惜未得见，只能转抄出这一部分，据云原本用汉文所写，荷风引用时译为和文，今又重译汉文，失真之处恐不免耳。

（四月）

编后记

周作人是现代散文名家，他的散文成就世所公认。他早期的《乌篷船》、《故乡的野菜》、《北京的茶食》等篇什都深受读者喜爱。这些美文奠定了现代白话散文的文学地位。如果以题材论，周作人的怀人散文又是他散文创作中的上乘之作。

本书分四编：第一编主要收入了周作人追忆家人、亲人的文章；第二编主要收入了周作人记述其老师、北大同事、作家朋友的文章；第三编的叙写对象主要是与周作人相知相熟的或有乡谊关系的朋友，以及他的初恋姑娘、学生、晚辈等；第四编的叙写对象是国际友人。

周作人的怀人散文写作时间跨度有数十年，有的人物被多次书写，前后不可避免有重复之处。编者对此作了相应处理：对重复的篇目，酌情予以取舍；对涉及同一人物的篇目，以写作时间的先后编排；对题目相同的文章，在标题后按照写作顺序加注序号，以示区分。本书在选编过程中重点参照了钟叔河先生主编的《周作人散文全集》（广西师范大学出版社 2009 年出版）。衷心感谢钟先生在编校出版周作人这部著作中所付出的辛劳！本书考虑不周之处，恳请方家批评指正。

张伯存

2018 年 5 月 10 日